박정희 대통령의 마지막 10년, 그리고 4대 핵공장과 백곰 유도탄

박정희의 자주국방

"전쟁을 하지 않고 이겨라!"

이경서 지음

이른아침

프롤로그

1.

단군 이래 우리 한민족은 무수한 외침에 시달렸지만 자기 힘으로 자기 나라를 지킨 자주국방(自主國防)의 경험은 매우 적은 불행한 역사를 되풀이해 왔다. 고구려 때 수나라와 당나라의 침공을 성공적으로 막아낸 경험 외에는 항상 굴욕적인 항복이나 타국의 도움을 받아야만 살아남을 수 있었다.

가장 최근에 겪은 전쟁인 6·25 때도 상황은 크게 다르지 않았다. 미국을 비롯한 서방의 지원 덕분에 간신히 국가 체제를 유지할 수 있었던 것이 사실이다. 그런데 이런 쓰라린 경험에도 불구하고 1960년대까지 우리에게는 자주국방에 대한 의지나 능력이 태부족이었다. 반면에 북한은 정전 직후부터 러시아와 중국의 지원을 받아 다시 군수산업을 크게 일으킴으로써 경제 성장을 달성하고 국방력 재건에도 성공했다. 이 당시 우리는 국방력에서든 경제력에서든 북한에 크게 뒤지는 상황이었다.

이렇게 미국의 원조에만 매달리는 세계 최빈국 신세가 지속되는 와중에 박정희 정권이 들어섰고, 정치 분야의 불안이 어느 정도 제거되자 본격적인 경제 성장의 길을 모색할 여지가 생기게 되었다. 경제개발 5개년 계획 등을 통해 보릿고개의 굶주림을 면하기 시작했고, 경공업이지만 수출에도 조금씩 나설 수 있게 되었다.

그렇게 경제 성장을 바탕으로 나라의 모습을 갖추어가던 1969년, 우리나라는 다시 한번 존망의 위기에 처하게 되었다. 충격은 예기치 못한 외부에서 갑자기 시작되었는데, 새로 미국 대통령에 취임한 닉슨(Richard M. Nixon)이 그해 7월 소위 '닉슨 독트린'을 발표한 것이다. 미국 역사상 최초의 패전으로 기록될지 모르는 베트남전의 마무리를 앞두고 나온 이 선언은 미국인들이 가지게 된, 남의 나라 전쟁에 대한 염증이 투영된 결과물이었다. 당연히 미국인들의 입장에서는 환영할 만한 정책이었다. 하지만 자기 나라를 스스로 지킬 힘이 없던 당시의 우리에게 닉슨 독트린은 일종의 사망선고나 마찬가지였다. 괌에서 발표한 독트린에서 닉슨은 이렇게 표명했다.

"미국은 핵보유국들로부터 동맹국들의 자유가 위협을 받을 경우 방패(핵우산)를 제공할 것이다. 다른 형태의 침략(재래전)의 경우 미국은 필요하고 타당한 경우 군사적, 경제적 지원을 제공할 것이나, 위협을 받는 당사국이 자국의 방위를 위한 일차적인 책임을 져야 한다."

결론적으로 미국은 앞으로 아시아 지역의 전쟁에는 개입하지 않겠다는 선언이었다. 다시 말해 북한이 남침을 하더라도 미국은 직접 참전하지 않고, 북한이 핵 공격을 할 경우에만 핵우산을 제공하겠다는 것이다. 그러면서 미국은 실제로 당시 남한에 주둔하고 있던 미군의 철수를 개시했다.

우리나라 입장에서는 청천의 벽력이고 당장 발등에 불이 떨어진 격이었다. 6·25의 참상을 경험한 우리에게 전쟁보다 무서운 것은 없었고, 미군에만 의존하던 국방을 하루아침에 자주국방으로 전환하지 않으면 안 되는 절박한 상황이 벌어진 것이다. 미군이 떠난 한반도가 북한의 손아귀에 들어가는 것은 그야말로 시간문제일 뿐이었다.

이런 화급함에도 불구하고, 안타깝지만 자주국방은 하루아침에 달성될 수 있는 목표가 아니었다. 이미 군사력과 경제력 모두에서 북한에 크게 뒤지고 있는 상황이었으니 뾰족한 수를 찾기가 참으로 난망했다. 문자 그대로 누란의 위기였다.

닉슨 독트린이 발표된 1969년부터 박 대통령이 서거한 1979년까지, 박정희 대통령의 마지막 10년은 이 절체절명의 국가적 위기를 돌파하는 활로 찾기에 오로지 집중되었다는 것이 나의 생각이다. 한마디로 요약하면 '자주국방'의 추진이다. 그런데 이때의 자주국방은 한 국가의 명운을 건 백척간두의 싸움이자 가장 난해한 퍼즐을 맞추어야 하는 고도의 게임이기도 했다. 그저 국가 정책의 우선순위를 바꾸는 정도의 문제가 아니었던 것이다. 그것은 또 하나의 전쟁이자 한 국가와 국민 전체의 사활을 건 위험한 도박이기도 했다.

2.

박정희 대통령의 이 마지막 10년은, 미국 유학을 마치고 막 돌아온 나의 첫 국내 활동 10년이기도 했다. 나는 자의반타의반으로 박 대통령이 추진하던 자주국방 사업의 최전선에서 일을 하게 되었다. 기계공업 발전 전략의 수립, 유도탄 개발 계획의 수립, 그리고 실제 유도탄(백곰) 개발의 책임자로 일하면서, 어떤 면에서는 누구보다 더 지근거리에서 대통령을 보좌했다. 그런 만큼 자주국방에 대한 박 대통령의 철학과 의지에 대해서도 많은 것을 보고 느낄 수 있었다.

하지만 당시 대통령을 가까이에서 보좌하던 주변 인물들이 모두 박 대통령의 자주국방 의지에 대해 제대로 이해를 하고 있었는지에 대해서는 의문이다. 아니, 대통령의 절박함과 궁극적인 목표를 대강이라도 이해하고 있던 사람은 아마 무척 소수였을 것이라는 게 필자의 판단이다. 나아가 박 대통령이 원한 것이 북한과의 전쟁에서 승리하는 것이 아니라 전쟁 자체를 막을 수 있는 진정한 억지력의 확보에 있었다는 것을 이해한 사람은 더욱 극소수가 아니었을까 싶다.

예컨대 당시의 우리 경제 형편이나 과학기술 수준 등을 고려할 때 필자가 주도한 중거리 탄도미사일 '백곰'의 개발은 사실 일반적으로는 상상하기 어려운 사업이었다. 천문학적인 자금이 필요한 일인 데다가 미국으로 대표되는 우방들조차 대놓고 반대하는 사업이어서 성공 여부를 전혀 장담할 수 없었던 것이다. 여전히 찢어지게 가난한 나라에서 그런 대규모 사업을 시작한다는 것은 누가 보더라도 정상적으로 보이지 않았을 것이다. 실제로 이 사업에 직접 참여하는 사람들 가운데에도 회의적인 시각을 가진 이들이 한둘이 아니었다.

그럼에도 불구하고 백곰 개발 사업은 모두의 예상을 뒤엎고 마침내 대성공을 거두었으며, 우리나라는 세계에서 일곱 번째로 탄도미사일 개발 국가의 대열에 합류하게 되었다. 자주국방이라는 핵심 목표에도 한 발 더 바짝 다가서게 되었음은 물론이다. 세계 최빈국이, 전쟁의 상처가 다 아물기도 전에, 폐허 위에서 자력으로 탄도미사일을 쏘아올린 것이다. 대통령이 그토록 염원하던 자주국방의 일차 목표가 달성된 국가적 쾌거이자 세계가 깜짝 놀란 대사건이었다. 우리 민족의 탁월한 저력과 이제 막 분출하기 시작한 대한민국의 힘을 세계만방에 알린 신호탄이 바로 백곰이었다.

백곰이 무기 개발과 우주개발의 첫 신호탄이었다면, 최근 연이어 들려오는 우주발사체 나로호와 초음속 전투기 KF-21의 성공 소식은 그 대미라고 할 만하다. 세계 방산시장에서 인기를 끌고 있는 K-9 자주포, 수리온 헬기, 훈련용 전투기인 KT-1 등은 그 중간 과정이었다고 할 수 있겠다. 백곰이 있었기에 미사일 '현무' 시리즈가 가능했고, 현무를 발판삼아 나로호가 나올 수 있었다는 것이 필자의 생각이다. 물론 한강의 기적이 오로지 경부고속도로 하나의 덕분이 아닌 것처럼, 오늘날 우리가 보유한 최첨단 유도무기 기술이나 우주개발 기술이 모두 백곰 하나의 덕분인 것은 아니다. 하지만 경부고속도로와 마찬가지로 백곰 역시 우리나라의 과학기술, 방위산업, 우주개발 분야에서 성공의 시금석과 발판이 되고 국민들에게 자신감을 불어넣는 계기가 되었다는 사실만은 분명하다.

말하자면 첫 단추가 썩 잘 꿰어진 것이다. 하지만 박 대통령이 시해된 1979년 이후 우리나라의 유도무기 개발이나 우주개발은 한동안 시련을 겪어야 했는데, 외부적으로는 미국의 간섭이 너무 심했고 내부적으로는 정통성 취약한 새 정권이 이런 외풍에 너무 허약했기 때문이다. 물론 필자가 알지 못하는 다른 여러 요인들도 복합적으로 작용했을 것이다. 하지만 백곰 개발 과정에서 축적된 기술과 최고급 인재들이 한동안 사장되고, 이것이 우리가 더 빨리 우주로 나아가지 못한 하나의 원인이 되었던 것만은 분명한 사실이다. 잘 꿰어진 첫 단추를 누군가 풀었다가 처음부터 다시 꿰는 바람에 불필요하게 시간과 비용이 낭비되고 국익이 손상된 것이다.

3.

한편, 백곰을 비롯한 자주국방 사업과 1970년대의 중화학공업을 중심으로 한 경제개발 계획은 전혀 별개의 두 영역이 아니라 동전의 양면, 혹은 수레의 두 바퀴처럼 떼려야 뗄 수 없는 불가분의 사업으로 추진된 것이었다. 말하자면 박 대통령은 백곰 개발과 경제성장을 두 마리의 토끼로 상정하고 동시 달성을 추구했던 것이다. 이 역시 일반적인 상식과는 다소 배치될 수 있는데, 백곰을 비롯한 첨단무기 개발은 비용이 많이 소요되는 일종의 소모성 사업으로 여겨지기 쉽기 때문이다. 실제로 당시에도 국내외에서 백곰 개발을 두고 박 대통령이 일종의 과시성 사업을 벌이는 것이라는 식의 비판이 적지 않았다. 건달이 어깨에 힘만 잔뜩 줘서 상대를 겁박하려는 수준인데 여기에 너무 많은 돈이 들어가고 있다는 비판이다. 하지만 대통령이나 나는 전혀 그렇게 생각하지 않았고, 백곰 개발에 들어가는 비용은 그 몇십 배, 혹은 몇백 배 이상의 경제적 효과를 창출할 것이라고 확신했다.

박 대통령이나 필자가 이런 신념을 가지게 된 것은 물론 우연이나 단순한 기대에 의한 것만이 아니었다. 애초에 사업 설계 자체가 그렇게 되어 있었던 것이다. 대통령의 경우 자주국방과 경제개발이라는 두 개의 큰 짐을 양 어깨에 지고 있었으니 두 사업의 긴밀한 관계를 처음부터 잘 파악하고 있었던 듯하다. 두 사업의 연결고리를 찾아내고 적절히 힘을 배분하는 정책에 누구보다 탁월한 혜안을 보여주었다. 내 경우에는 백곰 개발 이전에 우리나라의 중공업 육성정책 수립에서 첫 단계를 책임지고 수행한 경험이 있었다. 말하자면 내가 미국 유학을 마치고 갓 창설된 KIST로 돌아와 국내에서 처음으로 책임을 맡아 진행한 프로젝트가 바로 중공업 육성정책의 수립이었다. 물론 이때의 정책 수립은 나 혼자 수행한 것도 아니고 이때 수립된 계획이 그대로 관철되어 실제로 우리나라 중공업 발전사가 된 것도 아니지만 우리나라 중공업 육성전략의 밑그림이 이때 그려진 것도 엄연한 사실이다. 특히 현재 세계 1위를 자랑하는 조선산업의 발전 전략은 이때부터 본격적으로 시작되었다고 해도 과언이 아니다. 이 중공업 육성전략을 처음 세울 때부터 필자는 당연히 한 나라의 중공업 수준과 방위산업 수준은 정확히 일치한다는 것을 잘 알고 있었고, 중공업 육성과 방위산업 육성이 서로 다른 정책이 아님을 이해하고 있었다. 그런 이해가 있었기에 백곰 개발을 진행하면서도 이 사업이 소모적인 사업이 아니라 중공업을 비롯한 다양한 산업들에 파급효과를 내고 결국 우리나라 경제개발에 크게 기여할 것임을 의심하지 않았다. 그랬기에 당시로서는 천문학적인 비용을 기꺼이 지출할 수 있었던 것이다. 훗날 잘못된 정책으로 그 효과가 반감되기는 했지만, 실제로 백곰은 개발 비용 대비 수십 배, 혹은 수백 배의 경제적 파급효과를 냈다고 자평한다. 숫자로 정확한 통계가 나온 것은 아니지만, 오늘날 우리나라의 방위산업을 이끄는 핵심 회사들이 모두 백곰 개발 과정에서 생겨난 것은 결코 우연이 아니다.

4.

1970년대에 동시 추진된 중공업 육성 전략과 백곰으로 상징되는 자주국방 전략은 이처럼 수레의 두 바퀴, 혹은 동시에 잡아야 할 두 마리의 토끼로 상정되고 추진된 것이다. 이 두 핵심 정책은 훗날 우리에게 한강의 기적을 선물하고 우주 강국의 꿈을 꿀 수 있게 해주었다. 당연히 많은 이들이 이 두 정책의 배경과 실행 과정에 큰 관심을 가지게 되었고, 두 사업에 직간접적으로 참여했던 이들이 이에 대한 나름의 회고와 기록들을 쏟아내고 있다.

그런데 최근 들어 필자는 박 대통령이 1970년대에 추진했던 이 사업들과 관련하여 잘못된 내용들이 의외로 많이 우리 사회에 유포되어 있다는 사실을 알게 되었다. 정보의 부족이 일차 원인일 터인데, 당연히 국방과 관련된 사업은 다양한 등급과 유형의 비밀로 취급되므로 그와 관련된 정보가 외부에 투명하게 공개되는 데에는 한계가 있다. 역으로 말하면 억측과 추측이 개입될 여지가 많은 것이다. 그래서 객관적이고 공정한 기록과 평가가 더욱 소중한 분야다. 그럼에도 불구하고 이 시대의 역사를 다루는 적지 않은 기록자들이 잘못된 내용, 왜곡된 해설, 편협한 평가의 함정에 빠져 있다는 것이 필자의 진단이다. 필요한 모든 정보가 투명하게 공개되지 않았기에 당시 참여자들의 증언과 기록은 그 자체로 의미를 지니는 동시에 많은 이들에게 사실로서의 신뢰성을 갖게 되거나 역사적 사실로 굳어지기 쉬운 것이다. 하지만 검증되기 어렵다는 이유로 기록자의 오류나 아전인수 해석이 무작정 용인되어서는 안 될 것이다. 자료가 없고 아는 사람이 적기 때문에 특정인의 기록이 또 다른 기록에 그대로 인용되는 경우도 많은데, 이렇게 인용된 내용이 다시 인용되기를 거듭하면서 오류가 사실처럼 확정되는 일은 최대한 막아야 한다는 것이 나의 생각이다. 필자가 노구를 일으켜 오래된 기억과 기록을 뒤적이고, 침침한 눈을 비비며 여러 책들을 탐독하여 이 책을 내는 첫 번째 이유가 이것이다. 사실은 최대한 사실로 기록되어야지, 누군가의 자의적인 해석이나 불분명한 추측으로 기록되어서는 안 된다. 이런 생각을 바탕으로 필자는 다음과 같은 기준을 세우고 원고 집필에 임하였음을 밝혀둔다.

첫째, 확실하고 공개가 가능한 내용들(사업의 추진 일정, 참여자 등)은 최대한 실제 자료를 바탕으로 정리하였다.

둘째, 시중에 나와 있는 여러 인사들의 회고록 등에서 오류가 있는 부분은 이를 명확히 지적하여 바로잡고자 하였다. 오래 전의 일이라 해당 저자는 물론 본인 역시 불명확한 기억에 의존해야 하는 부분들이 있지만, 최대한 자료에 의거하여 객관적인 설명을 하려고 노력했다.

셋째, 다른 이의 회고록이나 기존 연구서 등에서 다룬 내용 가운데 오류가 없거나 적은 부분은 가급적 짧게 설명하고, 이미 알려지지 않은 새로운 내용은 조금 더 비중을 두어 서술했다.

이런 필자의 원칙과 관점이 이 책에서 얼마나 관철되었는지는 필자가 장담할 일은 아니다. 눈 밝은 독자들의 비판과 평가를 통해서 더 걸러지고 정리될 수 있을 것으로 믿는다. 모쪼록 이 책이 우리 현대사의 가려진 한 부분을 세상에 온전히 드러내는 데 일조할 수 있기를 기대한다.

2023년 봄

저자 이경서

차례

제3부 부러진 화살과 그 책임자들

제1부
'기계공업 육성방향'의 진실

어떤 인연

필자가 1969년부터 우리나라의 중공업 육성 전략이나 백곰 개발 사업에 참여하게 된 내력을 우선 간단하게라도 미리 언급해두는 편이 독자들이 이 책을 읽어가는 데 조금은 도움이 되지 않을까 한다.

필자는 1938년 12월 17일 평양에서 출생했다. 일곱 살 되던 1945년에 해방을 맞았는데 곧 소련군이 평양에 들어왔다. 이 해에 북한 정권은 단독 화폐 발행을 결정하였고, 당시 금융업계에 종사하시던 부친(단암 이필석)은 이에 반대하여 우선 홀로 남으로 내려오셨다. 이어 나와 다른 가족들 역시 천신만고 끝에 남으로 내려와 서울에 정착하게 되었다.

필자는 경기중고등학교를 거쳐 서울공대 기계공학과에 입학하여 2년을 다닌 뒤 미국 MIT 공대에 3학년으로 편입하였으며, 거기서 학사, 석사, 박사 학위를 차례로 취득하였다.

MIT를 졸업하고 미국에서 얻은 첫 직장은 하버드대학과 MIT의 교수들이 공동으로 설립한 BBN(Bolt, Beranek, Newman)이란 이름의 연구소로 여기서 3년을 연구원으로 일했다. BBN은 음향과 진동이라는 새로운 분야를 연구하는 첨단 연구소이자 외부, 특히 미국 정부에서 용역을 받아 연구를 진행하는 일종의 용역회사이기도 했다. 이 연구소 겸 회사는 UN빌딩과 케네디센터의 음향 설계 연구, 워싱턴 지하철의 진동 설계 연구 등을 수행했고 잠수함과 유도탄의 진동 연구 용역도 수행했으며, 닉슨 대통령의 삭제된 테이프 원상복구에도 참여하였다. 이 연구소에서 일하는 동안 미국 정부의 사업은 항상 사업 진행 도중 만족스럽지 못할 경우 정부가 계약을 파기할 수 있다는 조항을 계약서에 명시한다는 것을 배우게 되었다. 나중에 다시 언급하겠지만 필자가 대형 구매사업 계약을 변호사 도움 없이 독자적으로 체결할 수 있었던 것은 BBN에서의 이런 경험이 큰 도움이 되었다.

1969년 나는 이 BBN을 퇴직하고 귀국하였으며, 국내에 돌아와 처음 입사한 곳이 한국과학기술연구소(KIST, 지금의 한국과학기술연구원)였다. KIST는 우리나라 과학기술 발전을 견인할 국립 연구기관을 설립해보자는 박정희 대통령과 린든 B. 존슨 미국 대통령의 합의, 그리고 베트남 파병에 대한 미국의 감사 선물 성격을 띠고 1966년 설립된 우리나라 최초의 국가연구기관이다. 처음에는 미국의 바텔기념연구소(Battelle Memorial Institute)의 자매기관으로 출발하였으며, 1969년 마침내 홍릉에 연구소 건물이 준공되면서 본격적인 연구 업무를 시작했다. 설립 당시 박정희 대통령의 전폭적인 지원을 받아 파격적인 혜택을 걸고 외국에 나가 있던 한국인 과학자들을 끌어모으는 데 성공했으며, 나 역시 1969년 8월에 귀국하여 10월 초부터 이 연구소에 출근하기 시작했다.

1966년 설립 당시 KIST의 초대 소장은 최형섭 박사였으며 내가 출근하기 시작한 1969년에도 역시 소장으로 재직하고 계셨다. 당시 부소장이 심문택 박사였으며, 나는 첫 출근을 하자마자 부소장실로 우선 입소 신고를 하러 갔다. 그런데 부소장실이 있는 건물 앞에 막 도착할 무렵 갑자기 검은 세단 한 대가 나타나 길을 막더니 급하게 멈춰섰다. 곧이어 중년 신사 한 분이 차에서 내리더니 선약이 있었던 듯 급하게 부소장실로 들어갔다. 나는 비서에게 입소 신고를 하러 왔노라고 전하고 대기석에 앉아 기다렸다. 10여 분쯤 지나자 문이 열리더니 심문택 부소장과 앞서 잠깐 스쳐 지나간 중년 신사가 나란히 부소장실에서 함께 걸어 나왔다. 이미 안면이 있던 심문택 부소장이 나를 알아보고는 내게 그 신사분을 소개했다.

"이 박사! 인사하지. 상공부의 오원철 기획실장이야. 앞으로 둘이서 일을 많이 하게 될 걸세."

이것이 나와 오원철 당시 상공부 기획실장의 첫 만남이었다. 오원철 실장은 이후 상공부의 광공전 담당 차관보를 거쳐 대통령 경제제2수석비서관까지 지냈는데, 나와는 참으로 질긴 인연을 맺게 되었다.

잘 알려진 바와 같이 오원철은 박정희 대통령 시절 경제제2수석비서관으로 우리나라의 과학기술 분야와 중공업 발전에 큰 기여를 하였다. 그러나 나와 관련한 인연은 이때를 시작으로 기계공업육성방안 연구와 백곰 지대지 미사일 개발 추진에 이르기까지 10여 년의 긴 기간 동안 여러 가지로 의견 충돌이 있었다. 그와 관련한 내용들은 그의 회고록에 잘 다루어져 있지만 이 책에서는 나와 직간접으로 관련된 부분에 대해서만 오류를 정정하고 분석하여 좀 더 정확한 기록을 남기고자 한다.

'기계공업 육성방향' 수립의 전말

앞서 언급한 것처럼 내가 KIST에 입소하던 무렵은 이 연구소가 본격적으로 연구 업무를 막 시작하던 때였다. 미국에서 귀국한 나는 연구소의 유체기계연구실장으로 발령이 났다. 그리고 이곳에서 내게 주어진 첫 번째 프로젝트가 바로 '기계공업 육성방향' 연구였다. 이 연구 프로젝트는 나의 첫 번째 프로젝트였을 뿐만 아니라 KIST 입장에서도 처음으로 진행하는 상당히 큰 규모의 정부용역 연구사업이었다. 말하자면 KIST의 연구 역량을 가늠할 시금석과 같은 중요한 프로젝트였다.

그런데 불행하게도 이 프로젝트의 진행은 순탄치 않았다. 연구 자체가 잘못된 것은 아니고, 연구의 결과를 실제 정책으로 이행하기까지 우여곡절이 있었다. 그리고 그 중심에 오원철이라는 인물이 있었다. 우리가 처음 대면하던 1969년 가을에 그는 상공부 기획관리실장이었는데, 이듬해인 1970년 1월 상공부 광공전 차관보로 승진했다.

오원철 차관보는 우선 조선(造船) 공업을 필두로 한 중공업 집중 육성 전략이 필요하다는 우리 팀의 연구 결과를 쓰레기통에 던져버렸다. 그러나 이렇게 폐기된 연구 결과를 다시 살려낸 인물은 김학렬 당시 경제부총리였다. 그가 상공부의 오원철 차관보가 던져버린 우리의 '기계공업 육성방향' 연구 보고서를 다시 되살려 대통령께 직접 보고하고, 마침내 계획을 실행하라는 지시까지 받아냈다. 하지만 대통령의 이 지시도 매끄럽게 이행되지는 못했다. 김학렬 부총리가 건강 문제로 갑자기 사임한 후 결국 돌아가시게 되고, 외국과의 차관 협상이 지지부진했던 탓이다.

그렇다고 우리가 건의한 '기계공업 육성방향'이 역사의 뒤안길로 완전히 사라진 것은 아니었다. 이후 새로운 경제 정책과 새로운 중공업 육성 정책이 마련되어 실제로 집행되었는데, 그 뼈대는 여전히 '기계공업 육성방향'에 담겨 있었다. 그런데도 이때의 연구 프로젝트는 이후 제대로 된 조명을 받지 못하였고, 결국 정당한 평가를 얻지도 못하였다. 필자는 이 또한 오원철 수석의 역할이나 그가 남긴 기록들과 무관치 않다고 생각하는데, 이는 흑과 백을 뒤바꾸는 것처럼 부적절한 일일 수 있다. 이제부터 그 전말을 필자가 할 수 있는 한에서 설명해보려 한다.

물론 이는 특정 개인을 비방하려는 것이 아니라 진실과 거짓을 기록으로 남겨두려는 목적에서 하는 일이다. 지금 당장은 누구의 주장이 진실인지 알기 어려울지라도, 기록이 남는다면 훗날 판단의 근거가 되리라고 생각한다.

해리 최의 방문과 기계공업 연구의 시작

KIST에 입소하고 얼마 지나지 않은 1969년의 가을 어느 날, 미국 바텔기념연구소(BMI, Battelle Memorial Institute)의 해리 최(한국명 최영화) 박사가 내 연구실로 찾아왔다. 해리 최가 근무하던 바텔기념연구소는 막 생겨난 KIST의 연구개발을 도와줄 미국 측 파트너로 지정된 자매연구소였고, 해리 최는 그 연구소의 선임연구원이었다. 국내에 충분히 잘 열려지지 않은 이 인물에 대해 조금 더 설명을 해보면 이렇다.

해리 최 박사의 부친 최창식(1892~1957)은 조국의 독립을 위해 헌신한 독립운동가였다. 《황성신문》 기자와 오성학교 교사를 지내면서 한국 역사를 서술하였다가 소위 보안법 위반으로 붙잡혀 징역 8개월의 옥고를 치렀다. 1919년 3·1운동 후 상해로 망명, 신한국청년당의 간부인 여운형, 이광수 등과 함께 독립임시사무소를 설치하고 독립선언을 하면서 임시정부 조직 업무에도 참여하였다. 1925

년에는《신민보》를 발행하여 민족계몽을 위해 헌신하였다. 1930년 일본영사관 경찰에 체포되어 본국으로 압송, 3년의 옥고를 또 치른 후 다시 상해로 가족을 찾아 돌아갔다. 그러나 옥고의 여독으로 반신불수가 되어 활동을 계속할 수는 없었다. 정부에서는 고인의 공훈을 기리기 위하여 1983년에 건국훈장 독립장을 추서하였다.

그 아들인 해리 최 박사는 중국에서 고등학교를 졸업하고 한국인 최초로 MIT에서 기계공학박사 학위를 받은 후 MIT 공대 조교수와 터프츠(Tufts)대학 교수를 거쳐 바텔기념연구소(BMI)의 선임연구원으로 재직하면서 KIST 발족 당시부터 자문위원으로 활동하였다.

해리 최 박사의 아들인 데니스 최 박사는 나중에 KIST의 뇌과학연구소장으로 부임하여 신경안정제인 '벤조다이아제핀'의 약리작용을 세계 최초로 규명, 미국 국립보건원(NIH, National Institute of Health)과 국립 뇌과학재단 등이 최고 과학자에게 주는 상을 휩쓸었다.

내가 해리 최 박사를 처음 만난 것은 MIT 수학 시절로, 당시 그는 MIT와 터프츠대학에서 교수로 재직하고 있었다. 그런 그와 서울의 KIST 안에서 다시 만나게 되었던 것인데, 그날 내 방에 들어서는 그의 얼굴은 전에 없이 약간 상기되어 있었다. 그렇게 상기된 표정으로 자리에 앉더니 갑자기 이런 말을 꺼냈다.

"이 박사! 내가 지금 정부로부터 '기계공업 육성방향'에 관한 연구용역을 받았는데, 당신이 날 좀 도와줘야겠어."

한마디로 그동안 우리나라의 빈약한 '기계공업' 분야를 어떻게 육성할 것인지, 그 정책 방향과 방안을 연구하여 보고서를 작성해야 한다는 것이었다. 그러면서 본인은 미국으로 돌아가 연구의 기본 지침과 방향, 방법론을 설정하여 돌아올 테니 그동안 한국의 기계공업 현황을 조사해 놓으라고 했다. 그리고 본인이 귀국하는 대로 구체적인 육성 방안 연구 사업을 나의 책임하에 이끌어 가라는 것이었다.

그 당시 나는 10년 동안이나 미국 생활을 한 뒤 막 귀국한 터라 기계공업 현황을 비롯한 국내 상황에 대해 거의 아는 것이 없었다. KIST에 입소한 것도 얼마 되지 않은 시점이었고, 연구실에는 송홍원 연구원 한 사람뿐이었다. 그렇다고 연구 프로젝트를 선택할 권한이 내게 있는 것도 아니었다.

나는 우선 해리 최와의 면담 내용을 상부에 보고하고, 그나마 국내 기계공업 현황에 대해 잘 아는 김연덕 KIST 공작실 차장을 우리 팀에 합류시켰다. 그렇게 처음 3명으로 출발한 우리 팀은 먼저 국내에 있는 기계공장을 전수 방문했다. 또 해리 최가 돌아온 뒤 시작될 본연구를 위하여 상공부에서 파견된 정종호 씨를 통해 국내의 모든 통계자료와 연감 등을 수집하고 정리해 나갔다.

"리드 인더스트리 딱 하나만!"

그러는 사이 해가 바뀌어 1970년 초가 되었고, 해리 최 박사가 마침내 바텔기념연구소에서 정리한 연구의 방향과 지침, 방법론을 들고 돌아왔다. 주된 내용은, 우리나라 현실에 가장 적합한 '선도산업(Lead Industry)을 딱 하나만 선정'해서 중점적으로 육성해야 한다는 것이었다. 그러면서 선도산업을 선정할 때 고려해야 할 사항들의 목록과, 각 고려사항의 상대적 비중(가중치)을 어떻게 계산할 것인지 등을 구체적인 수치로 제시하였다.

앞으로 해야 할 연구의 기본방향과 연구방법론을 제시한 이 방안에서 핵심은 '리드 인더스트리(Lead Industry) 딱 하나'라고 할 수 있다. 여러 산업이나 공장을 나열하는 식으로 계획을 세우지 말고 하나의 완제품, 즉 최종 목표물 하나만을 선택하라는 것이다. 예를 들어 자동차 산업이든, 혹은 항공기 산업이든, 우리나라 여건에 맞는 산업을 '하나만' 찾으라는 것이다. 다른 말로 하면 '중점육성'이다.

나는 해리 최가 제시한 이 지침과 방안에 기꺼이 동의했다. 어쩌면 너무나 자명하고 당연한 제안이었기 때문이다.

기계공업에서 중공업으로

내 생각에도 해리 최가 제안한 '중점육성'이 당시의 우리나라 현실에 가장 잘 맞았다. 산업기반이 총체적으로 부실한 상황에서 여러 산업을 동시에 육성한다는 것은 욕심이 지나쳐 성과를 내지 못할 가능성이 더 높았다. 한두 가지 산업에 집중하여 그 분야에서만큼은 세계적인 경쟁력을 갖추는 중점육성 방식 외에는 대안이 없다고 판단하였다.

'우리나라의 여건에 맞는'이라는 조건을 따져볼 때에도, 리드 인더스트리 하나만을 선정하여 '집중육성'한다는 계획은 지극히 당연한 결론이었다. 당시 우리나라가 세계에서 경쟁력을 가진 유일한 자원이라고는 '인력'밖에 없었다. 천원자원, 기술력, 자본, 기반시설 등 그 외의 어떤 요소도 고려의 대상이 되기 어려웠다.

이처럼 그나마 다른 나라와 경쟁력을 갖춘 것은 인력밖에 없고, 따라서 노동집약적인 산업을 선도산업으로 선택해야 한다는 것도 거의 답이 정해진 것이나 마찬가지였다. 예로부터 높은 교육열 덕분에 당시의 우리나라에도 고급이라고는 할 수 없어도 기능공으로 전환이 가능한 인력은 이미 충분히 준비되어 있었고, 임금도 상대적으로 낮아 대외적인 경쟁력도 충분하다고 여겨졌다.

이제 남은 문제는 구체적으로 어떤 산업을 선도산업으로 정해야 하는가 하는 것이었다. 그리고 그것이 나를 위시한 우리 팀이 당분간 매달려야 할 실질적인 연구의 과제이기도 했다.

그런데 이 연구 용역에는 처음부터 하나의 전제조건이 붙어 있었다. 최초의 입안자인 정부가 원하는 '기계공업'으로 연구 범위가 한정된다는 것이 그것이다. 우리는 1차산업이나 3차산업이 아니라 제조업, 그중에서도 '기계공업'의 육성 방안을 마련해야 하는 것이었다.

문제는 '기계공업'의 범위가 너무나 넓고 경계도 모호하다는 것이었다. 동력으로 움직이는 모든 장치를 흔히 기계라 하고, 이 기계를 만드는 생산 활동 자체와, 그 기계를 활용하여 새로운 무언가를 만드는 활동까지를 모두 기계공업이라고 부르기 때문이다. 이러한 기계의 생산과 활용은 금속공업을 전제로 하는데, 금속 자체만 하더라도 그 종류와 분야가 엄청나게 방대하고 복잡하다. 따라서 '딱 하나의 리드 인더스트리'를 선택해야 하는 나와 우리 팀에게는 다양한 금속공업과 복잡한 기계공업의 현황을 우선 파악하고 분석해야 한다는 문제가 발등의 불이 되었다.

이처럼 다양하고 폭넓은 기계공업 분야에 대해 두루 분석하고 연구하는 과정에서 내가 특히 관심을 가졌던 것은 자동차, 선박, 항공기 등이었다. 모두가 거대한 공장에 수많은 노동자가 모여들어야 하는 소위 중후장대한 산업이다.

물론 당시의 우리나라 산업 여건을 고려했을 때 이런 분야에 관심을 두고 연구한다는 것 자체가 난센스일 수도 있었다. 자동차는 고사하고 경운기 하나 제대로 만들지 못하던 시절이니 말이다. 하지만 내 생각에 우리가 수행해야 할 연구의 목표는 분명했다. 우선 10년 안에 세계에서 확실한 경쟁력을 가질 수 있는 산업, 민간기업이 독자적으로 뛰어들기 어려운 산업, 국부의 창출과 중진국 진입에 결정적으로 기여할 수 있는 비교적 큰 규모의 산업이어야 했다. 작은 공장들을 여럿 만든다거나, 다수의 민간기업들이 참여하여 경쟁이 치열해질 수 있는 분야를 선정하는 것은 애초부터 나의 관심 밖이었다. 크고 똘똘한 하나를 선정해야 했고, 그것은 10년쯤 뒤부터 우리나라의 경제 발전을 앞장서서 견인할 수 있을 정도로 거대한 산업이어야 했다.

결과적으로 나와 우리 팀은 선박, 자동차, 비행기 등의 산업을 우선 검토하기 시작했다. 말하자면 정부에서 요구한 건 '기계공업'인데, 우리는 조금 더 범위를 좁혀 '중공업'에 집중한 것이다.

중공업의 두 갈래 길

중공업(重工業)에는 그 규모나 기술과 관련하여 몇 가지 특징이 있는데, 우선 선진국치고 중공업이 발달하지 않은 나라가 없다. 이는 한 나라의 국부와 중공업의 발달 정도가 상호 비례한다는 의미이고, 중공업이 발전해야 여타의 산업 분야가 발달할 수 있다는 뜻이기도 하다. 소비재를 생산하는 경공업을 먼저 일으킨 뒤에 그 축적된 기술과 자본을 바탕으로 중공업에 도전해야 한다고 생각하기 쉽지만, 사실은 전혀 그렇지 않다. 특히 후발주자인 당시의 우리나라 상황에서 경공업에 먼저 투자하여 순차적으로 세계적인 경쟁력을 갖추자는 계획은 전혀 참신하지도 않고 실효성도 의심스러운 것이었다. 내가 중공업에 우선 집중한 이유 가운데 하나가 이것이다.

중공업은 또 필연적으로 방위산업과 연관될 수밖에 없다. 아니, 중공업의 태생 자체가 전쟁 때문이었다고 해도 과언이 아니다. 더 많은 군인과 물자를 머나먼 전장까지 더 신속하게 수송하기 위해 육상의 자동차와 기차, 해상과 공중의 거대한 함선과 비행기가 만들어졌다. 전쟁과 정복을 위해 함포와 미사일이 만들어지고 군함이 만들어졌다. 그 과정에서 탄생하고 발전한 것이 중공업이고, 남보다 앞서서 중공업을 발전시킨 나라들이 결국 전쟁의 승자이자 선진국이 되었다. 조금 심하게 말하면 다른 나라를 정복해서 자신들의 부를 늘리는 제국주의를 순화한 말이 선진국일 뿐이고, 각종 전쟁물자와 장비를 만드는 군수산업과 중공업은 이란성 쌍둥이나 마찬가지라고 할 수 있다.

이것이 내가 중공업에 특히 관심을 기울이게 된 또 하나의 이유다. 내가 연구를 시작하던 1969년에서 1970년 무렵은 북한의 대남도발이 극에 달한 한편, 남한이 유일하게 믿고 의지하던 혈맹 미국이 닉슨 독트린을 통해 '남한의 안보는 남한이 알아서 해야 한다'는 식으로 발을 빼던 시점이었다. 내 생각에 우리에게 '기계공업 육성방향'을 작성하여 보고하라고 지시한 정부의 최종 책임자(당연히 대통령이라고 생각되었다)가 원하는 것은 단순히 특정 공업 분야 몇 가지의 발전 전략일 수가 없었다. 앞서 언급한 것처럼 그것은 국부의 창출에 결정적으로 기여할 수 있어야 하고, 자주국방이라는 당시 최고의 지상과제와도 연결된 것이어야 했다.

국부를 지키는 산업과 창조하는 산업

한편, 세계 각국의 중공업 발전 전략은 크게 두 갈래로 나뉜다. 우선 영국과 미국을 필두로 하는 자유진영 국가들의 경우 중공업을 국부를 '지키는' 산업으로 인식한다. 반면에 소련을 중심으로 하는 공산진영 국가들의 경우 중공업을 국부를 '창조하는' 산업으로 인식한다. 이런 인식의 차이는 중공업 분야의 발전 전략에서도 큰 차이를 낳는다.

우선 중공업을 부를 '지키는' 수단으로 보는 국가들은 이 산업을 민간에 맡긴다. 만약 전쟁 등으로 국부가 크게 훼손될 우려가 생긴다면 이들 민간기업을 군수산업으로 전환시킬 수 있다. 반면에 중공업을 국부의 '창조' 수단으로 인식하는 나라들은 더 많은 부를 창출하기 위해 이들 중공업, 다른 말로 군수산업 자체를 국가가 독점하여 키운다. 또 기꺼이 전쟁을 일으키고, 전쟁을 빌미로 군수산업을 더욱 확대하는 정책을 취하게 된다. 20세기의 전반까지 유럽과 일본 등의 제국주의 국가들도 이 방식을 채택하고 활용했다.

유럽과 일본이 일찌감치 채택했던 군수산업 중심의 중공업 발전 전략은 소련과 북한에서도 그대로 이어졌다. 그 결과 전쟁이 지속되거나 반복되는 동안에는 이 나라들의 중공업이 그야말로 비약적으로 발전할 수 있었다. 북한의 경우 일제의 '북공남농(北工南農)' 정책으로 인해 일찌감치 중공업을 비롯한 공업 분야에서는 남한을 압도할 수 있었다. 이들이 겁 없이 한국전쟁을 일으킬 수 있었던 이유 가운데 하나도 이런 자신감이 있었기 때문이다. 전쟁 후에도 북한은 마찬가지 전략을 통해 군수산업을 중심으로 하는 중공업 분야를 빠르게 발전시켰고, 남한은 1970년대 초반까지 그런 북한을 추월할 수가 없었다. 따라서 당시의 나로서는 자주국방과 더불어 북한의 부를 추월하기 위해서는 불가피하게 중공업 분야의 발전을 촉진시키지 않으면 안 된다고 판단했다.

앞서 언급한 것처럼, 국가가 직접 중공업, 아니 군수산업을 지원하고 발전시키는 체제는 냉전기에는 확실히 효과가 있었다. 하지만 데탕트 시대가 되자 이들 산업의 비중이 줄어들었고, 해당 국가의 경제 자체가 크게 몰락했다. 훗날 소련이 해체되고 북한이 남한은 고사하고 아프리카의 빈국들보다도 경제적으로 쇠퇴한 이유 중의 하나가 이것이다.

수많은 선택지 앞에서

해리 최 박사가 바텔기념연구소에서 마련해온 기본 원칙을 바탕으로 우리 팀은 1970년 초반부터 본격적인 연구와 보고서 작성에 착수했다. 그동안 연구의 기초 자료는 충분히 확보되어 있었기에 나는 우선 KIST 안에 있는 기계공업 관련 모든 연구실을 이 연구 프로젝트에 참여시켰다. 이 프로젝트는 당시 KIST의 가장 중요하면서도 가장 큰 프로젝트이기도 했다. 그리하여 당시 조선해양기술연구실장이던 김훈철, 기계장치연구실장이던 남준우, 특수기계연구실장이던 김재관 박사 등이 새로 우리 팀에 합류했다. 처음부터 같이 있던 송흥원 연구원, 김연덕 공작실 차장, 상공부에서 파견을 나온 정종호 씨 외에 천병두 책임연구원(후에 KIST 소장 역임)이 '금속재료'를 담당하기 위해 추가로 합류했고, 육군사관학교의 이정오 중령(후일 KAIST 원장 및 과기처장관 역임)도 팀에 합류했다.

이렇게 확대된 팀이 꾸려지자 나는 우선 각 분야별로 자체적인 육성 방안을 작성해보도록 지시했다. 선박은 선박대로, 자동차는 자동차대로, 군수산업은 군수산업대로 저마다 개별적인 육성 방안을 작성해보게 한 것이다. 그 가운데 가장 합리적이고 타당한 분야 하나를 나중에 최종 선정할 생각이었다.

이로써 팀마다 철야 작업이 시작되었다. 당시 KIST에서는 연구자들에게 단독 주거지를 제공하고 있었는데, 우리는 눈 앞에 각자의 아파트를 두고도 집에 가지 못하고 연일 사무실에서 철야 작업을 해야 했다.

그렇게 본격적인 연구가 막 시작되던 초기에 내가 가장 우선순위를 두고 고민한 분야는 방위산업과 자동차산업이었다. 먼저 방위산업을 일본식으로 발전시키는 문제에 대하여 여러 구상을 해보았다. 그러나 솔직히 말해 명쾌한 답을 내기가 어려웠다. 분야도 방대하고 워낙 전문적인 부분이 많아 어떤 방법으로 추진해야 할지 구체적인 맥락을 잡기가 어려웠다. 게다가 방위산업은 국방 및 안보와 직접 연결되어 있어 대통령의 정치 및 통수권 문제와 연결되고, 미국과의 외교관계도 고려해야 했다. 단순한 산업이나 기술의 문제가 아니어서 실질적이고 구체적인 방안을 세울 엄두가 나지 않았다. 긴 시간을 두고 장기적으로 고민할 문제인 동시에 천문학적인 예산이 필요한 분야여서 우리의 제한된 지식을 가지고 논할 문제가 아니라고 결론을 내렸다. 하지만 방위산업은 우리가 다른 산업을 중점육성 분야로 지정하더라도 반드시 고려하지 않을 수 없는 요소임에는 틀림이 없었다.

방위산업 다음으로 고민한 분야는 자동차산업이었다. 방위산업보다는 단순하고 구체적인 연구의 대상이 된다고 여겨졌다. 하지만 당시의 우리 자동차산업 현실이 내가 상정한 목표와는 너무나 거리가 멀었다. 내 생각에 우리가 선정하는 선도산업은 적어도 10년 안에는 괄목할 만한 성과를 내야 했다. 당시의 우리나라가 무한히 투자만 하고 기다릴 수 있을 정도로 한가한 형편이 아니었기 때문이다.

그런데 자동차산업에서 10년 안에 뚜렷한 결과를 내기는 쉽지 않을 것으로 판단되었다. 자동차는 기계공업의 꽃이자 한마디로 종합예술 작품이다. 이 분야에서 경쟁력을 갖추려면 엔진의 우수성은 물론이고 외형 설계, 내장, 전자제품 등에서도 최고의 기술과 실력이 있어야 했다. 그러려면 최소한 20년의 투자와 노력이 필요할 것 같았다.

자동차가 어렵다면 모터사이클(이륜차)이나 자전거는 어떨까. 기술적으로 별 문제가 없고 빠른 시일 안에 경쟁력을 갖출 수는 있으나 시장이 너무 작아서 파급효과가 제한적이라는 문제가 있었다.

이런 식으로 우리 연구팀은 중공업과 그 밖의 여러 공업 분야를 포함하여 다양한 산업들을 하나하나 점검하는 과정을 거쳤다. 보일러, 스프링, 베어링, 농업기계, 건설기계, 기중기, 식품가공기계, 섬유기계, 제지기계, 인쇄기계, 유리가공기계, 펌프, 선풍기, 사무용기계, 재봉기, 트럭과 버스, 철도차량, 시계류, 장난감 등 무려 100여 가지의 기계 관련 산업들이 검토의 대상이 되었다.

'조선(造船)'이 최종 선택된 이유

100여 개 산업 모두에 대하여 심도 깊은 연구를 진행한다는 것은 연구 자체의 낭비가 될 수 있었다. 이에 우리는 중점적으로 연구할

1차 대상 품목의 선정에 들어갔고, 우리나라의 유일한 자원이라고 할 수 있는 '노동력'이 판단의 핵심 기준이 되었다. 이러한 기준 하에 1차 선정된 품목이 농업기계, 건설기계, 조선, 트럭과 버스, 자동차, 시계류, 장난감 등 총 34가지였다.

이 34개 품목 가운데 최종적으로 한 가지 산업이 선도산업으로 선정될 것이었다. 최종 선정을 위해서는 모든 산업에 공통으로 적용할 수 있는 객관적이고 계량화가 가능한 기준이 있어야 한다. 이를 위해 해리 최 박사가 미국에서 연구하고 정리해온 공식이 '처치만/애코프(Churchman/Ackoff)에 따른 의사결정 매트릭스(Decision Matrix)'이며, 간단히 말하면 '선정기준표'다. 이 선정기준표에서 선정기준이 된 11가지 평가항목과 항목별 가중치는 〈표 1〉과 같았다.[1]

〈표 1〉 육성품목 선정기준표

순번	선정기준	가중치
1	선진국에 비한 생산 원가	2.6
2	파급효과	1.2
3	대 선진국 수출 가능성	1.2
4	한국 경제에의 기여도	1.2
5	한국 내 기술의 생산 용이도	1.1
6	국내 시장성	0.8
7	기술 축적의 기여도	0.6
8	개발도상국의 수출 가능성	0.4
9	사업효과 기간	0.4
10	중간재로서 용도	0.3
11	생산공정 공통성	0.2

1 11가지 항목이 기준으로 채택된 이유와 항목별 가중치가 결정되는 과정은 다소 이론적이고 수학적이라서 구체적인 설명을 생략한다.

이 11개 항목을 기준으로 삼아 34개 산업을 가중치에 따라 각각 명확한 수치로 평가하였다. 계량적으로 수치화하여 평가하기에 다소 모호하고 애매한 항목들이 있는 경우 해당 분야 전문가들의 의견을 반영하여 수치화하는 '델파이(Delphi) 방법'을 추가로 적용하였다. 우리는 나중에 작성된 보고서에 이런 과정과 결과를 상세히 담았는데, 여기서는 34개 품목 중 핵심적인 15개 품목의 평가 결과만을 표를 통해 간략히 소개하기로 한다.

〈표 2〉 주요 기계공업 분야 평가결과

선정기준(가중치) / 품목	생산원가 (2.6)	파급효과 (1.2)	선진국수출 (1.2)	부가가치 (1.2)	기술타당성 (1.1)	국내시장 (0.8)	기술축적 (0.6)	수출 (0.4)	사업효과기간 (0.4)	다양도성 (0.3)	생산공통점 (0.2)	계
주물	9	4	2	4	9	7	3	3	9	9	2	61
취사용기	7	2	7	2	10	5	2	2	9	1	5	53
보일러	6	3	1	4	5	8	5	1	8	6	3	46
농업기계	3	8	6	5	5	5	6	8	5	1	7	51
건설기계	3	8	4	5	5	9	6	8	5	1	7	51
식품가공	5	5	1	3	3	1	3	1	3	1	3	32
섬유기계	7	5	3	4	5	8	5	4	7	1	4	53
인쇄기계	6	5	1	3	3	2	3	1	3	1	4	36
밸브, 피팅	5	4	2	5	5	5	4	6	9	8	2	47
송풍기	5	4	4	6	5	6	5	4	8	4	4	50
트럭, 버스	7	8	3	5	6	9	6	8	5	1	7	62
자동차, 부품	1	10	3	10	2	7	10	5	2	1	6	48
조선	10	9	2	7	5	10	6	9	5	1	1	71
이륜차	9	5	3	6	6	5	6	3	6	1	4	59
시계	5	3	7	3	7	3	2	2	8	1	1	44

이 표에서 보이는 바와 같이 가장 높은 점수(71점)를 받은 산업이 바로 '조선'이었다.

이렇게 조선산업이 최종 선도산업으로 가장 적합하다는 결과를 앞에 놓고 조선산업 담당이던 김훈철 박사와 나는 여러 날 밤낮으로 둘이서 회의와 토론을 이어갔다. 이 과정에서 조선산업에 시장성이 충분히 있고, 당시 선박의 국제 수요도 성장 중이라는 고무적인 결론이 보태졌다. 기술적으로 보아도 조선소를 짓고 기술을 습득하는 데 큰 문제는 없을 것으로 여겨졌다. 여타 세세한 모든 문제들을 감안하더라도 10년이면 충분히 국제 경쟁력을 갖출 수 있다는 결론이 도출되었다.

한 가지 문제는 조선산업이 독자적으로 발전할 수는 없다는 것이었다. 조선소 외에 이를 뒷받침할 다른 공장의 건설이 요구되었는데, 보다 구체적으로는 종합기계공업공장, 주물선공장, 그리고 특수강공장이 그것이다. 나중에 경제기획원에서는 이들 4개 공장을 '4대 핵공장'이라고 명명하고 이 4개의 공장을 중점육성하기로 최종 결정하게 된다. 여기서 핵공장이란 말은 핵심(core) 공장이란 의미다. 그러나 이 '4대 핵공장'이라는 명칭은 사실 잘못된 것이다. 핵공장은 조선공업 하나뿐이고, 나머지 3개 공장은 어디까지나 조선공업을 뒷받침할 보조공장이었기 때문이다.[2]

2 지금도 많은 저술들에서 '4대 핵공장'이라는 용어를 사용하고 있으므로 여기서도 일단은 그대로 사용한다.

아무튼, 조선을 선도산업으로 정하고 3가지 보조공장을 추가하는 방안이 우리 연구의 최종적인 결론으로 도출되었다. 이제 '기계공업 육성방향'의 구체적인 추진 계획과 예상되는 경제적 효과 등을 정리하면 보고서 작성은 일사천리로 진행될 것이었다. 이처럼 모든 것이 순조로울 것만 같던 어느 순간, 내 스스로 뒤통수를 치지 않을 수 없었던 '수출연불제도'라는 중대한 문제가 갑자기 대두되었다.

"세상에! 이렇게 쉬운 일이라면 모든 후진국들이 이미 다 조선사업에 뛰어들었을 게 아닌가?"라는 의구심에 따른 복병이 발견된 것이었다. 선박은 워낙 고가이기 때문에 매입자는 선박 대금을 일시에 지불하지 않는다. 상식적으로 보면 계약금과 중도금이 있고 선박 인도 시에 잔금을 모두 받으면 될 것 같지만, 실상은 선박 인도 후에도 몇 년, 혹은 몇십 년에 걸쳐 대금을 나누어 받게 된다. 재료비와 인건비는 모두 지출되지만 선박의 최종 대금은 훨씬 시간이 지난 뒤에나 받게 되는 특이한 구조인 것이다.

조선산업의 이런 특이한 결제 방식은 당시 우리나라의 외환보유고 등을 염두에 두고 판단할 때 커다란 장애가 아닐 수 없었다. 그러나 다른 대안이 없었다. 이것은 정부가 풀 문제라 생각하고, 우리는 보다 구체적인 나머지 육성방안 수립에 들어갔다.

조선공업 육성방안의 핵심내용

나중에 《한국기계공업육성방향 연구조사보고서》라는 우리의 최종 보고서에 실린 내용 가운데 '조선공업 육성방안' 항목에 실린 내용을 간략히 요약하면 이렇다.

<개론>

조선공업은 선박의 건조뿐만 아니라 운영중인 선박들의 수리도 담당하여야 하므로 한국과 같은 해양국가로서는 아주 중요한 산업이다. 1960년대에 한국 조선공업은 괄목할만한 성장을 이루었지만 아직도 그 수준은 유치한 상태이다. 그래도 정부는 제1차 경제개발 5개년 계획에서 이 분야를 적극 후원하기로 하였다.

조선공업은 대규모 시설이 필요하고, 선박 건조도 단일 주문 생산으로 이뤄진다. 대당 가격은 수백만 달러에서 수천만 달러에까지 이른다. 따라서 조선공업은 대량생산 방법을 쓰지 못하고 그 운영은 노동집약적이다. 그 규모에도 불구하고 수익성은 높은 편은 아니다.

그러함에도 불구하고 연관 산업은 금속, 기계, 화학, 전기, 전자뿐만 아니라 다른 해양산업 및 해양운송산업과 긴밀한 관계가 있다. 따라서 조선산업은 아주 중요하므로 정부의 보호 하에 육성되어야 한다. 게다가 이 산업은 노동집약적 생산 방식이므로 이는 한국의 현실에 적합하다. 하지만 노동력의 장점은 한시적이고 개발도상국가들의 급변하는 형세에 비춰보아 이 기회는 너무 늦기 전에 꼭 활용하여야 한다.

<조선산업 시설의 현황>

1968년 현재 우리나라 조선산업에 관련된 287개 회사 중 123개 회사는 선박을 건조하는 사업에 종사하며, 그리고 142개 업체는 부품을 생산하며 22개 업체는 외장 사업을 하고 있다. 대부분의 조선소는 항구 근처에 산재해 있고 약 61%는 남해안 지역에 있다. 주목할 일은 거의 모든 조선소들이 매우 빈약한 상태에 있다는 것이다. 오직 2개의 공장만이 2,000GT(Gross Tonnage, 총톤) 수준의 철선(steel ship)을 건조할 수 있다. 약 3분의 1(40개 회사)만이 철선을 제조할 수 있고, 나머지 100개의 회사는 목선만 만들 수 있다.

비록 1962년에 215개 조선회사에서 1968년에는 70여 개 회사가 증가했지만, 제1차 조선공업 계획에 비하면 너무나 빈약한 시설과 자본으로 대형 선박 수요에 대처할 수 없었다. 더군다나 다수의 소규모의 공장 영세성 때문에 그 이상의 자본과 인력의 확산을 이루지 못하였다.

한국의 조선 생산 능력은 1969년 현재 대략 20만GT이고, 한국에서 가장 큰 조선회사인 대한조선공사는 1만 3,000GT 규모의 선박 공장을 갖고 있으며, 두 번째로 큰 대선조선공사는 각 4,000GT와 3,000GT 생산시설을 보유하고 있다.

이 두 조선사의 시설의 특징은,

(1) 이 두 회사는 선박 제조 능력을 갖추었고 관련 부품을 생산할 수 있다.

(2) 그릇된 연차별 확장 계획 때문에 그들의 수리 공장, 건조 공장, 그리고 관련된 부품 공장들이 비효율적으로 운영되었다.

(3) 또 현장은 차후 확장을 하기에는 너무 협소하다.

1969년 조선공업 현황을 보면, 적정 일거리가 부족하여 작업율은 철선의 경우는 20.5%이고 목선의 경우는 34.6%였으며, 선박 엔진 제조업체는 수리 작업 위주로 78.1%에 달했다. 또 다른 문제로는 커다란 시장성에도 불구하고 일감 부족으로 조선소 경영에 중요 문제로 남아있었다.

부품 국산화에 있어서는 1968년 표준선박 NCI-65의 경우 220개 부품 중 160개가 국내 조달되어 72.7%에 달했는데 이는 1967년의 65.0%보다는 약간 증가한 것이다. 그럼에도 불구하고 국내 조달 비중은 선박의 크기가 커짐으로 줄었는데, 대한조선공사의 경우 4,000GT 화물선 제작에는 해외 조달 부품이 500GT 선박보다 높은 비율로 증가하였다.

비록 1만GT 선박의 경우 내자 부품 비율이 낮지만 조선업계에서는 크게 중요한 일은 아니다. 중대형 화물 선박을 건조할 때에는 외국 부품이 50%에 달하겠지만, 특히 수출용 선박의 경우에는 1973년에 완공될 포항제철로부터 국산 철강이 공급되므로 이는 25%로 낮아질 것이다.

<육성전략>

(1) 국제 경쟁 단위 조선소의 설립

최신 발전된 형식의 대형 조선소를 1개 신설하여 선박 수출과 기술 도입의 모체로 육성한다.

- 생산 능력 : 54만GT/년
- 최대 선 : 10만GT급
- 대지 : 20만 평
- 생산방식 : 대조립, 연속 공정 방식
- 생산 방법 : 조선 기술, 경영 기술이 높고 큰 시장을 가진 국가와 합작투자 회사 설립

(2) 기존 조선소 시설 확충

가. 1, 2급 조선소를 적정 규모(최대 선 3만 톤 정도)로 시설을 보완하되, 생산성 향상을 위한 설비 개선에 치중한다.

나. 군소 조선소를 지역별로 통합하여 경쟁 단위로 보강하고 선박 종류별로 전문화한다.

다. 신 조선소 가동 전까지 수출시장을 개척토록 정부가 그 전에는 국내시장을 보호하여 국내선을 주로 공급하도록 육성한다.

(3) 회전기금(Loan Fund System)의 설치

국내선 건조를 위한 재정 지원의 규모와 효율을 높이기 위하

여 지원기금을 회전기금화하여 국내선 수요에 안정된 구매력을 제공, 조선 업무량을 확보하게 한다.

(4) 종합적인 조선 기술의 연구 개발

국내 조선 기술의 발전 향상을 위하여 조선 기술 연구기관을 설립하고 일반 선박 및 함정의 조선 기술을 종합적으로 개발한다.

(5) 투자

3차 경제개발 5개년 기간과 준비 연도인 1971년으로, 6년간 정부가 조선공업 육성에 투자할 자금은 설비투자, 수출선가 보조, 조선소 운영자금 융자, 기술 이식 자금, 국내선 건조를 위한 융자로 구분되는데 마지막의 국내선 건조를 위한 융자는 해운진흥을 위한 융자이기도 하며 일정 기간 내에 이자를 합쳐서 분할 상환되나 계획 기간이 길지 않으므로 상환에 대해서 고려하지 않고 모두 투자액으로 합계하였다.

가. 설비 투자액은 신설 조선소의 소요 부지 및 항만의 준설 공비를 제외한 총 시설 장비에 소요되는 것으로 3,500만 달러이다. 또 기존 조선소의 설비 투자 시설 통합이나 장비 개선에 소요되는 액수는 1,000만 달러이다.

나. 수출 선박에 대한 선가 차액 보조금은 5~15%로 하고 종합제철과 신설 조선소가 완전 가동되는 1974년부터는 소기의 선가 절하가 달성된다고 보아 종결시킨다.

다. 운영비는 조선소의 신규 또는 증원되는 고용원에 대한 3개월분 인건비 및 경비와 기존 신설 조선소의 조선 건조량 증가에 따라 늘어야 할 비축 자재 확보에 소요되는 최소한의 자금을 포함한다.

라. 1976년도 목표로 21만 총톤에 달하는 국내선을 건조하고 이에 대하여 정부 융자 한도인 85%를 하회하는 75%를 선주에게 융자하는 것으로 국내선 건조 융자액을 계산하였으며 이 자금은 무리하지 않은 규모이다.

(6) 투자 효과

가. 조선 시설 능력과 선박 건조량 : 신설 조선소는 1973년, 1975년 2차의 시설 준공에 의하여 연 생산능력 54만 총톤(GT)의 규모로, 기존 조선소는 현 12만 3,000총톤의 생산능력에서 18만 총톤의 능력으로 증강되어 1976년에는 72만 총톤의 조선시설 능력을 가질 것이며, 현재 30% 미만의 가동률을 가진 조선소는 정부의 지원과 설비 개선으로 1976년도에 67%로 가동률을 높여 12만 총톤의 선박을 지을 수 있을 것으로 보아 우리나라는 총 65만 총톤의 선박을 건조할 수 있게 된다. 신설 조선소는 시설 확장을 계획대로 진행하고 수출시장 개척을 적극 추진하여 시설 능력과 수주량의 차이로 인한 가동률 저하를 적극 방지한다.

나. 선박 수출 : 수출 기반이 완전하지 못한 1971~1972년에는 건조량의 20%를 수출하고 1973년부터는 국내 유효수요의 부족을 고려하여 건조량의 2/3를 수출한다고 할 때 연도별 선박 수출량은 다음 표와 같다.

선박수출(단위 1,000GT, $1,000)

	1972	1973	74	75	76	계
수출량	19	100	230	370	440	1,159
수출액	5,700	25,000	50,600	81,400	96,890	259,500

다. 종합적인 선박 투자 효과 : 전체적으로 보면 5년간 2.12억 달러를 투자하여 4.10억 달러의 효과를 달성하게 된다. 국내선의 해운수산 부가가치는 외항선의 운임 절감액으로 계산하였고, 잔여가치는 선박의 경우 내용 년수를 15년으로 하여 초기 가치의 1/6씩 매년 상각하였다. 조선 시설은 3년 사용에 매년 1/6을 감가 상각하였다.

'기계공업 육성방향' 결과 보고와 오원철 차관보의 퇴짜

일단 선박, 다시 말해 조선(造船)산업이 리드 인더스트리(Lead Industry)로 결정되자 나머지 문제는 비교적 쉽게 해결되었다. 조선산업 육성을 위한 조선소 건립을 추진하되, '종합기계공장, 주물선공장, 특수강공장'을 추가로 건설하자는 방안이 최종적으로 마련되었다. 이 가운데 종합기계공장은 향후 선박 엔진의 제작을 맡을 공장으로 추진한 것이며, 주물선공장과 특수강공장은 선박의 제조에 필수적인 기초 원자재를 생산하기 위한 공장이었다.

이렇게 4대 핵공장 건설 방안의 초안을 만들어 해리 최 박사에게 보고하였다. 별 문제없이 그를 납득시켰다. 급하게 보고서 초안을 만들고, 프로젝트를 의뢰한 상공부에 통보하였다. 상공부에서는 브리핑 날짜를 정해주었다.

1970년 4월, 〈기계공업 육성방향〉이라는 약 30페이지 분량의 브리핑용 차트를 들고 상공부 회의실로 갔다. 소강당이었는데, 이미 약 100여 명의 상공부 직원으로 가득 차 있고 연단 위에는 이낙선 상공부장관이 앉아 있었다. 그 옆으로 브리핑 차트 걸이가 준비되어 있었다.

브리핑은 실무 책임자인 필자가 담당했다. 해리 최 박사와 KIST의 다른 연구원들은 상공부 직원들과 나란히 객석에 착석하였다. 나는 차트를 넘겨가며 30여 분에 걸쳐 준비한 '기계공업 육성방향'을 설명하였다. 우리가 그동안 진행한 연구 과정과 방법을 소개하고, 검토 대상이 되었던 다양한 산업들과 이들에 대한 평가항목을 제시하였으며, 평가항목별 가산치와 이에 따른 계량적 결과를 수치로 설명했다. 결론으로 조선산업을 필두로 한 4대 핵공장 건설을 제안하고 예상되는 파급효과를 설명하는 것으로 브리핑을 모두 마쳤다.

이로써 우리의 임무는 일차 끝이 났다. 프로젝트를 의뢰한 상공부의 공식적인 반응과 결과만 남은 셈이었다. 그때 오원철 상공부 차관보가 단상으로 올라갔다. 그리고 상공부의 공식 의견을 피력하였다.

그가 밝힌 공식 의견을 한마디로 간추리면 우리의 '4대 핵공장안'을 인정할 수 없다는 것이었다. 다른 말로 하면 우리의 안이 즉석에서 퇴짜를 맞은 것이다. 나를 비롯하여 우리 연구원들에게는 날벼락이나 마찬가지였다.

오원철은 후일 상공부의 중점 추진 사업으로 자동차부품과 선박(조선공업)을 선정하고 실제로 이를 추진하였다. 그러나 그가 남긴 수많은 기록들 어디에서도 우리의 조선공업 중점육성 방안을 자신이 퇴짜놓은 적이 있다는 사실은 언급하지 않았다. 물론 우리의 연구 내용을 참조했다는 말도 당연히 없으며, 모든 계획이 자신의 머릿속에서 처음 나온 것처럼 기술했다. 참으로 후안무치한 일이다.

비난과 좌절

오원철 차관보가 나의 설명과 제안을 듣고 우리의 조선산업 발전 방안을 즉석에서 거부한 데에는 그만의 판단과 계획이 이미 있었기 때문일 것이다. 실제로 그는 우리에게 자신의 의견에 따라 향후 우리가 공식적으로 제출할 보고서의 내용을 수정해달라고 사전에 요구했었다. 그러면서 즉석에서 보고서에 담아야 할 내용을 설명했는데, 요약하면 기계공업 분야에 포함되는 다양한 공장들 중에서 임팩트(Impact, 영향력이나 확장성)가 큰 10여 개의 공장들을 설립하는 계획으로 바꾸라는 것이었다. 물론 이때 구체적으로 어떤 공장을 지어서 무엇을 생산할 것인지는 말하지 않았다. 그가 늘 주창하는 '임팩트 폴리시(Impact Policy)'에 의거하여 다수의 공장을 선정하고 국가 주도로 이를 건설하는 계획을 수립하라고 요구했을 뿐이다.

오원철 차관보가 이렇게 우리의 안을 내팽개치고 자기의 요구를 내세운 것은 앞에서도 지적한 것처럼 그만의 고민과 판단이 이미 있었기 때문이다. 그런데 그의 이런 고민과 판단은 어쩌면 당연한 것이었다고 이해할 수 있다. 우리가 진행한 연구 프로젝트의 발주처가 상공부였고, 기계공업 육성 문제는 상공부의 광공전 차관보인 그의 담당 업무였기 때문이다. 말하자면 그가 책임자이자 주무관이었다. 프로젝트의 발주 때부터 그의 고민과 계산도 시작되었을 것이 분명하고, 그 사이에 그 나름의 결론을 내리고 있었던 것도 충분히 수긍이 가는 대목이다. 그로서는 당연히 해야 할 일을 하고 있었던 셈이다.

하지만 그의 퇴짜 선언과 새로운 보고서 작성 지침을 듣고 있는 나로서는 이해할 수 없는 점들이 있었다. 우선 임팩트 있는 공장을 10여 개나 건설한다는 방향성에 의문이 들었다. 한두 가지 분야를 집중 육성해도 성공을 거둘까 말까 하는 어려운 시기에 그렇게 많은 공장들을 건설하고 그 산업을 지원한다는 게 가능한 일일지 몹시 의문이었다. 자동차산업도 키우고 항공기산업도 키우고 조선산업도 동시에 키운다는 계획은 듣기에는 어떨지 몰라도 현실성이 없는 계획으로 여겨졌다.

또 하나 이상한 것은, 그가 아무런 구체적인 대안도 제시하지 않았다는 것이다. 임팩트 있는 공장을 10여 개 짓자고 하면서도 구체적으로 어떤 공장을 지어 무엇을 생산할 것인지, 그 생산물이 세계시장에서 어떻게 자리잡을 것인지에 대해서는 가타부타 말이 없었다. 본인이 주장하는 '임팩트 있는 공장들'이라는 지침 외에 구체적인 것은 아무것도 제시하지 않았다.

그의 설명을 듣고 있자니 공산주의 진영의 중공업 우선 정책과 비슷한 것이 아닌가 하는 의문도 들었다. 소총 만드는 공장, 대포 만드는 공장, 탱크 만드는 공장, 함선 만드는 공장, 유도탄 만드는 공장, 전투기 만드는 공장 등등을 별개로 동시에 세우자는 생각과 유사하다고 느껴진 것이다. 하지만 그런 전략으로는 중공업이든 기계공업이든 전반적인 발전을 이룰 수 없다는 것이 우리 팀이 연구 초기부터 내린 결론이었다. 해리 최가 미국의 바텔기념연구소에서 들고 온 결론도 그것이었다. '리드 인더스트리 딱 하나만!'

그런데도 오원철 차관보는 자신의 생각대로 우리의 보고서를 수정하라고 요구했다. 상공부에서의 브리핑을 마치고 연구소로 돌아온 우리 팀은 심각한 얼굴로 모여 앉아 대책회의를 진행했다. 불가피하게 보고서를 수정해야 한다는 일부 의견도 있었지만, 나나 해

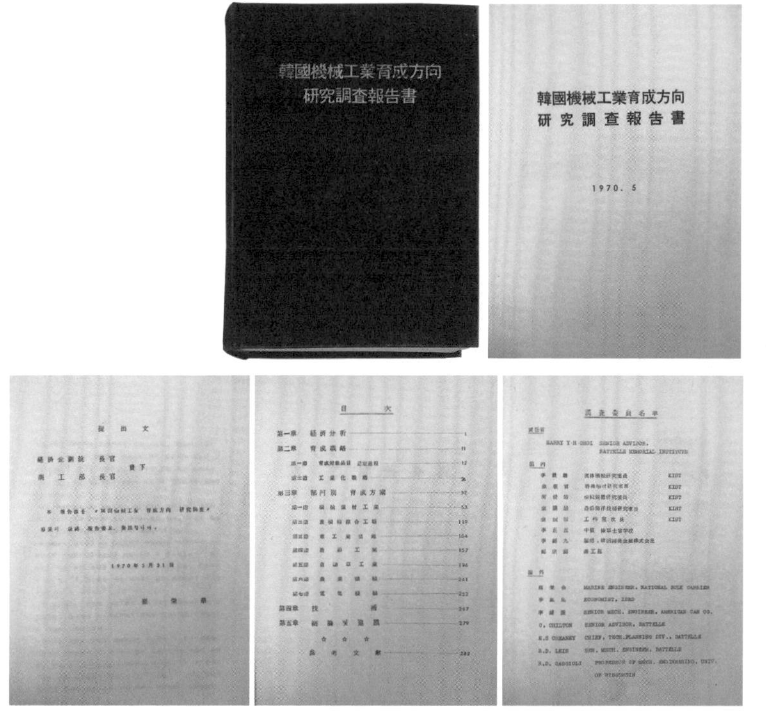

《한국기계공업육성방향 연구조사보고서》

리 최는 오원철 차관보의 요구가 부당할 뿐만 아니라 그 방안도 합리적인 것이 아니어서 도저히 수용할 수 없다는 생각이었다. 회의가 끝나자 프로젝트의 총책임자인 해리 최 박사는 우리의 본래 원안대로 상공부에 보고서를 제출하라고 지시하였다. 그리고는 곧 미국으로 출국을 해버렸다. 우리는 1970년 5월 31일 상공부에 《한국기계공업육성방향 연구조사보고서》라는 제목의 보고서를 제출했다. 보고서 제출을 마지막으로 팀은 자동 해체되었다.

상공부 브리핑과 최종 보고서 제출까지 마쳤지만 KIST의 분위기는 더없이 어두웠다. 나로서는 최형섭 소장이나 심문택 부소장을 뵙기가 무척 고통스러웠다. 내가 맡은 프로젝트는 당시 KIST에서 가장 중요하고 큰 프로젝트였는데, 이것이 발주처의 차관보에 의해 일언지하에 퇴짜를 맞았으니 나로서는 우선 체면이 말이 아니었다. KIST 전체가 나를 비난하고 경시하는 분위기여서 한동안 우울하고 침울할 수밖에 없었다.

기적은 있다

홍릉의 KIST는 참 아름다웠다. 3개 연구동과 다리로 연결된 본관동이 있었는데, 내 연구실에서 본관 쪽을 보고 있으면 천국에 와 있는 기분이 들 정도였다. 그날도 그렇게 자리에 앉아 창밖을 보고 있는데 갑자기 전화기가 울렸다. 김학렬 경제부총리실이라고 하며 다음날 오전 10시까지 부총리실로 오라는 것이었다. 난데없는 전화였다.

그 전에 나는 김학렬 경제부총리를 단 한 번 뵌 적이 있었다. 아버님의 지인으로 경제 수석으로 계실 때 나의 KIST 입소 신원보증을 해주셨는데, 귀국하자마자 아버님 지시로 청와대 경제수석실로 찾아가 감사 인사를 한 번 드렸던 것이다.

그런데 왜 부총리께서 갑자기 나를 보자는 것일까. 전혀 감이 오지 않았다. 아버님께 여쭤보아도 전혀 모르겠다고 하셨다.

다음날 경제기획원 부총리실로 갔더니 비서가 곧 안내를 해주었다. 부총리께서는 반갑게 맞아주시며 개인 안부를 물었다. 그렇게 잠시 잡담을 하시더니 문득 내게 이렇게 물으셨다.

"네가 상공부에서 무슨 프로젝트인가를 받아서 했다며? 그래, 그 내용이 뭐야?"

청천벽력 같은 질문이었다. '어떻게 내가 그 프로젝트 진행한 걸 아실까?' 하는 생각이 우선 들었다. 아무튼 나는 그동안 진행된 프로젝트의 경과를 간략하게 말씀드렸더니 전혀 뜻밖의 지시를 하셨다.

"음, 그래. 그러면 내일 그 보고서 내용을 나에게 조금 더 자세히 브리핑을 좀 해줘."

기존 보고 자료가 어디 있는지도 생각나지 않았지만 부총리께서 지시하신 것이니 어떻게든 브리핑을 해야만 했다. 연구소로 돌아와 다 폐기해버린 서류 더미 속에서 겨우 미니차트 하나를 찾아냈다. 나로서는 실로 다시 보고 싶지도 않은 물건이었다. 고생만 하고 결과는 망신뿐이었고…….

다음 날, 약속대로 부총리께 '기계공업 육성방향'에 대해 설명을 해드렸다. 그러나 그때까지도 왜 부총리께서 갑자기 폐기된 프로젝트의 내용을 알고 싶어 하시는지 도무지 감이 잡히지 않았다.

그런데 며칠 후에 부총리께서 또 부르시더니 주물선 등의 전문

용어들에 대해 자세히 설명을 해보라고 하셨다. 그런 질문을 받고 보니 더욱 의문이 들었다. 경제 정책을 하시는 분이 왜 갑자기 기계공업 관련 전문용어를 공부하려 하시는 건지 이해가 되지 않았던 것이다. 나는 '아마 경제부처 주무장관으로서 여러 분야에서 보고가 올라오니까 그 나름대로 주요 분야의 보고를 들으실 때 도움이 될 것으로 생각하고 공부를 하시려는 것인가 보다'라고만 생각했다. 말하자면 나를 부총리 자신의 공업 분야 임시 과외선생 정도로 지명하신 모양이라고 가볍게 생각하고 넘어갔다.

김학렬 부총리의 쇼

그렇게 1주일쯤이 지난 후, 이번에는 상공부 보고회에서 사용한 본래의 정식 차트를 가지고 경제기획원으로 들어오라는 전갈이 왔다. 경제기획원에 도착했더니 비서는 나를 부총리실이 아닌 소회의실로 안내하였다. 소회의실에는 국장급 이상 10여 명의 간부가 배석하고 있고, 전면에는 부총리와 이낙선 상공부장관이 앉아계셨다.

부총리의 지시에 따라 나는 준비했던 자료에 대해 브리핑을 시작하였다.

"지금부터 '기계공업 육성방향' 연구 결과를 보고 드리겠습니다. 보고자 이경서입니다."

서두가 끝나자마자 부총리께서 버럭 소리를 지르셨다. 김학렬 부총리는 관가에서 타의 추종을 불허하는 욕쟁이로 알려져 있었는데, 역시나 내게도 여지없이 육두문자가 날아들었다.

"야, 이 XX야! 이경서가 어떤 XX야?"

정신이 없어 얼떨결에 "네?" 하고 반문하였다.

"야! 이경서라고 하면 그놈이 뭐 하는 놈인지 누가 알어?"

일리가 있었다. 나는 간단히 나의 소속과 경력을 소개한 후 차트의 첫 페이지를 열었다. 그렇게 보고를 시작한 지 얼마 지나지 않아 우리의 계획대로 중점육성 사업이 진행될 경우 우리나라 경제가 얼마나 성장할 것인지를 예측하여 설명하는 부분에 이르렀다. 그런데 그 설명이 끝나기도 전에 다시 부총리의 육두문자가 또 날아들었다.

"야, 이 XX야! 우리 경제기획원에서도 모르는데 네까짓 놈들이 어떻게 경제 성장을 예측해?"

역시 맞는 말씀이다. 나는 인정한다는 뜻으로 고개를 숙여 보였다. 그 후 계속된 나머지 보고는 별 탈 없이 끝까지 이어졌다. 나의 보고가 끝나자 부총리께서는 옆에 앉은 이낙선 장관에게 작은 목소리로 "저 XX, 처음에는 형편없더니만 내용을 들어보니 그럴듯한데……, 제가 각하께 보고해도 될까요?" 하고 물었고, 상공부장관은 선선히 대답했다.

"네. 그러시죠."

이로써 김학렬 부총리의 모든 쇼가 끝났다. 그제야 그의 지난 모든 행동들이 이해가 됐다. 말하자면 사전면접을 통해 나와 우리 연구팀이 내린 연구의 결과를 미리 파악하고, 상공부장관이 참여하는 공식적인 자리를 통해 우리의 프로젝트를 되살릴 기회를 만들어주기 위함이었던 것이다.

이렇게 부총리실에서의 브리핑이 끝나자 앞뒤 상황은 충분히 이해가 되었다. 하지만 여전히 풀리지 않는 의문이 하나 있었다. 과연 부총리께서 이 프로젝트에 대해 어떻게 알게 되었는가 하는 것이었다. 상공부 브리핑에서 일언지하에 퇴짜를 맞고 조용히 쓰레기통에 처박힌 프로젝트를, 분초 단위로 시간을 쪼개어 일을 하시는 부총리가 과연 어떻게 알고 나를 찾았는가 하는 것이 여전히 의문이었던 것이다. 이 문제에 대해서는 뒤에서 다시 나의 의견을 밝히기로 하고 일단 넘어가 보자.

청와대의 호출

며칠 후, 이번에는 연구소의 최형섭 소장에게서 급히 보자는 전갈이 왔다. 부리나케 소장실로 뛰어갔더니 최 소장이 또 뜬금없는 소리를 했다. 청와대에서 다음날 중요한 회의가 있는데, 이경서 박사가 꼭 참석해야 한다는 전갈이 왔다는 것이다. 그러면서 최 소장 본인은 선약이 있어 갈 수 없고, 대신 심문택 부소장이 나와 동행할 것이라고 하셨다. 부총리에게 보고했던 '기계공업 육성방향'과 관련된 회의임을 쉽게 짐작할 수 있었다. 그게 아니고는 청와대에서 나를 찾을 이유가 전혀 없었다.

다음날, 심문택 박사와 청와대로 갔다. 본관에 도착하니 안내하는 비서관이 어느 회의실 앞으로 우리를 데리고 갔다. 그러면서 대통령께서는 지금 회의실 안에서 경제과학심의회의를 주재하고 계시는데 곧 끝날 것이라고 알려주었다. 실제로 10여 분이 지나자 회의실 문이 열렸고, 우리는 안으로 들어가 자리를 잡았다. 대통령께서 "다음 순서로 부총리의 특명 보고가 있으니 바쁘지 않은 사람들은 같이 참석하라"고 이미 회의를 마친 사람들에게 권했다. 몇몇은 선약이 있다며 일어나고 남덕우 부총리, 이낙선 장관, 김정렴 실장 등 7~8명 정도가 그대로 배석하였다.

김학렬 부총리가 준비된 미니차트를 가지고 대통령께 설명을 시작하였다. 그런 부총리의 설명 중간에 대통령께서 질문을 하나 하셨다.

"현재 우리나라 조선 능력이 어느 정도야?"

미니차트에는 없는 내용이어서 실무 책임자인 내가 나서서 대답했다.

"선진국에 비하면 미미하거나 아예 없다고 생각하셔도 됩니다. 현재 세계 제일의 조선 건조 능력은 일본이 보유하고 있는데, 우리나라가 지금 시작하면 10년 안에 세계 2위는 될 것이라고 생각합니다."

대통령은 말없이 살짝 미소만 지었다. 그렇게 부총리의 보고가 끝나자 대통령께서는 미니차트에 서명을 하더니 앞으로 부총리가 책임지고 모든 일을 진행하라고 짧지만 분명하게 지시하였다.

기적이었다. 모든 것이 꿈만 같았다. 그 자리에 있으면서도 돌아가는 상황이 도무지 실제 같지가 않았다. 쓰레기통에 처박혔던 프로젝트가 다시 꽃을 피우려 하는 순간이었던 것이다.

오원철 차관보

‘기계공업 육성방향’ 연구 결과에 대한 대통령의 결재가 난 후, 나 역시 한두 달은 무척 바빴다. 우선 매주 부총리 주재 회의가 있었다. 이 회의에 경제기획원에서는 황병태 차관보와 관련 국장들이 참석했고, KIST에서는 나 혼자 참석하였다. 주무부처인 상공부에서도 누군가 회의에 참석해야 했는데, 자연스럽게 광공전 담당인 오원철 차관보가 참석하게 되었다.

오원철 차관보의 가시방석

오원철 차관보의 입장에서 그 회의는 퍽 곤혹스러웠을 것이다. 이미 대통령의 결재가 떨어진 사안이고 부총리가 직접 챙기고 있는 사업이니 프로젝트 자체에 반대를 하기도 어렵고, 그렇다고 자신이 퇴짜를 놓은 사업 계획에 대하여 애정을 가지고 적극적으로 임하기도 어려웠을 테니 말이다.

게다가 프로젝트는 이미 대통령의 결재를 거쳐 국가의 핵심 정책으로 추진되고 있었으니, 그의 실책으로 상공부가 관할할 사업이 결과적으로 경제기획원으로 넘어간 꼴이 되었다. 기술관료(테크노크라트)로서의 자부심이 대단했던 그로서는 경제관료에게 굴욕적인 일패를 당한 셈이나 마찬가지였다. 나아가서, 만약 부총리가 이 프로젝트의 추진을 원천 봉쇄했던 그의 오판을 추궁하기라도 한다면 그의 앞날에 먹구름이 낄 것도 자명했다. 자칫 상공부장관에게까지 불똥이 튈 수도 있었다. 이래저래 그로서는 회의 자체가 바늘방석일 수밖에 없었다. 언제 부총리의 육두문자로 범벅된 욕설이나 비난이 자신에게 떨어질지 알 수 없는 초조함의 시간들이었을 것이다.

그런데 오원철 차관보에게는 퍽 다행스럽게도, 부총리가 직접 주재하는 회의는 별 마찰이나 문제 없이 곧 마무리가 되었다. 그다음 순서는 4대 핵공장의 사업설명서(Prospectus)를 영문으로 작성하는 일이었다. 각 사업마다 외국으로부터 차관을 받기 위한 일종의 제안서를 만드는 실무적 성격의 작업이고, 이 일은 경제기획원의 황병태 차관보가 책임을 맡아 진행했다. 경제기획원의 공무원들과 KIST의 연구원 몇 명이 이 작업에 투입되었고, 역시 별 무리 없이 제안서가 완성되었다. 이 작업을 마지막으로 '기계공업 육성방향'에 대한 KIST와 나의 역할은 완전히 끝이 났다.

가려진 진실

오원철 상공부 차관보가 쓰레기통에 처박아버린 우리의 '기계공업 육성방향'은 김학렬 부총리에 의해 되살아나 박 대통령의 최종 결재까지 받았으나 안타깝게도 그대로 완성의 꽃을 피우지는 못했다. 일본 측의 반발로 차관이 성사되지 못하는 와중에 김학렬 부총리가 지병 악화에 이은 교통사고에 시달리다가 부총리직에서 사임하고 또 얼마 지나지 않아 결국 돌아가신 탓이 컸다.

그럼에도 우리가 세운 '4대 핵공장 건설 계획'이 완전히 사장된 것은 아니다. 1970년대부터 진행된 우리나라 중공업 발전 전략의 모태가 이것이었고, 비록 명칭이 바뀌고 담당자가 바뀌었지만 이 계획 수립 당시의 밑그림은 실제 정책으로 구체화되어 성공을 거두었던 것이다.

하지만 이런 명백한 사정과 분명한 사실을 극구 부인하는 사람도 있는데, 당시 상공부 차관보를 지낸 오원철이 대표적이다. 그는 총 7권에 달하는 방대한 분량의 자서전 겸 우리 경제사를 다룬 저서《한국형 경제건설》을 집필했는데, 이 책의 곳곳에서 자료와 사실의 왜곡, 아전인수의 기이한 해설들을 확인할 수 있다. 문제가 이 책에만 그친다면 모르겠지만, 이 책의 내용들은 다른 현대사 관련 책이나 기사 등에 연이어 인용되면서 사실의 왜곡이 더욱 확산되고 있다는 것이 나의 생각이다. 더 이상은 왜곡된 거짓이 진실처럼 역사로 굳어져서는 안 될 일이다. 이제부터 오원철 전 수석과 관련된 몇 가지 항간의 오해들과 오원철 수석의 앞뒤가 맞지 않는 기이한 설명들에 대해 살펴보려 한다.

누가 프로젝트를 처음 지시했을까?

시간이 많이 지나고, 오원철 씨가 여러 기록을 세상에 내놓고 각종 인터뷰 등을 진행하는 모습을 보면서 필자는 하나의 의문을 품게 되었다. 우리나라 중공업 발전 계획의 모태가 된 '기계공업 육성 방향' 연구 프로젝트가 맨 처음 누구의 지시로 시작되어 내 손에까지 이르게 되었는가 하는 의문이 그것이다.

프로젝트를 진행할 당시에는 이런 의문을 갖지 않았었다. 해리 최 박사가 처음 프로젝트 이야기를 꺼냈을 때 이것이 누구의 아이디어와 지시로 시작된 것인지 명확히 밝히지는 않았지만, 연구비가 상공부 예산에서 지출되고 상공부에서 직원도 파견되었기 때문에 당연히 상공부가 주무부처라는 생각만 가지고 있었다. 정식 보고서 제출에 앞서 내가 브리핑을 한 것도 상공부장관 앞에서였고, 이 브리핑 내용을 일언지하에 거부한 것도 상공부의 오원철 차관보였다. 따라서 당시에는 프로젝트의 발주처가 상공부라는 사실만이 중요할 뿐 맨 처음 지시한 사람이 누구인가의 문제는 그다지 중요한 사안이 결코 아니었다.

그런데 나중에 오원철 전 수석의 기록이나 인터뷰를 보면서 새삼 이것은 상공부 자체의 프로젝트가 아니었을지도 모르겠다는 의구심이 생겼다. 말하자면 상공부장관의 윗선에서 시작된 프로젝트였을 수 있다는 추측이다. 필자가 이런 의구심을 품고 새로운 추측을 하게 된 이유는 크게 세 가지다.

첫째, 상공부에서의 브리핑과 오원철 차관보의 즉각적인 거부 이후 시간이 흘러 김학렬 부총리가 나를 호출하게 된 배경이다. 당시 김학렬 부총리는 내게 '상공부에서 발주한 무슨 프로젝트인가를 수행했다던데, 그 내용이 무엇이냐'라고 물으셨다. 여기에는 크게 두 가지 의미가 담겨 있다고 볼 수 있다. 우선은 김 부총리가 상공부의 발주로 해리 최와 내가 특정한 프로젝트를 진행했다는 사실을 이미 알고 있었다는 것이다. 다음은 그 프로젝트의 연구 결과를 부총리가 제대로 알지 못하고 있었다는 것이다.

그렇다면 부총리께서 우리가 수행한 프로젝트의 연구 결과를 제대로 알지 못한 이유는 무엇일까? 우선 상공부에서 구체적인 보고를 하지 않았을 가능성이 있다. 이는 상공부장관이 상세한 보고의 필요성을 느끼지 못했기 때문일 텐데, 이런 경우라면 프로젝트의 첫 지시자 역시 부총리와는 무관한 상공부장관 이하의 인물이라고 추론할 수 있다.

처음엔 필자 역시 그렇게 생각했다. 하지만 이런 식의 추론에는 허점이 너무 많았다. 우선 만약에 상공부장관 이하의 인물이 최초의 기획자라면 그 인물은 당시 상공부 기획실장을 거쳐 광공전 담당 차관보가 된 오원철일 수밖에 없는데, 그의 기록이나 인터뷰 어디에서도 자신이 '기계공업 육성방향' 연구 프로젝트의 첫 입안자나 지시자라는 말이 없다. 이는 본인이 수행한 크고 작은 일들을 빠짐없이 기록하고 인터뷰를 통해 세세히 밝히는 오 수석의 평소 태도와는 너무나 다른 것이다. 게다가 오 수석이 최초의 입안자나 지시자라면 처음부터 해리 최 박사에게 자신의 생각이나 비전을 어느 정도 밝혔을 것이다. 연구가 마무리되고 그 결과를 듣자마자 자신의 생각과 다르다면서 그 자리에서 수정을 요구하는 태도는 정상인의 업무 처리 방식이라고는 생각하기 어렵다. 아무리 본인이 주무부처의 책임자라고 하더라도 말이다.

오원철 차관보가 아니라 상공부장관이 직접 프로젝트를 생각해내고 추진을 지시했을 수도 있겠지만, 최초 브리핑 당시의 태도나 나중에 부총리가 프로젝트를 다시 살려냈을 때의 상공부장관 태도로 짐작컨대 그럴 가능성은 매우 희박하다.

이것이 내가 최초의 프로젝트 지시자는 상공부장관이나 상공부의 관료가 아닐 수도 있겠다고 생각한 첫 번째 이유이다.

상공부가 '기계공업 육성방향' 연구 프로젝트의 첫 입안자나 지시자가 아닐지도 모른다는 의구심을 가지게 된 두 번째 이유는 오원철 전 수석 자신의 기록 때문이다. 앞서 언급한 것처럼 오원철 당시 차관보나 상공부장관은 이 프로젝트의 첫 입안자일 가능성이 매우 적은데, 오원철 수석은 실제로 자신의 기록에서 이 프로젝트의 첫 지시자로 김학렬 부총리를 명확하게 지목한다.

> 김 부총리는 취임하자마자 과거부터 친분 관계에 있던 해리 최 박사(Harry Choi, 기계공학 전공으로 당시 미국의 Battelle Memorial Institute의 수석연구원)를 초청했다. 바텔연구소는 한국과학기술연

구소(KIST)와 연구협력 계약을 체결한 기관이었다. 김 부총리는 해리 최 박사에게 우리나라의 '기계공업 육성방안'에 대한 용역을 맡겼는데 이 조사에 KIST도 참여토록 했다.[3]

이 기술에 따르면 '기계공업 육성방향' 연구의 최초 지시자는 김학렬 부총리다. 그런데 오원철 수석의 이런 기술은 그 자체로 너무나 큰 문제를 야기한다. 우선 나의 첫 상공부 브리핑 당시 오원철 차관보가 즉석에서 우리의 연구 결과를 폐기 처분하고 다른 안으로 수정하라고 지시했던 일과 도무지 양립할 수가 없는 상황이 벌어진다. 부총리의 지시로 시작된 프로젝트의 연구 결과 보고서를, 부총리의 의중도 전혀 모르는 상태에서, 하위 부처의 일개 차관보가 일언지하에 묵살하고 폐기시킨다는 것이 도무지 가능한 일이 아닌 것이다.

이런 중대한 모순 앞에서 오원철이 내린 해결책은 퍽 간단하다. 상공부에서 있었던 나의 브리핑이나 자신의 엉뚱한 지시 등을 전혀 거론하지 않는 것이다. 그런 일은 아예 없었다는 식이다. 나아가 부총리가 자신에 의해 폐기 처리된 연구 보고서를 다시 되살린 사건도 처음부터 없었다는 듯이 일절 함구한다. 이는 실제 일어난 사실을 임의로 취사선택하여 실체를 은폐하고 역사를 왜곡하는 짓이다.

이렇게 핵심 사건들을 나름대로 열심히 은폐해보지만, 오원철 수

3 오원철, 《한국형 경제건설》 제7권, 한국형경제정책연구소, 1999, 152쪽.

석도 이 보고서에 대해 최종적으로 대통령이 결재를 했다는 사실만은 부인할 수가 없었다. 너무 많은 기록들이 남아 있고 그 후속 조치들이 실제로 이루어졌기 때문이다. 따라서 대통령의 결재 이야기를 빼놓을 수는 없는데, 이에 대한 기록 역시 자신의 잘못되거나 왜곡된 기억에 의한 엉터리 설명으로 얼룩져 있다. 이 부분은 뒤에서 다시 살펴보기로 한다.

'기계공업 육성방향' 연구 프로젝트의 첫 지시자가 상공부장관만이 아닐지도 모른다는 의구심을 갖게 된 세 번째 이유는, 나중에 우리가 제출한 최종 보고서의 첫 페이지를 다시 확인하게 되면서 생겨났다. 여기에는 명백하게 보고자가 '해리 최'로 되어 있고, 보고의 대상자로는 '경제기획원장관'과 '상공부장관'이 위아래로 나란히 기록되어 있었다. 최종 보고서 작성 당시 해리 최는 이미 경제부총리가 보고의 최종 대상자임을 명확히 알고 있었던 것이다.

이처럼 여러 정황과 기록으로 볼 때 '기계공업 육성방향' 연구 프로젝트의 첫 지시자는 상공부장관이나 오원철 등 상공부 내의 인물이 아니었음을 확인할 수 있다. 그렇다면 오원철의 말대로 김학렬 부총리가 첫 입안자일까? 아마 그렇지 않을 가능성이 높은데, 최근 필자는 당시 대통령 비서실장을 지낸 김정렴 씨의 회고록 중에서 이런 부분을 보게 되었다.

> 1970년 어느 날 박 대통령은 김학렬 경제기획원 장관을 청와대로 불러 닉슨 독트린, 주한미군 1개 사단의 철수, 자주국방력 강화의 긴급성 등을 설명하고 소구경 화기 이외의 병기를 생산할 수 있는 공장 건설을 지시했다. 건설에 필요한 외자는 대일 차관으로 충당하되 무기 수출을 금한 일본 정부 방침에 비추어 무기를 제작하기 위해 차관을 받는다는 이야기가 알려지면 일본 국내의 과잉반응으로 차관 교섭에 지장을 줄 염려가 있으므로 무기 생산은 극비로 한 채 무기를 생산할 수 있는 중공업 공장 건설을 교섭하기로 했다.
>
> 김학렬 경제기획원 장관은 당시 경제협력차관보이던 황병태 씨를 장으로 하고 경제기획원과 한국과학기술원(KIST)의 엘리트로 작업반을 편성해 작업에 들어갔다. 작업 내용은 주물선공장, 특수강공장, 중기계공장, 조선공장의 건설 계획과 차관작업이었다. 경제기획원은 중공업을 추진하는데 이 4개 공장이 전략적 우선 사업이라고 하여 '4대 핵공장' 건설이라고 불렀다. 4대 핵공장 건설 사업은 약 2개월간의 작업으로 성안돼 같은 해 9월 개최된 한일 정기 각료회의에 중요 의제로 상정됐다.[4]

김정렴 전 실장의 증언에서도 오류가 여럿 발견된다. 우선 4대 핵공장 건설과 관련된 연구가 시작된 것은 1970년이 아니라 1969년이다. 또 황병태 씨를 장으로 하고 경제기획원과 KIST의 연구원들이 4대

4 김정렴, 《최빈국에서 선진국 문턱까지》, 랜덤하우스, 2006, 391~392쪽.

핵공장 계획을 세운 것으로 기술하고 있는데, 황병태 씨가 관여한 것은 나중에 대통령의 재가가 떨어지고 나서 차관 교섭을 위한 제안서 작성을 할 때의 일이지 애초의 연구 프로젝트와 황병태 씨는 무관하다.

이런 사실관계의 오류들에도 불구하고 '4대 핵공장 건설'로 최종 결론이 내려진 '기계공업 육성방향' 연구의 첫 지시자가 누구인지는 이 기록을 통해 비교적 명확하게 밝혀진 셈이라고 여겨진다. 대통령 비서실장의 회고에 따르면, 대통령이 김학렬 부총리에게 얘기를 꺼냄으로써 이 연구 프로젝트가 최초로 시작된 것이다.

커지는 의문들

대통령이 처음 발의하고, 김학렬 부총리가 구체적인 연구 프로젝트의 수행을 지시하되, 상공부를 주무부처로 하여 일을 진행하도록 했다는 것이 지금까지 밝혀진 실제 사실의 개요다. 이렇게 이해할 때에만 부총리가 폐기된 '기계공업 육성방향' 연구 프로젝트를 되살리고, 이것이 대통령의 재가에 이르기까지 물 흐르듯 진행된 일련의 상황을 무리없이 설명할 수 있다.

하지만 문제는 여전히 남는데, 김학렬 부총리가 왜 우리의 연구 결과를 사전에 제대로 알지 못했는가 하는 점이다. 앞서 언급한 것처럼 김학렬 부총리는 연구 프로젝트의 존재는 알았으되, 조선산업을 하나의 선도산업으로 지정하고 4대 핵공장을 건설하자는 우리의 연구 결과에 대해서는 전혀 파악하지 못하고 있었다. 내가 부총리의 부름을 받고 찾아가서 핵심 내용을 직접 설명한 뒤에야 그 개요를 파악했던 것이다.

이 프로젝트가 부총리의 지시로 처음 시작된 것이라면 이런 상황은 도무지 앞뒤가 맞지 않는 것이다. 왜 이런 일이 벌어졌을까? 우선 상공부에서 아예 연구 결과 보고를 하지 않았을 가능성이 있다. 보고서 자체가 올라가지 않은 경우다. 그런데 이런 경우라면 부총리는 당연히 상공부장관이나 차관, 혹은 담당자인 오원철 차관보를 불러 상황을 파악하려 했을 것이다. 그런데 부총리는 이런 기본 보고 라인을 무시하고 연구의 국내 책임자인 나를 호출했다. 이는 상공부의 보고가 있긴 있었으되, 부총리의 입장에서 납득이 가지 않는 내용의 보고가 올라왔기 때문일 가능성을 시사한다.

애초에 부총리가 해리 최를 직접 불러서 프로젝트를 맡긴 것이라면, 둘 사이에는 최소한의 암묵적인 가이드라인이 있었을 것이다. 이에 대해 나는 들은 것이 없다. 하지만 그런 가이드라인이 있었을 개연성은 충분히 예상할 수 있는 것이고, 해리 최는 당연히 이 가이드라인의 범위 안에서 연구를 진행하려 했을 것이다. 이 가이드라인과 관련하여 해리 최는 나나 우리 연구팀에 특별한 지시를 한 적이 없는데, 우리가 합의한 연구의 방법 자체와 우리가 적용한 선정기준 등에 이미 그 가이드라인이 녹아 들어가 있었기 때문일 것이다. 해리 최가 미국의 바텔기념연구소에서 가지고 돌아온 연구의 기본 방향과 지침, 그리고 연구 방법 속에 애초의 가이드라인이 포함되어 있었다는 의미이고, 나와 연구팀이 내놓은 연구 결과가 그 가이드라인에 합당했다는 의미이기도 하다. 그랬기에 해리 최와 국내의 우리 연구팀 사이에서는 어떤 충돌도 없었고 어떤 이견도 없었다. 나중에 상공부의 오원철 차관보가 우리 안을 폐기하고 다른 방안으로 보고서를 다시 작성하라고 지시했을 때에도 해리 최는 애초의 우리 안을 그대로 보고서로 작성하여 제출하라고 지시했는데, 이는 자신이 생각하는 최초 가이드라인의 범위 안에서 연구가 원만히 진행되었으므로 굳이 수정할 이유가 없다고 판단했기 때문일 것이다. 단순한 고집이나 추가적인 일이 귀찮아서 보고서를 수정하지 않은 게 아니라는 얘기다.

그런데 이런 일련의 합리적인 흐름을 전혀 파악하지 못한 사람들이 있었다. 상공부의 관리들, 특히 주무관으로서 우리의 연구 결과를 폐기하고 엉뚱한 방안을 담아 보고서를 다시 작성하라고 지시한 오원철 당시 광공전 차관보가 바로 그런 인물이다.

그는 상공부의 실무 책임자로서 어떻게든 이 프로젝트의 최초 지시자인 부총리에게 연구 결과를 공식적으로 보고해야 했을 것이다. 그런데 그의 입장에서 보면 우리의 연구 결과는 전혀 마음에 들지 않는 것이었다. 이럴 경우 정상적인 사고를 가진 사람이라면 당연히 우리의 연구 결과 보고서를 있는 그대로 우선 보고하고, 본인의 추가 의견을 개진해야 옳을 것이다. 미국과 국내의 최고 연구기관 두 곳에서 공동으로 연구하여 도출한 결과를 아예 없었던 것처럼 묵살해서는 안 되는 것이다.

그런데 오원철 당시 차관보는 이런 상식적인 선택을 하지 않은 것 같다. 그랬기에 부총리는 우리의 연구 결과에 대하여 전혀 파악을 하지 못하고 있었던 것이다.

그렇다면 오원철 차관보가 부총리에게 올린 보고서의 내용은 무엇이었을까? 우리의 연구 결과와는 무관한, 아마도 오원철 본인의 의견을 담은 대체 보고서 같은 것이 아니었을까. 오원철 차관보의 당시 입장에서는 우리의 연구 결과를 도저히 그대로 보고할 수가 없었고, 임시방편으로 본인의 생각을 담은 짧은 보고서를 작성하여 올리는 수밖에 없었을 것이다.

이런 상황에서 최종적으로는 부총리가 우리의 연구 결과를 다시 되살려 대통령의 결재까지 받아낸 것이다. 오원철 당시 차관보의 입장이 얼마나 곤란하고 난처했을지는 불문가지의 일이다. 실제로 부총리 주재의 회의가 있을 때마다 오원철은 마지못해 참석한 사람마냥 내내 꿀 먹은 벙어리 흉내를 내고 있었다.

'기계공업 육성방향'과 오원철 차관보의 역할

진실은 언제나 단순한 법이다. 복잡한 설명이 필요한 진실은 그다지 많지 않다. '기계공업 육성방향' 연구 프로젝트의 경과 역시 사실은 그리 복잡하지 않다. 박정희 대통령이 처음 연구 프로젝트의 필요성을 제기하고, 부총리가 책임을 맡아 바텔기념연구소의 해리 최에게 연구를 의뢰했다. 그런데 기계공업 육성 문제는 상공부

소관이므로 그 실무는 상공부장관, 더 구체적으로는 광공전 담당인 오원철 차관보가 맡는 형식이 되었다. 연구 자체는 별 무리없이 진행되었고 나는 상공부장관 앞에서 브리핑까지 했다. 그런데 상공부 내의 책임자인 오원철 차관보가 이 연구 결과를 즉석에서 폐기 처분하고 새로운 방안을 담은 보고서를 제출하도록 지시했다. 하지만 우리는 그럴 수 없다는 결론을 내리고 애초의 연구 결과 그대로를 담아 최종 보고서를 제출했다. 이로써 우리의 연구 프로젝트 자체가 폐기될 위기에 처했는데, 이때 다시 부총리가 나서서 프로젝트를 부활시키고 마침내 대통령의 최종 결재까지 받아냈다. 이것이 이제까지 밝혀진 엄연한 사실이자 팩트이다.

하지만 여전히 남는 마지막 의문이 하나 더 있다. 오원철 당시 차관보가 왜 우리의 연구 결과를 그렇게 즉석에서 폐기 처분하도록 지시했는가 하는 점이다. 우선 대통령의 발의와 부총리의 지시로 시작된 프로젝트라는 사실 자체를 그가 제대로 알지 못했을 가능성이 있다. 달리 말해 그는 '기계공업 육성방향' 연구 프로젝트의 소관 부처 책임자이면서도 이 프로젝트의 국가적 의미나 배경, 경과에 대해 전혀 아는 것이 없었던 것이다. 당시에도 그랬고 나중에도 그랬다는 것이 나의 결론이다.

그렇다면 주무부처 책임자인 오원철 당시 차관보는 왜 이토록 '기계공업 육성방향' 연구 프로젝트의 추진 배경이나 경과에 무지했을까? 한마디로 부총리에서 장관, 장관에서 차관, 차관에서 오원철 차관보에 이르는 업무 지시 라인의 의사 전달 체계에 문제가 있었기 때문일 가능성이 높다. 대통령과 부총리의 의중이나 계획이 신임 상공부장관이나 담당자인 오원철 차관보에게 제대로 전달되지 않았을 수 있다는 말이다.

전후 사정을 감안할 때, 김학렬 부총리는 처음부터 이 연구 용역을 해리 최 박사에게 위탁할 것을 결정하였고, 그에게 귀국을 종용하고 의사를 타진한 다음, 상공부장관에게 '기계공업 육성방향'을 상공부가 주관하여 해리 최 박사에게 용역을 맡기도록 지시한 것으로 추정된다. 이러한 과정은 정부기관들의 통상적이고 일상적인 행정 절차일 것이다. 그런데 불행히도 이런 업무의 전달과 지시 과정에서 부총리와 신임 상공부장관 사이에 이 사업의 중요성에 대한 충분한 토의나 공감대가 이루어진 것 같지는 않다. 어쩌면 부총리의 의중이나 지시가 장관 이하 상공부 관리들에게 제대로 전달되지 않았을 수도 있다. 예산이 상공부에서 지출되긴 하지만, 이 프로젝트는 경제기획원 일이지 상공부 일이 아니라는 생각이 오원철을 비롯한 상공부 관료들의 머릿속에 들어 있었던 것인지도 모른다. 실제로 오원철은 본인 스스로의 입으로 이 프로젝트가 김학렬 부총리 단독으로 진행한 사업이었다고 말하고 있다.

기계공업을 관장하는 부서는 의당 상공부이다. 그러나 김학렬 부총리는 경제기획원에서 직접 다루기로 결심을 했다.[5]

마땅히 상공부에서 추진할 사업을 김학렬 부총리가 가로채기라도 한 것처럼 기술하고 있다. 하지만 진짜 발생한 사실은 상공부에서 진행하던 사업을 오원철 차관보 본인이 쓰레기통으로 차버렸다는 것이고, 김학렬 부총리는 이를 다시 되살려냈다는 것이다. 본인이 자신감 넘치게 했던 일은 슬쩍 감추고, 김학렬 부총리를 일종의 파렴치한 상급자로 몰아가는 이런 식의 서술은 아무리 좋게 생각하더라도 낯 두꺼운 아전인수로밖에는 보이지 않는다.

거듭 강조하지만 진실은 간단하다. 주무부처의 책임자이면서도 '기계공업 육성방향'과 관련하여 오원철 차관보가 한 역할은 하나밖에 없다. 제대로 굴러갈 프로젝트를 그가 중간에 발로 걷어차 쓰레기통으로 날려버렸다는 것이 그것이다.

5 오원철, 《한국형 경제건설》 제7권, 한국형경제정책연구소, 1999, 152쪽.

진실과 거짓이 뒤섞일 때

앞서 소개한 것처럼 오원철은 박정희 대통령 당시의 경제개발과 자주국방 사업의 경과를 다룬 방대한 분량의《한국형 경제건설》이라는 7권짜리 저서를 남겼다. 1970년대의 경제발전사와 자주국방 사업의 추진 과정 등이 상세하게 기술되어 많은 연구자들에게 소중한 자료로 활용되고 있다. 이 책에는 물론 본인이 어떤 역할과 기여를 했는지도 자세히 소개되어 있다.

이 책의 제7권에서는 이제까지 우리가 논의해온 '기계공업 육성 방향'과 관련된 내용도 다루고 있는데, 그 흥미진진하고 그럴듯한 구성이나 설명에도 불구하고 사실과는 배치되는 내용이 너무나 많아서 큰 우려를 자아내게 한다. 이제부터 몇 가지 핵심적인 문제들을 짚어보자.

사실의 왜곡

논의를 위해 《한국형 경제건설》 제7권에 있는 내용 중 일부를 우선 인용한다.[6] 그런데 이 글에는 사실과 오류가 혼재되어 있으므로 당시의 사정을 제대로 알지 못하는 사람들이라면 오원철의 물 흐르듯 거침없는 설명에서 어디까지가 진실이고 어디까지가 오류인지 찾아내기가 쉽지 않다. 헤리 최 박사와 KIST의 연구 참여 과정에 대한 부분 이후의 문장 중에서 필자가 밑줄 그은 부분에 유의하면서 읽어보자.

> 해리 최 박사는 바텔연구소에서 연구 방향을 설정, 1970년 1월 귀국했는데 다음과 같은 결론을 가지고 왔다.
>
> (1) 한국의 기계공업은 기반이 전혀 없으므로 기존 상황은 감안하지 않는다.
> (2) 유망 업종 중 한 가지를 주도업종(Lead Industry)으로 선정해서 집중 육성함으로써 타 산업의 발전을 유발하는 전략을 채택한다.
> (3) 노동집약 업종이 한국의 가장 큰 이점이다.
> (4) 주력 공장의 세부계획을 설정한다.
>
> 위와 같은 기본방향 아래서 KIST와 본격적인 연구에 돌입했

6 오원철, 《한국형 경제건설》 제7권, 한국형경제정책연구소, 1999, 152~154쪽.

는데, 70년 4월 연구보고서가 완성되었다. 최 박사팀의 보고서에서는 가장 중요한 공장으로 5개 공장을 선정했다. (1)종합제철소, (2)주물선공장, (3)특수강공장, (4)조선소, (5)중기계종합공장이었다.

이 중 종합제철소는 이미 포항에서 건설을 시작했으므로 새로 건설해야 하는 것은 4개 공장이 된다. 가장 중추적인 공장이 중기계종합공장과 조선소가 되는데, 나머지 주물선공장과 특수강공장은 중기계종합공장과 조선소에서 필요한 소재를 생산하는 공장이 된다.

최 박사는 1970년 6월 초 박 대통령에게 직접 보고를 했는데 이 자리에는 김학렬 부총리, 남덕우 재무부 장관, 이낙선 상공부 장관, 송인상 경제과학 심의의원 등이 참석했다. 최 박사는 보고 결론 부분에서 "본 사업들이 모두 성공적으로 이루어졌을 때 우리나라는 방위산업의 기반을 구축하게 된다"고 설명했다. 보고가 끝난 후 박 대통령은 방위산업의 기반이 구축된다는 대목에 만족했는지 김 부총리에게 이 사업을 적극 추진할 것을 지시했다.

(註 : KIST에서는 이 보고서를 1970년 9월 《중공업 발전의 기반》이라는 제목으로 출간했다. 상, 하 두 권을 합하여 1,351페이지에 달하는 방대한 보고서이다).

오원철은 4대 핵공장 일관되게 반대

우선 전제해 둘 사항이 하나 있다. 오원철이 '기계공업 육성방향' 연구 프로젝트나 '4대 핵공장 건설 방안'에 대해 나름 길게 설명을 하는 것은 이 계획의 중요성을 인정한다거나, 자신이 기여한 부분을 강조하기 위한 것이 아니라는 점이다. 매우 객관적인 자세를 표방하며 길게 설명을 이어나가는 실제 이유는 이 계획의 맹점을 비판하기 위해서다. 이는 상공부 강당에서 내가 브리핑을 했을 때 그가 즉각적으로 보여준 결론과 태도를 일관성 있게 유지하는 것이라는 차원에서는 일단 존중될 필요가 있다. 우리의 '기계공업 육성 방향'이나 4대 핵공장 건설 계획에 초지일관 반대 입장을 표명하는 자세 자체는 존중할 필요가 있다는 의미다.

하지만 세월이 많이 지난 지금에까지, 잘못된 정보를 뒤섞어가며 '4대 핵공장 건설 방안'을 비난하는 그의 진짜 저의는 다른 데 있다. 즉, 이 계획은 처음부터 잘못된 것이고 결과적으로 구체적인 사업으로 추진되지도 못했음을 강조하고, 이로써 자신이 주축이 되어 상공부에서 추진한 다른 중공업 정책들이야말로 제대로 입안되고 추진되어 실적을 낸 사업들이었다는 말을 하고 싶은 것이다.

이를 보여주기 위해 위와 같이 긴 설명을 하고 있는 것인데, 여기서는 우선 몇 가지 잘못된 정보부터 확인해 두기로 한다.

끼워넣고 덧붙이고 오려내고

첫째, 오원철 전 수석은 해리 최 박사가 '종합제철소'를 포함하여 5개 공장을 세우자는 안을 제시했다고 설명한다. 하지만 이 연구 프로젝트의 KIST 책임자이자 오원철 차관보 앞에서 직접 브리핑을 했던 필자가 단언컨대 우리의 제안에 '제철소'는 처음부터 존재하지 않았다. 그의 지적처럼 이미 포항에 종합제철소가 건설되고 있는 시점에 제철소를 다시 꺼낼 이유가 전혀 없었는데도 오원철 수석이 '종합제철소' 운운한 이유는 무엇일까?

우선 단순한 기억의 착오를 생각해볼 수 있는데, 다른 부분들의 구체성 등을 감안할 때 생각하기 어려운 일이다. 해리 최 박사가 미국에서 가져온 연구 방향의 네 가지 구체적인 내용을 인용하면서 보고서의 페이지 숫자까지 언급하는 것을 볼 때 단순한 기억의 착오라고는 전혀 생각되지 않는다.

또 하나 생각해볼 수 있는 이유는, 우리의 연구 보고서가 얼마나 허술하고 엉터리였던가를 설득력 있게 설명하기 위해 제철소 얘기를 슬쩍 끼워 넣었을 것이라는 짐작이다. 필자가 위의 대목을 처음 읽었을 때 사실 가장 먼저 든 생각이 이런 것이었다.

하지만 이 인용문의 앞뒤 맥락을 두루 살펴보면 오원철이 '제철소' 이야기를 끼워 넣은 진짜 이유가 비교적 명확히 드러난다. 이 연구 프로젝트가 김학렬 부총리에 의해 좌지우지되었고, 결국 경제 관료의 잘못된 선택으로 인하여 큰 실패로 귀결될 뻔한 국책사업이 다행히 유야무야 되었다는 이야기를 하고 싶은 것이다. 김학렬 부총리는 포항제철 건설의 책임을 지고 부총리에 취임한 분이었고, 실제로 포항제철과 관련된 일들에 두루 얽혀 있었으니 그의 사주를 받아 해리 최와 필자가 만든 보고서에도 '제철소'가 등장하는 것이 자연스럽지 않으냐는 식이다. 실제로 책의 다른 부분들에서 오원철 수석은 중공업 발전 계획은 자신이 몸담고 있는 상공부에서 추진하는 것이 당연한데, 김학렬 부총리라는 경제관료가 포항제철과 관련된 문제점을 덮기 위해 상공부를 무시하고 직접 '4대 핵공장 건설' 연구를 추진했다가 낭패를 보았다는 식으로 서술하고 있다.

오원철은 또 해리 최 박사가 대통령에게 직접 보고를 했다고 하는데, 이 역시 전혀 사실이 아니다. 상공부가, 아니 오원철 당시 차관보가 우리의 보고서를 쓰레기통으로 보낸 뒤에 해리 최는 곧바로 미국으로 돌아가서 청와대 보고 당시에는 국내에 있지도 않았다. 청와대에서의 보고는 김학렬 부총리가 직접 진행했고, KIST에서는 나와 심문택 부소장이 배석했다. 그렇다면 오원철 씨는 왜 자신이 보지도 않은 청와대 브리핑 이야기를 서슴없이 꺼낸 것일까. 내 짐작으로는 오원철 씨가 보기에는 엉터리 같은 계획을 박정희 대통령이 결재하고 부총리에게 책임지고 추진하라고 지시한 이유를 나름대로 설명할 필요가 있기 때문이다. 자기가 보기에는 엉터리 계획인데, 대통령은 왜 그런 엉터리 같은 계획을 승인했던가 하는 문제를 설득력 있게 해명하기 위한 장치라는 것이다.

이를 위해 오원철 씨는 "최 박사는 보고 결론 부분에서 '본 사업들이 모두 성공적으로 이루어졌을 때 우리나라는 방위산업의 기반을 구축하게 된다'고 설명했다"면서, 보고가 끝난 후 박 대통령은 '방위산업의 기반이 구축된다는 대목에 만족했는지' 사업 추진을 승인했다는 식으로 설명하고 있다. 해리 최라는 물정 모르는 미국의 박사 하나가 김학렬 부총리의 사주를 받고 엉터리 계획을 수립하여 보고했는데, 오로지 '자주국방'과 '방위산업 기반 구축'에만 여념이 없던 당시의 대통령께서 그만 깜빡 속고 말았다는 식이다. 물론 노골적으로 그렇게 표현한 것은 아니지만 행간의 의미는 그런 것으로 짐작된다.

인용문의 마지막 부분에 언급된 1,351페이지에 달하는《중공업 발전의 기반》이라는 책 이야기 역시 엉터리다. 그가 말하는《중공업 발전의 기반》은 김재관 박사가 개인적으로 저술한 책이며, 이는 우리나라 중공업 현황을 수집한 자료집이지 육성 방안과는 전혀 무관한 것이다.

여기서 필자는 오원철 수석의 기억과 그가 가진 정보에 심각한 결함이 있다는 생각을 갖지 않을 수 없다. 김재관 박사의 개인 저서를 KIST의 공식 보고서로 착각하는 이유는 대체 무엇일까? 혹시 우리가 1970년 5월 말에 작성하여 상공부에 제출한 '공식 보고서'를 그가 보지 못했던 것은 아닐까?

희생양 만들기

오원철 씨의 입장은 거의 분명하다. '기계공업 육성방향' 연구 프로젝트는 부적절했고, 그 연구 결과를 토대로 한 4대 핵공장 건설 계획은 잘못된 것이었다는 것이다. 그런데 이런 입장을 견지하기 위해서는 하나의 모순을 해결해야 한다. 왜 그 영명한 대통령께서 이 프로젝트의 실행을 지시했던가 하는 문제다. 이 모순을 해결하는 방법으로 오원철 씨는 김학렬 부총리를 호명한다. 부총리가 대통령을 속이고 그릇된 정책을 실행하려다 결국 실패했다는 스토리를 '창작'하는 것이다. 그리고 그 실패를 자신이 수정하여 우리나라 중공업 발전을 바르게 견인하고 전화위복의 계기로 삼았다는 것이 그의 결론이다. 오원철 씨는 우선 자신이 보기에 엉터리인 이 프로젝트에 김학렬 부총리가 왜, 그리고 어떻게 관여했던가를 이런 식으로 설명한다.

<해리 최 박사와 KIST의 기계공업 육성방안>

기계공업을 관장하는 부서는 의당 상공부이다. 그러나 김학렬 부총리는 경제기획원에서 직접 다루기로 결심을 했다. 앞에서 설명했듯이 김 부총리는 종합제철 건설에 대한 총책임을 지고 부임했다. 종합제철이란 기계공업에 대한 소재를 공급하는 공장인데 기계공업이 발달되지 않은 상태에서 종합제철부터 먼저 착수했으니 순서가 완전히 거꾸로 된 것이었다. 그래서 김 부총리는 불안감을 느끼고 기계공업 육성도 종합제철의 일환이라고 생각한 것 같다. 김 부총리가 기계공업 육성문제를 상공부에게 맡기지 않은 이유에 대해서는 설명이 없었다. 다만, 김 부총리가 공식 석상에서 특유의 독설로 "상공부 X들이 기계공업에 대해서 무엇을 안다고 그래"라고 하는 것을 보고 짐작할 따름이다.[7]

7 오원철, 《한국형 경제건설》 제7권, 한국형경제정책연구소, 1999, 152쪽.

즉 기계공장 등 철강을 필요로 하는 공장을 먼저 만들고 포항제철을 만들어야 하는데 김학렬 부총리가 일을 거꾸로 진행했고, 이에 대한 책임이 두려워지자 뒤늦게 서둘러 4대 핵공장 건설 계획을 추진했으며, 정상적으로 추진하는 사업이 아니어서 상공부를 제쳐놓고 부총리 본인이 직접 챙긴 게 아니었겠느냐는 설명이다. 그러나 이런 설명에는 엄청난 모순이 존재한다.

첫째, 김학렬 부총리가 '4대 핵공장' 건설 방안에 본격적으로 관심을 보인 것은 상공부에서의 보고 이후의 일이다. 오원철 수석의 말대로 처음부터 상공부를 배제하고 부총리 자신이 직접 챙길 요량이었다면 나의 첫 브리핑 역시 상공부가 아니라 경제기획원에서 이루어져야 했을 것이다. 하지만 실제로는 브리핑이 상공부에서, 바로 오원철 차관보 앞에서 이루어졌다. 김학렬 부총리는 오원철 차관보가 쓰레기통에 던져버린 보고서를 다시 되살렸을 뿐이고, 그에게 이 사업을 직접 챙기라고 지시한 사람은 대통령이었다.

둘째, 오원철 수석은 김학렬 부총리가 포항제철이 생산하게 될 철강의 소비처에 대한 구상도 없이 덜컥 제철소를 먼저 추진하는 바람에 일의 순서가 거꾸로 되었고, 뒤늦게라도 이를 바로잡아보기 위해 4대 핵공장 건설을 무리하게 추진하려 했던 것이라고 설명하고 있다. 전후 사정을 모르는 일반인들이 듣기에는 꽤 그럴싸한 설명이지만, 조금만 맥락을 이해하는 사람이라면 혀부터 차게 될 엉터리 논리다. 왜 그런가?

포항제철의 건설 계획은 제2차 경제개발 5개년 계획의 수립 과정에서 만들어졌는데, 이때 이미 우리나라가 해외에서 수입하는 철강의 양, 곧 국내의 철강 수요를 바탕으로 그 필요성이 제기된 것이었다. 4대 핵공장과는 전혀 무관하게 포항제철의 필요성이 인정되어 건설이 시작된 것이지, 김학렬 부총리가 과시성으로 덜컥 건설부터 시작한 게 아니다. 수출은 차치하더라도 국내에서의 수요가 이미 충분하므로 김학렬 부총리 입장에서는 포항제철의 판로를 걱정할 하등의 이유가 없었다. 실제로 포항제철은 생산을 시작한 첫 해인 1973년에 이미 흑자를 달성했는데, 세계사에 전무후무한 이 대기록은 기존에 있던 수요 덕분이지 4대 핵공장으로 인한 신규 수요가 창출되었기 때문이 전혀 아니었다.

이처럼 누가 보더라도 성립되기 어려운 논리를 보다 그럴싸하게 보이도록 만들기 위해 오원철은 다음과 같이 추가 증거를 제시하기도 한다. '4대 핵공장 건설 계획의 문제점'이라는 항목에는 그가 생각하는 5가지 문제점들이 나열되어 있는데, 그 첫 번째가 이런 것이다.

> (1) 포항종합제철 생산량 중 6,400톤을 중기계종합공장에서, 13만 톤을 조선소에서 소비한다는 계획이다. 종합제철 생산량인 103만 톤에 비하면 13%밖에 되지 않는 양이다.[8]

8 오원철, 《한국형 경제건설》 제7권, 한국형경제정책연구소, 1999, 156쪽.

계획대로 4대 핵공장을 다 지어봐야 포항제철의 예상 철강 생산량 가운데 겨우 13%를 해결할 수 있을 뿐이므로 계획 자체가 함량미달이라는 설명이다. 그리고 이것이 4대 핵공장 건설 계획이 얼마나 엉터리인지를 보여주는 첫 번째 근거라는 것이다.

하지만 앞서 언급한 것처럼 포항제철은 4대 핵공장이든 무엇이든 추가적인 소비처를 급히 모색해야 할 하등의 필요성이 없었다. 4대 핵공장의 철강 소비 예상량을 무슨 결정적인 증거라도 되는 양 들이미는 것은 눈속임일 뿐이다. 나중에 조선소 등 4대 핵공장이 실제로 완성되자 철강 수요가 폭발하여 결국 광양에 제2제철소를 짓지 않을 수 없었다는 것이 엄연한 팩트이고 역사적 사실이다. 오원철의 설명은 눈 가리고 아웅일 뿐이다.

기술에 대한 오원철의 이해 수준

오원철 당시 상공부 광공전 차관보는 우리의 '기계공업 육성방향' 연구 결과에 대한 나의 브리핑을 듣자마자 즉석에서 이를 쓰레기통으로 날려버렸다. 왜 그랬을까. 우리의 기계공업 육성 방안에서 핵심은 10만 톤급 대형 선박의 건조가 가능한 조선소를 건설하자는 것이었는데, 이 대형 선박의 건조라는 부분이 어쩌면 오원철 당시 차관보의 입장에서는 도무지 받아들일 수 없는 무모한 계획으로 여겨졌을 수 있다. '4대 핵공장 건설 계획의 문제점'이라는 항목에서 오원철 수석은 나름대로 5가지 문제점을 지적하는데, 그 네 번째 지적사항이 다음과 같다.

(4) 20만 톤급 조선소 : 일본 조사단은 보고서에서 "한국의 대규모 조선소 건설 계획은 타당성이 없다"고 결론을 내렸다. "한국은 현재 1~2만 톤급의 선박을 건조할 계획이라지만 아직까지는 실적이 없으므로 우선은 계획 중인 1~2만 톤급을 건조하고 난 후 5만 톤급, 그리고 10만 톤급으로 차차 경험을 쌓은 다음 20만 톤급 이상을 건조해야지, 처음부터 대형 선박을 건조한다는 것은 무모하다"라고 지적했다. 엔지니어링 입장에서는 전적으로 옳은 판단이다. 우리나라에도 당시 부산에 대한조선공사(株)가 있었는데 시설면에서는 5만 톤급 선박까지는 건조 가능했다. 그리고 기술만 있다면 이 조선소에서 3~4천 톤급의 구축함도 건조할 수 있다. 문제는 기술 부족인데, 우선은 기술을 축적하고 실적을 쌓는 것이 중요하다.[9]

이 부분을 처음 읽을 때 필자는 문득 '이 사람이 제정신인가' 하는 의구심부터 들었다. 소형 선박으로 기술부터 쌓고 나중에 대형 선박을 만들어야 한다는 당시 일본측의 설명이 전적으로 옳았다며 적극 공감을 표하는데, 실제 일어난 역사적 사실조차 무시하는 안하무인의 태도다. 오원철이 이 글을 쓴 때는 1999년으로, 이때는 이미 현대조선이 처음부터 30만 톤급 조선소를 건설하여 성공을 거두었다는 역사적 사실을 우리나라 사람이라면 누구나 알고 있던

9 오원철, 《한국형 경제건설》 제7권, 한국형경제정책연구소, 1999, 158쪽.

때다. 어린아이들도 알고 있는 이런 엄연한 역사와 사실은 도외시한 채 기술 타령이나 하면서 '엔지니어링 입장'까지 운운하니 그저 기가 찰 뿐이다. 필자가 보기에 오원철은 엔지니어링은 고사하고 본인이 단순한 테크니션 수준의 지식과 지혜밖에 없는 사람이라는 걸 스스로 폭로한 셈이다.

오원철의 이런 기술(技術)에 대한 이해와 판단력 수준은 처음부터 끝까지 똑같이 유지되었다는 일관성만은 가지고 있었다. 우리가 대형 선박 건조 계획을 처음 제안했을 때에도 작은 배는 쉽고 큰 배는 어렵다는, 엔지니어링 개념이 전혀 없는 관념만이 그의 머릿속에 있었기 때문에 혀를 내둘렀을 것이다. 이런 입장은 나중에 유도탄 '백곰' 개발 계획의 수립 과정에서도 필자와 크게 트러블을 일으키는 한 원인이 되었는데, 이때도 오원철은 소형의 단거리 미사일 개발부터 우선 진행하고 중거리 미사일은 나중에 하자고 주장했던 것이다. 작은 미사일은 쉽고 큰 미사일은 어렵다는 유아적인 사고방식이 그대로 유지된 것이다. 그런데 이런 판단력이 1999년 시점에까지 여전히 유지되었다니 실로 놀라울 뿐이다. 포항제철, 경부고속도로, 현대조선, 백곰 유도탄 등 오원철 씨의 유아적 관념과는 완전히 배치되는 역사적 사례들이 이미 무수히 쌓여 있었으니 말이다. 사람은 쉽게 바뀌지 않는다는 말이 허언이 아님을 확인시켜 주는 사례가 아닐까 싶다.

오원철식 기계공업 육성 정책의 허와 실

'기계공업 육성방향'을 처음 수립할 때 우리는 최대한 과학적이고 합리적이며 객관적인 결론을 도출하기 위해 최선을 다했다. 우리가 채택한 '처치만/애코프(Churchman/Ackoff)에 따른 의사결정 매트릭스(Decision Matrix)'나 '델파이(Delphi) 방식'은 당시로서는 최신의 연구 방법이자 가장 객관적이고 과학적인 의사결정 방법론이었다. 이런 방법들을 동원한 우리의 연구에는 해리 최를 포함하여 국외 학자 8명, 나를 포함하여 국내 학자 8명이 참여했다. 국내 문헌 172건, 일본 문헌 37건, 기타 해외 문헌 49건을 참고자료로 활용하였으며 6개월 이상의 시간을 연구와 검증에 투자하여 최종 결론을 이끌어냈다.

하지만 아쉽게도 이때의 계획은 김학렬 부총리의 퇴직과 상공부의 무관심 속에 한동안 결실을 맺지 못하였고, 결국 오원철 당시 상공부 차관보의 주도 하에 만들어진 새로운 기계공업 육성정책으로 대체되었다.

그런데 이상한 것은, 오원철 차관보가 만든 새로운 기계공업 육성정책에서도 '조선(造船)'이 여전히 핵심 사업이 되었다는 것이다. 뿐만 아니라 결과적으로 4대 핵공장이 다 건설되었다. 앞서 소개한 것처럼 오원철은 우리의 조선공업 집중육성 전략에 대하여 알레르기 같은 반응을 보인 바 있었는데, 대체 왜 이런 일이 벌어진 것일까.

오원철의 세 가지 기준

오원철은 그의 책《한국형 경제건설》제7권의 전반부에서 우리의 '기계공업 육성방향' 연구 결과를 매우 비판적으로 검토한 후 곧장 '테크노크라트에 의한 기계공업 육성정책'을 설명하기 시작한다. 그러면서 첫 항목의 제목을 '상공부, 자동차 부품공업과 조선공업 육성에 주력하기로'라고 달았다. 이는 해리 최와 나, 아니 오원철 식으로 말하면 경제기획원에서 주도하던 엉터리 '기계공업 육성방향'이 폐지되고 그 대신 상공부, 즉 오원철 본인 주도의 새로운 기계공업 육성정책이 시작되었다는 의미이며, 그 핵심 사업으로 자동차 부품공업과 조선공업이 채택되었다는 말이다.

우리의 '기계공업 육성방향'에서 제시한 정책이 결국 유야무야된 현실적 사정은 그렇다고 치자. 오원철은 왜 우리의 정책 방안에 들어 있던 '조선'을 다시 핵심 사업으로 선정한 것일까. 이 문제에 답하기 전에 우선 오원철 본인이 강조하는 정책 결정의 세 가지 기준에 대해 알아둘 필요가 있겠다. 어떤 산업을 선도산업으로 키울 것인지 결정하기 위해 본인이 적용했다는 세 가지 기준, 혹은 세 가지 원칙은 이런 것이다.

첫째, 임페트 폴리시(Impact Policy)다. 오원철 본인의 설명에 의하면 "여러 업종 중에서 타 업종에 임팩트(파급효과)를 많이 주는 소수의 업종을 선정한다"는 원칙이다. 선정된 소수 업종을 집중적으로 지원하는 정책이기도 하다. 이런 원칙으로 오원철 차관보가 선정한 업종이 바로 자동차 부품공업과 조선공업이었다.

둘째, 피라미드형 수출화 전략(CEOI, Costruction of Export Oriented Industry)이다. 다소 어색하기도 하고 낯선 용어다. 이 정책은 수출주도형 업종, 특히 석유화학 업종에 적용하기 알맞은 정책이다. 수출을 장기적으로 극대화하기 위해 기술 난이도가 낮은 품목부터 우선 지원하고, 기술 난이도가 높고 대자본이 요구되는 원천 재료산업 등에는 가장 늦게 지원하는 방식이다. 모든 산업에 두루 적용되기는 어렵고, 특수한 분야, 예컨대 석유산업 등의 분야에서는 매우 효율적인 정책 방안으로 평가된다. 이 전략과 조선산업 사이에 어떤 연결고리가 있다는 것인지는 파악하기가 어렵다.

셋째, 엔지니어링 어프로치(Engineering Approach)다. 오원철이 가장 자랑하고 사랑하는 용어이며, 그의 방대한 저서《한국형 경제건설》

에도 이 용어가 부제(Subtitle)로 달려 있을 정도로 오원철의 전매특허 같은 용어이기도 하다. 그는 한강의 기적이 테크노크라트인 자신의 리더십 아래 모든 정책에 이 엔지니어링 접근법을 적용했기에 가능했노라고 말하고 싶어하는 듯하다. 엔지니어링 어프로치의 정체를 명쾌하기 파악하기는 쉽지 않은데, 오원철 본인의 설명에 따르자면 특정 산업을 중점육성 대상으로 정하고자 할 경우 "우선 달성해야 할 목표가 구체적으로 결정되어야 하고, 그 목표를 달성할 수 있는 세부계획은 '공학적 접근법'이 적용되어야 한다"고 한다. 공학적으로 접근한다는 것은 모든 목표가 수치로 제시되고, 목표 달성의 수단 역시 추상적이 아니라 기존의 모든 공학적 기술과 지식을 기반으로 구체적으로 제시되어야 한다는 의미다. 그런데 이런 작업은 경제관료를 비롯한 다른 사람들은 할 수 없고, 자신을 비롯한 테크노크라트라야 가능하다는 것이다. 역으로 말하면 본인이 엔지니어링 어프로치가 가능한 테크노크라트였기에 한강의 기적과 자주국방이 소기의 성과를 달성할 수 있었다는 얘기다. 그리고 그 대표적인 사례 중 하나가 기계공업 분야에서 자동차 부품공업과 조선공업을 선도산업으로 지정하고 엔지니어링 어프로치를 철저히 적용하여 마침내 성공을 거둔 케이스라는 주장이다.

자동차 부품공업과 조선공업이 선택된 진짜 이유

앞서 소개한 오원철의 세 가지 원칙, 혹은 세 가지 방법론은 그 자체로는 별로 나무랄 데가 없다. 피라미드형 수출화 전략의 경우 그 개념이 다소 모호하고 적용 가능한 분야가 매우 한정적이라는 단점이 있지만, 임팩트 폴리시나 엔지니어링 어프로치는 매우 중요한 기준이나 원칙이 될 수 있다고 생각한다. 우리가 처음 '기계공업 육성방향'을 연구할 때에도 이런 요소와 개념은 중요한 고려사항이었다. 말하자면 오원철의 방식과 우리의 방식 사이에도 공통점은 있었던 셈이다. 하지만 이런 이론적 공통점 때문에 오원철의 기계공업 육성정책에서 '조선'이 다시 선도산업으로 부활한 것은 전혀 아니다. 같은 논리와 연구 방법을 적용하였기에 똑같은 결과가 도출된 것이 아니라는 얘기다.

우선 오원철이 자동차 부품공업과 조선공업을 집중 육성하기로 결정한 과정에 대한 그 자신의 설명을 들어보자.

김학렬 부총리가 상공부 소관 업무인 기계공업을 직접 다루기 시작했으니 상공부로서는 가만히 앉아 있을 수 없었다. 더욱이 필자는 광공전 차관보로 부임했으니 기계공업 육성에도 총책임을 져야 했다. 필자는 다음과 같은 원칙을 세웠다.

첫째, 모든 기계공업을 대상으로 하지 않고, 가장 파급효과가 크고 단시간에 효과를 낼 수 있는 업종 몇 개를 선정해서 집중 육성한다. 소위 '임팩트 폴리시'의 적용이다. 둘째, 수요전망이 커서 전문 대량생산체제를 구축할 수 있는 업종이어야 하고 수출 가능성이 있어야 한다. 피라미드식 CEOI 전략이다. 셋째,

> 출발 단계로는 정밀기계 업종에서 하나, 노동집약적 업종에서 하나를 선정한다.
>
> 이상과 같은 기준에서 대상에 떠오른 것이 정밀기계 업종에서 자동차 부품공업, 노동집약적 업종에서 조선공업이었다. 업종 선정 기준 자체가 테크노크라트의 입장에서 엔지니어링 어프로치를 한 결과라고 할 수 있다. 즉, 처음부터 사업 추진의 경제성을 하나하나 면밀히 따졌고 국제경쟁력을 확보할 수 있는 방안을 강구했던 것이다. 필자는 이 두 가지 업종 육성에 총력을 기울이기로 했다.[10]

매끄러운 설명 같지만 앞뒤가 전혀 연결되지 않는 엉뚱한 얘기가 많다. 몇 가지만 살펴보자.

설령 세 가지 원칙을 모두 적절히 적용하여 선도산업을 정했다고 하더라도 이것을 우리의 '기계공업 육성방향'과 단순 비교하기는 민망한 일이다. 오원철의 세 기준은 합리적이거나 과학적이지 않은 반면 우리는 가장 과학적이고 합리적인 기준을 11개나 사용했던 것이다. 어느 방식이 옳을지는 어린아이도 알 수 있는 노릇이다.

최종 선정된 자동차 부품공업과 조선공업이 앞서 제시한 세 가지 원칙들에 부합하는가의 문제도 눈여겨볼 대목인데, 선박은 대량

---

10 오원철, 《한국형 경제건설》 제7권, 한국형경제정책연구소, 1999, 161~162쪽.

생산체제를 구축할 수 있는 산업이 아니어서 그 스스로 제시한 제2의 원칙에 정면으로 위배된다. 게다가 선박은 피라미드식이 아니라 역피라미드식 품목이다.

결국 자동차 부품공업과 조선공업이라는 두 가지 산업을 먼저 상정하고, 보기에 그럴듯한 원칙을 내세워 포장한 것이라고밖에는 보이지 않는다. 그렇다면 진짜 남는 문제는, 왜 오원철이 자동차 부품공업과 조선공업을 최종 선정했는가 하는 것이다.

조선을 선택한 것은 '기계공업 육성방향'에서 조선산업이 선도산업으로 선정되고 대통령의 재가를 거쳐 이미 국가의 핵심 사업으로 추진되고 있던 현실 때문이었을 것이다. 대통령이 이미 힘을 실어준 사업이기에 은근슬쩍 끼워넣은 것이지 오원철이 특별한 기준을 통해 새로 발굴하거나 선정한 게 아니다.

자동차 부품공업의 경우에는 오원철 개인의 취향에 따라 결정된 것일 가능성이 높다. 그는 공무원으로 일하기 전에 시발자동차와 국산자동차공업주식회사의 공장장을 역임하였다. 그런 개인적 경력과 취향 이외의 합리적이고 과학적인 근거를 찾기가 어렵다.

4대 핵공장과 1970년대의 중공업 발전

오원철은 우리의 '기계공업 육성방향'에 대해 평가하면서 "4대 핵공장 건설 계획이 실행되었다 하더라도 결국 실패했을 것"이라고 단언한다. 4대 핵공장 건설 계획이 엉터리라는 자신의 판단이 처음부터 끝까지 옳았고, 김학렬 부총리의 사임 및 사망으로 이 계획이 좌절된 것이 그나마 다행이었다는 결론이다.

하지만 조선을 필두로 한 중공업 집중육성 전략은 김학렬 부총리 사망 후에도 그 명맥을 유지하여 실제로 성공을 거두었다. 오원철의 경우 이후의 중공업 육성 전략과 '4대 핵공장 건설' 계획은 서로 아무런 역사적 관련성이 없다고 말하고 싶겠지만, 조선소 건설을 비롯한 4대 핵공장 건설 계획이 먼저 있었기에 이후의 중공업 전략이 세워질 수 있었던 것이다. 그 스스로 조선공업을 상공부가 추진한 새로운 기계공업 육성 정책에서 핵심 산업으로 선택했다는 사실 자체가 이를 웅변하고 있다. 실제로 우리가 제안한 조선소는 나중에 현대조선 건설로 이어졌고, 중기계종합공장 건설 계획은 현대양행 창원공장 건설로 이어졌다. 현대양행 창원공장은 나중에 한국중공업이 되었다가 다시 두산중공업이 된 회사다. 또 주물선 공장은 포항제철에 흡수되었고 특수강 공장은 삼미특수강으로 건설되었다.

이런 일련의 흐름을 부인하고, 마치 1970년대의 중공업 우선 정책이 느닷없이, 혹은 오원철 본인 혼자의 힘에 의해 처음 제안되고 추진된 것처럼 왜곡해서는 곤란하다. 더욱이 이 정책에 처음부터 찬물만 끼얹던 사람이 할 일은 아닐 것이다.

오원철의 공과

나는 오원철 씨가 1970년대의 우리 중공업 발전과 자주국방에 얼마나 큰 기여를 했는지 잘 알고 있다. 오원철 씨 특유의 열정과 추진력이 아니었더라면 한강의 기적과 자주국방은 훨씬 더 힘겹게 추진되고 성과도 훨씬 적었을 것이라고 믿는다. 조선산업을 발전시켜 우리나라가 세계 최고의 조선 선진국에 오를 수 있었던 것도 어느 정도는 그의 덕분이다. 자동차 산업도 그렇고 다른 많은 산업들도 그렇다.

하지만 그의 공로가 크다고 해서 다른 사람들의 공로까지 모두 그에게 돌아갈 수는 없다. 또 결과가 좋았다고 해서 그가 중간에 저지른 과오들이 아예 없었던 것처럼 묻히거나 아전인수로 재해석되어서도 곤란하다. 해리 최와 필자가 만든 조선산업 집중육성 전략을 폐기 처분하려던 사람이 오원철이고, 부총리와 대통령이 가까스로 이를 다시 살려내자 나중에 그 정책적 실무를 담당하게 된 관리가 오원철이다. 이것이 사실의 전부고 팩트의 핵심이다.

다음은 《방위산업 40년, 끝없는 도전의 역사》라는 책에 실린 오원철 씨에 대한 소개와 평가의 글 가운데 일부다.

> 한국 방위산업을 이야기할 때 빼놓을 수 없는 인물이 오원철 전 청와대 경제제2수석비서관이다. 오 전 수석은 우리나라 중화학공업 계획을 입안하고 방위산업 추진 업무를 전담하며 그 기반을 확고히 다지는 데 크게 기여했다. 박정희 대통령이 생전에 그를 '오 국보(國寶)'라고 부를 만큼 아끼고 중용했다.

율곡사업을 집행할 때 최종 단계에서 직접 대통령 결재를 맡는 임무는 오 전 수석이 담당했다. 병기개발 기본방침, 방위산업 육성, 공업단지 조성, 기능인력 양성, 각종 무기 국산화 사업 등 우리나라 중화학공업과 방위산업의 중요한 의사결정이나 사업추진에서 오 수석의 손을 거치지 않는 사안이 없었다.[11]

전문가 그룹인 한국방위산업학회의 교수 두 사람과 국방부 소속 언론사의 기자 한 사람이 공동으로 집필을 담당하고, 학회의 공식 명의로 출간된 책에 실린 내용이다. 필자 역시 이런 평가에 대체로 동의한다. 오원철 씨는 국방과 중공업 분야에서 실로 눈부신 활약을 보여주었고, 그가 없었다면 1970년대의 우리나라 국방과 중공업이 그만큼 발전할 수 없었을 것이 분명하다. 하지만 아무리 그렇다고 해도, 그 시대 국방 및 중공업과 관련된 모든 것이 박정희 대통령이 아닌 그의 아이디어에서 출발하고 그의 손을 거쳐 추진되었다는 식으로 평가하는 것은 지나치다. 앞의 인용문에서 필자는 두 부분에 밑줄을 그어두었는데, 이는 필자 개인의 경험과 구체적인 자료들을 바탕으로 전혀 사실이 아님을 입증할 수 있는 부분이다.

먼저 이 책의 필자들은 오 전 수석이 '우리나라 중화학공업 계획

11 한국방위산업학회, 《방위산업 40년, 끝없는 도전의 역사》, 플래닛미디어, 2015, 34쪽. 밑줄은 필자.

을 입안'했다고 말한다. 물론 나중에 그가 중화학공업 정책의 책임자가 되어 여러 구체적인 사업들의 계획을 입안한 것은 사실이다. 하지만 이제까지 필자가 설명한 것처럼, 우리나라 중화학공업의 최초 입안자는 오 전 수석이 결코 아니었다. 경제기획원과 상공부의 발주를 받아 '기계공업 육성방향'의 이름으로 조선산업을 필두로 한 최초의 중공업 육성 방안을 제안한 것은 KIST의 우리 팀이었다. 이 보고서는 대통령의 결재를 받아 부총리가 직접 챙기는 사업이 되었고, 시간이 흘러 이름이 바뀌고 구체적인 추진 내용이 다소 바뀌기는 했지만 실제로는 꾸준히 진행되었던 정책이다.

그런데 이 과정에서 오원철 당시 상공부 차관보가 어떤 역할을 했는지는 앞에서 자세히 설명했다. 그는 우리의 보고서를 쓰레기통에 처박았고, 대신 정체를 알기 어려운 다종다양한 공장들의 건설 계획을 세우라고 지시했다. 그것이 당시 광공전 부문을 책임지고 있던 상공부의 오원철 차관보가 가진 생각이자 그가 내린 결론이었던 것이다. 만약 우리의 제안과 보고를 그가 수용하고, 이를 기반으로 이후의 정책을 추진했더라면 나로서도 그가 '우리나라 중화학공업 계획을 입안했다'는 평가에 기꺼이 동의할 수 있다. 우리에게 연구 프로젝트를 맡긴 부처의 책임자가 그였고, 우리가 한 일 역시 그의 공로와 업적 가운데 일부가 될 수 있을 것이다. 하지만 그는 우리의 4대 핵공장 건설 제안에 대해 일언지하에 퇴짜를 놓았고, 훗날 우여곡절 끝에 이 계획이 다시 살아나자 어쩔 수 없이 주무부처의 책임자로 회의에 몇 번 참석했을 뿐이다.

이 책의 저자들은 또 우리나라 중화학공업과 방위산업의 중요한 의사결정이나 사업추진에서 '오 수석의 손을 거치지 않는 사안이 없었다'고 말한다. 하지만 뒤에 소개할 것처럼, 당시 자주국방 및 방위산업과 관련하여 단군 이래 최대 사업으로 꼽히던 유도탄(백곰) 개발 사업에서 오 전 수석은 반대와 방해 외에 사실 그다지 한 일이 없었다. 실제로 박 대통령은 다른 방위산업 관련 사업들은 여전히 오 수석에게 맡겼지만 유도탄 개발 사업에 대해서는 아예 손을 떼도록 조처했다. 심하게 말하면 이렇게 오 수석이 손을 떼었기에 우리나라 최초의 유도탄인 백곰이 성공할 수 있었다고 해도 과언이 아닐 정도다. 이에 대해서는 다음 장에서 다시 살펴보기로 한다.

유일한 논문

현재 우리 학계에서는 '기계공업 육성방향'이나 4대 핵공장 건설 계획에 대해 어떻게 이해하거나 평가하고 있을까. 여러 분야의 논문들을 두루 찾아보았으나 이 주제를 다룬 논문으로는 딱 한 편만이 발견되었다. 박영구 교수가 쓴 〈4대 핵공장의 과정과 성격, 1969.11~1971.11〉[12]이 그것이다. 이 논문은 방대한 자료를 근거로 사업의 내용, 성과에 대해 비교적 정확히 서술하였다. 그러나 '4대 핵공장 사업 계획의 탄생'에서는 많은 오류를 발견할 수 있었다. 이 사업 계획의 탄생 과정에 대해서는 이미 앞에서 상술했으므로 여기서는 박영구 교수의 논문에서 보이는 몇 가지 오류들을 지적해

12 경제사학회, 《경제사학》 제44호, 2020.

보고자 한다.

> 대통령의 신임으로 전격 발탁된 金鶴烈 부총리 겸 경제기획원 장관이었다. 김 부총리는 종합제철소 건설과 함께 대통령의 의중대로 국방산업의 기초가 될 기계공업육성방안을 모색하고자 했다. 그런데 김학렬 장관은 상공부를 불신하고 있었고 따라서 상공부에 대한 불신과 국방산업으로서의 기계공업육성방안 모색이라는 보안성격상 이 사업을 담당부서인 상공부에 맡기지 않고 직접 자신이 맡았다. (嗚源哲 증언 1993.12.11. ; 오원철, 1999: 152 ; 한국경제신문 1994.3.3)

앞서 설명한 것처럼, 김학렬 부총리는 이 사업을 상공부에 위임하였다. 상공부는 연구비도 지출하고 직원을 KIST 팀에 파견하기도 하였다. 상공부 장관이 브리핑도 받았고 보고서도 제출받았다. 박영구 교수는 또 이렇게 말한다.

> 기계공업 육성방향 연구팀을 만들 때 종합제철 건설계획 연구위원회를 포함시킨 것에서 알 수 있다.

그런 일이 전혀 없다. 제철소는 논의된 사실 자체가 없다.

김 장관은 1969년 11월 미국 바텔기념연구소(Battelle Memorial Institute)의 해리 최(Harry Choi) 박사를 불러 KIST와 함께 팀을 만들었다. 연구 결과는《韓國機械工業 育成方向 硏究調査報告書》로 5월 31일 장관에게 보고되었고 이후 KIST에 의해 '重工業發展의 基盤'으로 9월에 정리되었다. 4대 핵공장 사업은 1회성 기밀사업으로 장관의 구두지시에 의해 직접 진행되어, 상공부의 자료에서 포함되지 않고 있는 등 자료가 없으므로 이들 보고서는 그 과정과 내용을 보여주는 거의 유일한 기록자료이지만…….

'5월 31일 장관에게 보고되었고'라는 문장의 보고 대상자는 김학렬 경제기획원 장관으로 이해되는데, 이 당시 첫 보고를 받은 인물은 이낙선 상공부 장관이다. KIST에 의해 9월에 정리되었다는 '중공업 발전의 기반'은 김재관 박사의 개인 저서로 해리 최 박사나 우리 팀이 진행한 기계공업 육성방향과는 별개이다. 연구용역의 일부가 아니다.

박 교수는 '상공부에 자료가 없다'고 했는데, 실로 놀라운 일이다. 분명히 육성방향 보고서는 상공부에 제출되었으며 상공부에 기록이나 자료가 없다는 것이 사실이라면 실로 이상하고 놀라운 일이다. 아무튼 박 교수의 설명을 계속 들어보자.

해리 최가 주도한 기계공업육성방안을 그림1의 방법과 선정 과정을 통해 9개 중점 육성대상공업을 선정하였다.

1970년 5월 31일 건의에서 공식적으로 4대핵공장사업이 처음으로 등장하고 있지만 9개 중점대상공업의 선정과정과 내용을 자세히 설명한 총 1628면에 이르는 보고자료 어디에도 4대핵공장 선정의 이유가 명확하게 나타나지 않는다.

해리 최 박사와 우리 팀의 결론은 조선을 선도산업으로 하고 종합기계공장, 주물선공장, 특수강공장의 3개 공장을 보조 업종으로 선정하자는 것이었다. 9개 중점대상공업이라는 것은 우리의 '기계공업 육성방향'과는 무관한, 김재관 박사 개인의 저서에 등장하는 개인 의견일 뿐이다.

사업에 참여한 KIST 李景瑞 박사의 다음 증언은 당시 4대핵공장사업의 선정과정 중에도 국방산업 육성이라는 이중목적의 사정을 몰랐던 참여자가 그 선정이유에 대해 당혹해 하고 있었음을 보여준다.

"마지막까지 많은 문제점이 제기된 것은 조선소였어요……. 문제점은 국제관습상 수출선박은 선가의 대부분을 선박수출국이 재정적 뒷받침을 하여야 한다는 점이었어요. 한창 외화를 도입하여 공장을 건설하고 있는 우리 입장에서 외화를 꾸어주어가면서까지 선박수출을 해야 한다는 것이 실제로 가능한 문제인지는 저희 기술자로서는 판단이 서지 않았기 때문입니다. 이 문제를 놓고 얼마나 고민했는지 모릅니다."(한국경제신문; 1994.3.2)

당연히 필자는 국방산업 육성이라는 이중 목적을 공식적으로 듣지 못하였다. 그러나 당연히 국방산업을 염두에 두고는 있었다. 박 교수는 필자의 증언에서 조선이 선정된 이유를 이해하지 못하는 당혹감을 읽은 모양인데, 필자가 언론에 얘기한 내용은 조선을 선도업종으로 정하는 과정에서 외화 운영 자금의 조달 문제를 두고 매우 많이 고민했다는 얘기지 조선을 선정한 이유를 이해하지 못해 당혹해 했다는 얘기가 전혀 아니다. 이해력이 의심스럽다.

이렇게 4대핵공장이 선정된 이유가 명확하지 않은 것은 연구 진행이 상당부분 이루어진 후에 삽입된 데 연유하는 것이지만, 동시에 이 4대핵공장사업이 국방산업으로서 추진되어 보안유지가 처음부터 고려되고 있었기 때문이었다.

전혀 사실이 아니다. 논문 저자의 잘못된 판단이다. 4대 핵공장이 선정된 이유는 명확하지 않은 적이 한 번도 없었으며, 보안 유지 때문에 그 과정이 투명하게 공개되지 않아서도 아니다.

> 해리 최는 청와대에서 박 대통령에게 1970년 6월 초에 계획을 직접 보고하면서 대통령의 질문이 없었음에도 결론으로 "본 사업들이 모두 성공적으로 이루어졌을 때 우리나라는 방위산업의 기반을 구축하게 된다"라고 보고하였다.

해리 최 박사는 대통령에게 직접 보고한 사실이 없다. 김학렬 부총리가 대통령께 보고한 브리핑 차트에 필자가 임의로 중공업과 방위산업의 동일성을 삽입하였을 뿐이다.

이상에서 지적한 것처럼, 필자가 찾을 수 있었던 유일한 논문조차도 사실과 거짓이 혼재되어 그릇된 결론에 도달하고 있다. 연구자의 매우 치밀하고 성실한 연구에도 불구하고 이런 일이 일어나는 것은, 필자가 처음에 지적한 것처럼 사실을 왜곡하는 발언이나 기록들이 너무나 많이 시중에 유통되고 있기 때문이다. 당시의 사정을 알 수 없는 후대의 연구자로서는 기존의 이런 기록들에 의존할 수밖에 없는데, 연구의 자료 자체가 엉터리인 것이다.

제2부

백곰 유도탄 개발의 막전막후

국방과학연구소로 옮기다

필자가 몸담고 있던 국책연구소 KIST(한국과학기술연구소)가 제법 자리를 잡아가던 1970년 8월 6일, 국방과학연구소(ADD, Agency for Defense Development)가 국방부 예하의 에이전시로 처음 출범하였다. 당시 박 대통령의 기본구상은 "기존 산업시설에 방위산업 기능을 추가하고, 각 산업시설에 자체 연구소를 설립해서 운영하되, ADD는 기존 KIST와의 협조 하에 산업연구소로는 불가능한 영역의 국방과학기술 연구를 관장한다"는 것이었다.

ADD의 초대 소장으로 임명된 신응균 예비역 장군은 현역 시절 포병사령관을 지냈고, 전역 후에는 서독주재 대사를 지낸 분이다. ADD 초대 소장 임명 당시에는 KIST의 감사로 계셨는데, 성격이 온화한 분이었다. 2차대전 말기에 일본 육군 소좌로 오키나와 전쟁에 참여했는데, 미군의 포로가 되었다가 종전 1년 후에야 귀국했다. "나는 제2의 생을 산다"면서 늘 양심적이고 정의로운 생활을 유지하려 하셨다.

내 생각에 신응균 소장은 ADD를 KIST와 같은 훌륭한 연구소로 만드는 것이 일차 목표였던 것 같다. KIST가 연구소를 짓고 인원을 확보하고 시험 장비 등을 도입하여 연구소다운 기능을 발휘하는 데 대략 3년 정도가 걸렸으므로, 아마도 2~3년 안에 ADD를 KIST처럼 정상궤도에 올려놓는 것을 목표로 했을 것이다. 그러나 박 대통령에게는 그럴 만한 시간적 여유가 없었다.

ADD의 관련 법률이 정비되고 청사도 없이 여기저기를 떠돌다가 홍릉에 부지를 마련하여 겨우 기공식을 가진 게 1971년 4월이었는데, 같은 해 11월 10일 대통령은 ADD에 긴급 병기 개발 지시를 하달한다. 그해 연말까지 소총, 기관총, 박격포, 수류탄, 지뢰 등의 국산 무기 시제를 제작하라는 것이었다. 이것이 소위 1차 '번개사업'이다.[13]

신응균 초대 소장의 사임

당시 미군의 철군은 확정되어 있었고, 그 시기는 임박하고 있었는데, 우리에게는 20만의 현역과 예비군들을 무장시킬 무기가 전

---

13 안동만 김병교 조태환 공저, 《백곰, 도전과 승리의 기록》, 플래닛미디어, 2016.

혀 없었다. 국가의 원수로서는 무언가 대비를 해야만 했다. 손 놓고 있을 때가 아닌 것이다. 죽창이라도 만들어 무장을 시키고 나라를 지켜야 할 시기였다. 대통령으로서 그런 의지와 발상, 병기 개발 지시는 전적으로 옳았다.

하지만 신응균 소장은 이에 동의할 수 없었다. 세간에는 그가 '건강 문제로 사임'한 것으로 알려졌는데, 대통령의 번개사업 지시를 그대로 따를 수 없다는 판단도 사임의 한 원인이 되었던 것이 분명하다. 신응균 초대 소장의 뒤를 이어 심문택 박사가 결국 2대 ADD 소장으로 임명되고, 심 박사와 내가 ADD 소장직 인수인계를 위해 그와 만났을 때 신응균 초대 소장은 대략 이런 요지의 말을 했다.

"기관총과 같은 병기는 1,000분의 1 밀리미터(mm)의 정밀도가 필요한데, 우리나라에서 1개월 안에 이를 만든다는 건 불가능하다. 비록 모양이 비슷한 모조 제품을 제작할 수는 있을지 모르지만, 그것은 정상 작동이 불가능한 모조품에 불과할 것이다. 이러한 행위는 대통령을 속이고 국가를 속이는 일이다. 나는 할 수가 없다."

건강도 건강이지만 이러한 연유로 사표를 냈다는 말씀이었다. 나는 그의 충정을 충분히 이해한다. 반대로, 대통령의 지시를 곧이곧대로 이행하고자 밤낮을 잊고 애를 썼던 다른 사람들의 충정도 이해는 한다. 나라를 생각하는 충정은 모두 같지만 접근 방법에 차이가 있었을 뿐이라고 생각하는 것이다. 하지만 그럼에도 불구하고, 현실과 과학을 무시한 충정은 잘못된 결과를 낼 수밖에 없다. 번개사업도 그랬고, 그 이후의 여러 사업들도 그랬다. 이 과정에서 세상에 잘 알려지지 않은 엄청난 눈속임과 거짓이 있었고, 하마터면 수많은 병사들이 최소한의 보호조치도 없이 사지로 내몰릴 뻔한 사건까지 벌어졌다. 아무리 충정에서 시작된 일이라지만 이보다 심한 국고의 낭비, 국력의 낭비, 매국 행위가 없었다. 이에 대해서는 차차 설명하기로 한다.

오원철 수석과 제1차 번개사업

대통령이 ADD에 제1차 번개사업을 지시한 1971년 11월 17일의 앞뒤로는 여러 가지로 중대한 일들이 있었다. 우선 11월 9일, 대통령은 경제기획원을 방문하며 '4대 핵공장 건설'의 진행 상황에 대한 보고를 받았는데, 한마디로 차관 등이 불발되어 진척이 없다는 내용이었다. 크게 실망한 대통령은 비서실장을 통해 '국산 병기 개발'을 즉시 시작할 것을 지시한다. 큰 공장과 많은 자금이 필요한 4대 핵공장의 실현에 시간이 필요하다면 우선 기초적이고 간단한 것부터라도 우선 개발하라는 지시였다.

이때 오원철 상공부 차관보가 김정렴 비서실장을 통해 대통령과 만나고 자신의 방위산업 구상을 설명한다. 한마디로 이미 있는 민간기업을 활용하여 방위산업을 육성하면 중공업과 방위산업을 동시에 발전시킬 수 있다는 안이었다. 이것이 대통령에게 받아들여졌고, 다음날인 11월 10일 오원철 차관보는 청와대의 경제제2비서실 수석비서관에 임명된다. 그리고 당일 오 수석이 첫 번째로 받은 대통령의 직접 지시가 바로 '제1차 번개사업' 시행이었던 것이다.

그 1주일 뒤인 1971년 11월 17일부터 ADD의 연구원들은 번개사업에 매달렸고, 1개월 만인 그해 12월 16일 청와대에서 실제로 그 결과물들이 공개되었다. 거기에는 기관총과 박격포도 포함되어 있었다. 물론 정상적으로 작동하는 무기라기보다는 기존 무기를 그대로 모방한 모조품 수준일 수밖에 없었다. 그것이 "우리 손으로 만든 최초의 국산 무기들이었다"고 오원철 전 수석은 회고한다.[14]

그렇게 1차 번개사업이 끝나자 ADD는 곧바로 다시 2차 번개사업에 착수했는데, 이듬해인 1972년 3월 말까지 1차 사업의 결과를 발전시키는 것이 주 임무였다. 그런데 이 무렵 미국이 우리나라의 재래식 무기 생산에 대하여 협조적인 자세로 변했고, ADD에는 1972년 1월 초부터 미국의 기술지원단이 파견되어 ADD의 무기개발을 지원하게 되었다.

그렇게 상황이 긴박하고 급박하게 돌아가던 1972년 1월 어느 날, 심문택 KIST 소장서리로부터 필자에게 전화가 걸려왔다. 당시 KIST는 최형섭 전 소장이 과기처 장관으로 옮긴 뒤 심 박사가 서리로서 소장의 역할을 수행하고 있는 와중이었다. 전화의 내용은 다음날 충무(통영)에 출장을 가는데 필자더러 같이 가자는 것이었다. 김훈철 박사가 충무에 수조(水槽) 건설을 계획하고 있는데 현장에 같이 가보자는 것이었다.

다음날, 충무행 비행기에 필자와 심 박사, 김훈철 박사가 함께 탑승하였다. 김재관 박사는 그다음날 충무에서 합류하기로 하였다.

---

14 오원철, 《한국형 경제건설》 제5권, 기아경제연구소, 1996, 44쪽.

비행기가 이륙하고 안정이 되자 곧 심 박사가 입을 열었다.

"나보고 ADD 소장을 맡으라는 제안을 두 번이나 받았는데 내가 거절했거든. 그런데 어제 마지막으로 또 제안을 받았어. 너희들 생각은 어떠냐?"

말이 떨어지자마자 나도 모르게 순간적으로 "가셔야 합니다"라고 외쳤다. 그리고 차근차근 설명을 드렸다. 어느 선진국이든 국방과학기술은 그 나라 기술 수준의 최첨단에 위치한다. 더욱이 지금 번개사업을 하고 있는 우리나라 입장에서는 앞으로 국방과학에 주력하지 않으면 안 될 것이다. KIST처럼 용역 연구를 하는 것보다 ADD에 가면 훨씬 더 안정적으로 집중 연구를 할 수도 있고, 연구소 규모도 수년 내에 KIST의 몇 배로 성장이 가능하다고 말씀을 드렸다. 심 박사는 한참 숙고하더니 "내가 가면 너도 같이 갈 거야?" 하고 물었고, 나는 "네, 저도 갑니다" 하고 대답했다. 옆에 같이 있던 김훈철 박사도 고개를 끄덕였다.

그날 저녁, 충무의 한 호텔 방에서 김훈철 박사와 나는 심 박사의 ADD 소장 취임에 따르는 요구 조건을 정리하였다. 핵심은 현재 ADD의 전반적인 인력 구조조정이 필요하니 인사권을 전부 위임해 달라는 것이었다.

심문택 소장의 취임과 ADD의 구조조정

심문택 박사는 KIST에 그냥 계셨으면 KIST 소장은 물론 과기처 장관도 바라볼 수 있는 상황이었는데도 안정된 직장을 뒤로하고 험난한 ADD 소장직을 택하셨다. 심 박사는 1972년 2월 1일 ADD 소장에 취임하고 김재관 박사를 부소장으로 임명하였다. 나와 김훈철 박사는 당분간 KIST에 더 남아 있다가 추후 합류하기로 했다.

심 박사가 ADD 소장직을 수락한 직후, 심 박사와 함께 전임 신응균 소장을 만나러 갔던 이야기는 앞에서 잠깐 언급했다. 서울 시내의 한 호텔 방에서 만났고, 인수인계를 위함이었다. 신응균 소장은 몇 개의 비밀서류를 심 박사에게 전달하고, 본인이 느끼고 있던 ADD의 현황에 대해서도 말씀해주셨다. 크게 두 가지가 기억에 남는데, 우선 본인의 불찰로 군부의 인사청탁을 받아 많은 인원이 ADD에 불필요하게 채용됐다고 하시며 딱 한 명을 제외하고는 다 퇴출시켜도 된다고 하셨다. 두 번째는 당시 진행되고 있던 번개사업에 대한 걱정이었다. 군이 필요로 하는 무기는 전장에서 실제로 사용될 수 있는 무기여야 하는데, 번개사업에서처럼 역설계로 제작되는 무기는 그럴 수 없다는 것이었다. 그러면서 우리나라 과학기술과 산업시설의 후진성을 개탄하셨던 기억이 난다. 마지막으로 신응균 소장은 우리에게 행운을 빌어주셨다.

심문택 박사가 소장으로 임명된 뒤 예고된 구조조정이 곧 시작되었는데, 당연히 내외부의 저항이 만만치 않았다. 그 결과 심신이 극도로 피로해진 심 소장은 결국 병원에 입원까지 하였다. 나는 KIST에 사표를 냈고, 1972년 3월에 ADD의 4부2실장(유도탄 담당)으로 선임되었다.

내가 KIST에 사표를 내자 최형섭 장관이 왜 굳이 ADD로 옮기려 하느냐고 물었다. 내가 "가서 유도탄을 개발하려고 합니다" 하자 최 장관은 "네까짓 X이 무슨 유도탄을 개발 해?" 하며 핀잔을 주셨다. 그래도 나는 ADD로 이직을 하였다. 비밀 취급 인가를 받기 위한 절차에 시간이 걸려 내가 실제로 출근을 시작한 것은 그해 5월부터였다. 이로써 ADD에서의 새로운 생활이 시작된 것이다.

항공공업 육성방안

1971년 12월 16일에 제1차 번개사업에 따른 무기 전시가 청와대에서 이루어졌다. 그 열흘 뒤 대통령은 오원철 수석에게 유도탄 개발에 관하여 이렇게 지시한다. 오원철 수석 본인의 기록이다.

> 그 해(1971) 12월 26일, 필자가 서재로 들어가니 박 대통령이 지도를 가리키며 이렇게 말했다.
>
> "서울이 휴전선에 너무 가깝단 말야, 40km밖에 되지 않지 않아! 북한군은 프로그(Frog) 미사일을 최전방에 배치했다는데, 서울은 사정권 내가 된단 말야. 전쟁이 나는 순간 '프로그' 미사일이 서울 시내에 떨어질 것을 각오해야 돼. 그런데 평양은 휴

전선으로부터 160km나 떨어져 있어, 항공기로 폭격할 수밖에 없는데, 비행기로 가려면 폭탄 싣는 시간, 비행기가 이륙하는 시간, 비행하는 시간 등을 합치면 몇십 분이 걸리게 되지 않나. 전쟁은 틀림없이 북한의 기습공격으로 시작될 텐데, 우리 비행장은 맨 처음에 공격을 당하게 될 거야. 이런 상황에서 우리 비행기가 뜬다 해도 도중에 적의 대공미사일도 있고, 전투기나 대공포화도 있으니 전쟁 초기에는 평양을 폭격하는 데 많은 희생이 따를 것이고 더구나 전쟁이 밤중에 시작된다면 비행기는 쓸모가 없어. 중동전쟁과 같이 전쟁 발발 후 단시일 내에 휴전이라도 된다면 우리 측은 서울만 파괴당하고 평양은 무사할 수도 있지 않나. 물론 현재는 미 공군이 폭격을 해줄 것이지만 우리로서도 대항할 수 있는 방법을 갖고 있어야 해."

필자가 지도를 보니 그 지도에는 박 대통령이 손수 콤파스로 그려놓은 여러 개의 동심원이 있었다. 서울을 중심으로 50km, 100km, 150km, 200km의 거리가 빨간 색연필로 그려져 있었다. 박 대통령은 "지금 생각하면 6.25전쟁 직후 대전을 수도로 정했더라면 좋았을 것이라는 생각이 들어. 오 수석! 우리도 평양을 때릴 수 있는 유도탄을 개발하지! 시간이 걸리더라도 지금부터 시작해야 하겠네" 한다. 그리고는 회의용 탁자에 앉은 다음 메모 용지를 꺼내 글을 쓰기 시작했다.[15]

---

15 오원철, 《한국형 경제건설》 제5권, 기아경제연구소, 1996, 552~553쪽

유도탄이 필요한 이유

오원철 수석이 전한, 박 대통령이 첫 유도탄 개발 지시를 내리면서 했다는 이 말들에는 당시의 급박한 정세와 대통령의 엄중한 상황판단이 잘 묘사되어 있다. 하지만 대통령이 했다는 말들 가운데 일부는 내 생각에는 그 신빙성이 퍽 낮다.

우선 대통령이 '전쟁이 나는 순간 프로그 미사일이 서울 시내에 떨어질 것을 각오해야 한다'고 말했다는 것이 오원철 수석의 전언이다. 그런데 이상하다. 전쟁이란 전면전인데, 북한의 프로그 미사일 몇 발 발사가 그렇게 중요한 문제가 될까? 전면전이 일어날 경우 북한은 포와 항공기, 다연장포와 장사정포 등 모든 화력을 일시에 동원하여 공격할 텐데, 이런 상황에서 프로그 미사일 몇 발에 어떻게 대응하느냐 하는 문제가 그렇게 중요한 문제가 될 수는 없다. 다시 말하면 박정희 대통령이 전면전 상황에서 북한의 프로그 미사일에 맞서기 위해 우리도 국산 유도탄이 필요하다고 말했을 리가 없다는 것이다.

내 생각에, 이 당시에도 대통령이 말하고 싶었던 것은 전면전 상황이 아니라 북한의 크고 작은 도발을 염두에 둔 것이 아니었나 싶다. 그 무렵 김신조 일당의 청와대 습격 사건 등 크고 작은 도발이 끊이지 않았는데, 그럼에도 박정희 대통령은 전면전으로의 확대를 야기할 수 있는 확대 보복 대신 당한 만큼만 되돌려준다는 원칙을 확고하게 지키고 있었다. 소총 도발에는 소총으로 응징하되 기관총을 동원하여 보복하지 않는다는 원칙을 지키고 있었던 것이다.

다시 말하면, 북한이 프로그(Frog, Free Rocket over Ground) 로켓으로 서울을 공격할 경우 우리로서는 적절한 대응 방안이 없다는 얘기다. 북한이 프로그 로켓 한두 발로 서울을 포격할 경우 우리는 평양에 한두 발의 유도탄(로켓)을 발사해야만 상대적으로 적절한 대응인데, 만약 항공기를 사용하여 평양을 포격하면 이것은 비대칭 대응이므로 전면전으로 확대될 것이 자명하다.

이러한 맥락에서, 나는 처음부터 박 대통령의 의도는 적이 보유하고 있는 무기에 대한 상대적 대등성을 만족시키는 무기를 개발하자는 것이고, 유도탄 개발을 처음 지시하면서 사정거리 200km를 강조한 것도 그런 이유에서였을 것이라고 이해한다. 말하자면 당시의 박정희 대통령 입장에서는 북한이 프로그 미사일 따위로 도발을 감행했을 경우에 대한 대응책이 우선 필요했던 것이지, 전면전 상황에서 육해공군이 사용할 다종다양한 미사일들이 필요했던 게 아니다.

하지만 오원철 수석을 비롯하여 유도탄 개발의 초기 단계에 어떻게든 연관되었던 인사들이 대통령의 이런 전략적 의중과 의도를 제대로 파악하고 있었는지는 몹시 의심스럽다. 내 짐작에는 대부분의 인사들이 전면전 상황을 염두에 두고, 육해공군이 활용할 수 있는 다종다양한 로켓의 개발을 생각했던 것 같다. 이런 이유로 해군이 함정에서 활용할 수 있는 단거리 로켓을 먼저 개발하자거나, 사거리 200km는 어려우니 70km짜리부터 우선 개발하자는 등의 의견들이 나왔던 것이다. 하지만 이런 의견들은 박 대통령이 유도탄 개발을 원한 진짜 이유를 이해하지 못한 데서 나오는 엉뚱한 안이거나, 혹은 신무기 개발의 과정이나 난이도를 전혀 이해하지 못하는 데서 오는 잘못된 의견에 지나지 않는다. 이런 엉뚱하고 잘못된 의견들과의 충돌 역시 유도탄 개발 과정 초기에 필자가 겪은 어려움들 가운데 하나였다.

극비문서 〈유도탄 개발 지시〉

다음은 박 대통령이 오원철 수석에게 유도탄 개발의 필요성에 대해 역설한 후 즉석에서 써주었다는 메모[16]의 내용이다.

유도탄 개발 지시(1971.12.26)

[극비]

◆ 방침

(1) 독자적 개발체제를 확립함.

(2) 지대지 유도탄을 개발하되, 일단계는 75년내 국산화를 목표로 함.

(3) 기술 개발을 위하여 국내의 기술진을 총동원하고 외국 전문가도 초청하며 외국과 기술 제휴함.

16 오원철, 《한국형 경제건설》제5권, 기아경제연구소, 1996, 554쪽.

◆ 추진계획

(1) 비교적 용이한 것부터 착수한다.

○ 유도거리 : 200km 내외의 근거리(비행거리가 멀면 투자비가 고가, 기술의 고도화를 요하게 됨)

○ 탄두 : 전략 표적 파괴 목적으로 파괴 효과가 큰 것을 개발하되 탄두의 교환성을 유지함.

(2) 미사일 기술연구반을 ADD에 부설하고 공군에 미사일 전술반을 설치함.

(이상)

이 메모는 유도탄 개발에 관한 박정희 대통령의 생각과 의중을 가장 정확하게 반영하는 문서라고 할 수 있는데, 여기에는 '사거리 200km의 지대지 유도탄'이라는 개발 목표가 명확하게 제시되어 있다. 전면전 상황에서 육해공군이 실전에 활용할 다종다양한 로케트들을 개발하자는 것이 아니며, 북한이 프로그 미사일로 서울에 도발을 감행할 경우 이에 상응하는 응징수단으로서 평양을 타격할 수 있는 유도탄이 필요했던 것이다.

즉석에서 오원철 수석에게 써주었다는 이 메모의 세부적인 내용을 통해 우리는 박 대통령이 이미 오랜 시간 유도탄 개발에 관하여 숙고해 왔음을 확인할 수 있다. 그런 숙고가 있었기에 기본적인 '방침' 외에 세부적인 '추진계획'까지 즉석에서 제시할 수 있었던 것이다. 이는 우리나라의 유도탄 개발 계획이 다른 누구도 아닌 박 대통령 본인의 아이디어와 구상에서 처음 시작된 것임을 의미한다. 박 대통령이 보여준 리더십의 한 단면이기도 한 셈이다.

비밀의 해제와 드러나는 사실들

그런데, 박정희 대통령의 이 친필 메모와 관련하여 한 가지 지적해둘 것이 있다. 이 '극비(極祕) 문서'가 어떻게 세상에 공개되어 알려지게 되었는가 하는 문제다. 박 대통령의 친필로 작성된 이 극비 메모는 우선 오원철 수석에게 전달되었고, 오 수석은 청와대로 ADD의 구상회 박사를 불러 이 메모를 전달했다고 한다. 오원철 수석을 통해 대통령의 이 친필 메모를 전달받던 순간을 구상회 박사는 이렇게 묘사하고 있다.

> "각하 명령을 하달한다. 극비사항이다."라고 하고는 종이쪽지 하나를 내놓더니 "보고 난 후 파기하라."는 것이었습니다. 종이쪽지는 박 대통령의 친필이었으며 서두에 적색으로 "극비"라고 적혀 있었습니다.[17]

---

17 오원철, 《한국형 경제건설》제5권, 기아경제연구소, 1996, 554쪽.

구상회 박사 본인의 설명대로, 오원철 수석은 분명히 이 문서가 극비사항이니 보고 난 후 '파기하라'고 지시했다. 그런데도 그 비밀 문서가 세상에 버젓이 공개된 것이다. 문서는 왜 파기되지 않았으며, 그동안 어디에 보관되어 있었던 것일까? 그리고 구상회 박사는 이 문서의 비밀을 어떻게 해제하여 세상에 공개할 수 있었을까? 도무지 이해하기가 어렵고 참으로 궁금할 따름이다.

필자는 이 책을 집필하는 과정에서 유도탄 개발의 초기 역사를 증언해줄 각종 문서 자료들을 직접 인용할 필요성을 절감하였는데, 당연히 이 문서들은 비밀로 묶인 것이어서 접근조차 용이하지가 않았다. 과거에 필자가 직접 열람하거나 작성한 문서들이지만 이제는 그 존재를 확인하는 것조차 쉽지 않았다. 필자는 하는 수 없이 ADD의 남세직 소장을 만나 저간의 사정을 설명하고 가능한 범위 안에서 문서들의 비밀을 해지하여 공개해줄 것을 청원하였다. 이 비밀문서의 내용들이 정확성 여부를 떠나 세상에 이미 상당 부분 알려져 있다는 점, 이제는 세월이 많이 흘러 비밀로서의 가치가 크게 약화되었다는 점 등을 들어 설득하였고, 결과적으로 몇몇 문서의 비밀이 일부나마 해지되어 이 책에 그 내용을 수록할 수 있게 되었다.

이렇게 비밀이 해제되어 공개된 문서들 중에는 당연히 ADD에 보관 중인 '항공공업' 관련 초기 문서들도 포함되어 있다. 40여 년 만에 비밀이 해제되어 일반에 처음 공개된 것인데, 그동안 관련자들이 기억에만 주로 의존하여 쏟아낸 진술들의 진위 여부를 확인할 수 있다는 점에서 큰 의미가 있다. 사실 이제까지 백곰 유도탄의 개발사는 관련자들의 진술에 크게 의지할 수밖에 없었고, 그 진술들은 저마다의 기억에 바탕을 둔 것이어서 서로 배치되거나 그대로 믿기 어려운 경우가 적지 않았다. 특히 유도탄의 개발 가능성을 모색하던 초기의 '항공공업 육성계획'과 관련된 내용은 공개된 자료가 거의 없고 관련자도 적어서 그 전모를 구체적으로 기술하기가 매우 어려웠는데, 이번에 몇몇 자료들이 공개됨으로써 적지 않은 의문들이 말끔히 해소될 수 있었다.

앞으로 차차 설명하게 될 것처럼, 박 대통령의 맨처음 의중에 대해서도 이제는 추측이 아니라 증거로 말할 수 있게 되었고, 오원철 수석과 ADD 사이의 갈등에 대해서도 증거로 정리할 수 있게 된 것이다.

하지만 필자가 원하던 문서들이 온전한 형태로 모두 공개된 것은 아니며, 문서의 '제목, 작성 시기, 그리고 주요내용의 요약본'만이 공개되었다. 아쉬움은 있지만 오로지 기억에만 의존하여 과거를 기술하던 방식의 한계에서 어느정도는 벗어날 수 있게 되었으니 그나마 큰 다행이 아닐 수 없다.

〈로케트 연구 개발 작성 지침〉

아무튼, 박정희 대통령이 친필로 사정거리 200km의 지대지 유도탄 개발을 지시한 지 몇 주일 뒤인 1972년 2월 1일, ADD에서는 신응균 소장이 사임하고 후임으로 심문택 박사가 취임하였다. 그리고 며칠 후, KIST에 있는 필자에게 급히 ADD로 오라는 심문택 소장의 연락이 왔다.

"이 박사! 대통령의 특별 지시인데, 우리나라에서 장거리 유도탄 개발이 가능한지 여부를 긴급히 검토하여 2주 내로 보고하라고 하네. 지금 ADD는 번개사업에 전 연구원이 매달려 있으니 이 박사가 책임지고 KIST, KAIST(한국과학기술원)와 협조하여 비밀리에 연구를 진행하고 보고서를 작성하도록 하게."

대통령의 지시가 국방부의 공식문서를 통해 ADD에 전달된 것이 1972년 2월 14일이다. 이때 ADD에 하달된 국방부의 공식문서는 〈로케트 연구 개발 작성 지침〉으로 되어 있었다. 그 핵심내용은 다음과 같다.

<로케트 연구 개발 작성 지침> (1972.2.14 / 국방부 → 국과연)

○ 주요내용

- 지대지 180km 및 350km, 고폭탄, 최단기간 개발
- 계획단 구성 및 계획 수립 일정 72. 2. 29까지 장관 보고

이 문서에 적시된 지시의 핵심 내용은 사거리 180km와 350km의 유도탄, 그리고 고폭탄 개발이 가능한지 여부를 검토하여 2월 29일까지 국방부장관에게 보고하라는 것이다. 공식적으로 주어진 연구 기간이 고작 15일이었다.

ADD의 새 소장이 된 심문택 박사는 이 급박한 사업을 필자에게 맡겼고, 필자는 곧 실무작업에 착수하였다. KIST의 정선호 박사, KAIST의 윤덕용 · 김길창 박사 등에게 연락을 취하였고, 우리는 자하문(창의문) 밖 조그만 여관에서 합숙을 하며 보고서를 작성하였다.

여관방에서의 합숙을 통해 도출된 우리의 결론은 간단했다. 추진제와 관성유도장치 등의 핵심기술을 해외로부터 도입할 수 있다면, 지대지 유도탄 개발은 충분히 가능하다는 것이 결론이었다. 심문택 소장이 국방부에 이런 내용을 보고했다.

이때의 유도탄 개발 가능성에 대한 검토와 보고서 작성은 아주 극비리에, 그것도 단시간 내에 극소수 인원에 의해 진행되었기 때문에 사실관계를 아는 사람이 거의 없다. 곧 등장하게 될 '항공공업 육성계획' 사업과 혼동하는 경우도 있는데, 국방부에서 ADD에 하달한 애초의 〈로케트 연구 개발 작성 지침〉에 대한 보고서 작성 과정에서 필자와 심문택 소장이 다시 정한 과제 제목이 '항공공업 육성계획'이었다.

한국방위산업학회가 펴낸 《방위산업 40년, 끝없는 도전의 역사》에는 "국방부의 유도탄 개발에 대한 정식 공문은 1972년 4월 14일 국방과학연구소에 시달되었는데, 보안을 위해 '항공공업 육성계획'이라는 위장사업명으로 되어 있었다"는 구절이 보인다.[18] 이에 따르면, 1971년 12월 26일에 대통령이 오원철 수석에게 지시하고 바

18 한국방위산업학회, 앞의 책, 128쪽.

로 그다음 날 오원철 수석이 구상회 박사 등에게 전달한 내용이, 해가 바뀌고도 4개월 이상 지난 1972년 4월 14일에야 공문으로 처음 하달되었다는 것이다. 하지만 이는 사실이 아니다. 1972년 2월 14일에 국방부를 통해 ADD에 〈로케트 연구 개발 작성 지침〉이 하달되었고, 그 달 말까지 필자와 몇몇 연구자들이 모여 유도탄 개발이 가능하다는 보고서를 작성하여 보고하였으며, 이 보고에 대한 추가 지시가 내려온 것이 1972년 4월 14일이다. 이때의 문서 제목이 〈항공공업 육성계획 수립 지시〉인데, 이는 그 이전에 우리가 일차 보고서를 통해 제안한 사업 명칭인 '항공공업 육성계획'이 받아들여진 결과이다. 아무튼 이 지시의 핵심 내용은 다음과 같았다.

항공공업 육성계획 수립 지시 (1972.4.14 / 국방부 → 국과연)

○ 관련 근거 및 일정

- 72. 2. 14 문서에 의거하여 연구 개발 계획 작성을 지시함.
- 중간 보고 : 72. 6. 30
- 최종 보고 : 72. 8. 31까지 국방장관에게 보고

○ 항공공업 육성 지시 세부 내용

- 목표 : 74까지 단거리 전술 지대지(40k) / 76까지 중거리 지대지(150k)
- 방법 : 조립 생산 – 부품 도입 – 연차적 국산화

○ 계획작성

- 국과연 주관 연차별 계획 3개월간 작성

지대지 유도탄 개발의 서막

이처럼 1972년 4월 14일에 국방부로부터 ADD에 '항공공업 육성계획'을 수립하라는 지시가 공문으로 하달되었다. 1971년 연말에 대통령이 오원철 수석에게 유도탄 개발의 첫 지시를 내렸고, 이듬해인 1972년 2월에 나는 즉시 몇 가지 조건만 충족되면 충분히 '가능하다'는 답을 회신한 바 있었다. 그러자 다시 구체적인 계획을 수립하라는 지시가 내려온 것이다. 위장 명칭은 '항공공업'이지만 실제로는 유도탄 개발 계획 수립 지시였다.

청와대의 지시를 받아 국방부가 당시 ADD에 하달한 〈항공공업 육성계획 수립 지시〉에는 몇 가지 기본 지침도 제시되어 있었는데, 나로서는 동의하기 어려운 부분도 포함되어 있었다. 예컨대 1974년까지 사정거리 40km의 단거리 전술 유도탄을 먼저 개발하고, 1976년까지 사정거리 150km의 중거리 유도탄을 개발하는 순차적 개발 계획을 수립하라는 부분 등이다.

앞에서도 언급한 것처럼 당시 박 대통령이 유도탄을 개발하고자 했던 궁극적인 목표는 전술적 승리에 있는 것이 아니라 북한이 국지적 도발을 했을 경우 그 대응책으로 필요한 유도탄을 개발하려는 것이었다. 그렇다면 사거리 40km나 150km짜리 유도탄은 사실 쓸모가 없는 것이라고도 할 수 있다. 북한이 우리의 유도탄 때문에 도발 자체를 포기하게 하려면 최소한 대전 이남에서 평양을 공략할 수 있는 사정거리 200km 정도의 유도탄이 필요하다는 것이 당시 나의 판단이었다. 우리에게 필요한 것은 실제 전투에서 효과를 발휘할 전술무기로서의 유도탄이 아니라, 국지전을 막아줄 전략무기로서의 유도탄이라고 믿었던 것이다. 대통령의 생각도 나와 마찬가지일 것이라고 그때도 믿었고 지금도 믿고 있다. 실제로 대통령이 첫 비밀 메모에서 적시한 것도 사정거리 200km의 지대지 유도탄이었다.

국방부의 지시를 근거로 심문택 소장은 내게 이 일을 맡겼고, 나는 실질적인 유도탄 개발 계획의 수립에 본격적으로 착수했다. 그 첫 순서는 계획단의 구성이었다. 이때 참여한 사람들은 다음과 같다.

팀장 : 심문택

간사 : 이경서(전체 총괄)

팀원 : ADD – 구상회, 박귀용

사관학교 교관 – 김정덕(육사), 최호현(해사), 홍재학(공사)

지원 : 김병교(KIST)

ADD 소속이 아닌 팀원은 전부 소속기관에 사표를 내고 보안심사를 거쳐 6월 1일까지 ADD로 소속을 변경하였다. 그리고 동부이촌동의 작은 아파트 하나를 빌려 보안사 요원의 보호와 감시 아래 사업이 종료될 때까지 3개월 이상을 일절 외부와의 접촉이 단절된 상태에서 사업에 임하였다. 편의상 '항공공업'이라는 위장 명칭을 사용하였으며 심문택 소장을 제외한 모든 팀원은 동부이촌동의 지정된 안가에서만 생활하고 가족에게도 안가의 위치를 알릴 수 없는 것은 물론 전화 통화조차 일절 금지되었다.

유도탄 개발의 선결 과제

항공공업 육성방안, 즉 유도탄 개발 계획 수립은 필자에게는 사실 비교적 익숙한 작업이었다. ADD로 오기 전 KIST에 있을 때 '기계공업 육성방향'을 작성한 경험이 있었고, 대전차로켓의 모방 개발도 추진하고 있었으며, 불과 2~3개월 전에는 비록 짧은 기간이지만 대통령의 지시로 유도탄 개발 가능성을 탐색하여 보고한 경험도 있었으므로 어느 정도 개념이 서 있었기 때문이다.

'기계공업 육성방향'을 설정할 때는 구체적인 육성 대상 종목을 선정하는 문제가 가장 까다로웠는데, 항공공업의 경우 그런 문제는 없었다. 개발 목표가 명확했던 것이다. 대통령이 친필로 내린 최초의 개발 지시 내용은, 최소 사거리 200km의 지대지 유도탄을 빠른 시간 내에 모든 수단을 동원하여 개발하라는 것이었다. 200km 이상이면 더욱 좋겠으나, 개발 기간이 길어지거나 과도한 비용이 소요될 가능성이 있으니 우선 200km부터 시작하라는 것이었다. 다시 말하면 개발 기간이나 비용에 큰 차이가 없으면, 사정거리는 길수록 좋다는 말이기도 했다.

이렇게 목표가 정해져 있는 이상 우리가 할 일은 지극히 단순했다. 당시 미국에서는 핵탄두를 탑재한 전술용 지대지 유도탄으로 사정거리 700km의 퍼싱(Pershing)을 개발해 놓고 있었다. 우리가 퍼싱 같은 유도탄을 개발 생산하는 데 필요한 기술을 외국에서 확보할 수만 있다면, 우리라고 그런 유도탄을 목표로 세우지 말란 법도 없었다.

그런데 이런 구체적인 개발 계획을 세우기 위해서는 먼저 어떤 분야에 어떤 문제들이 있고, 이를 어떻게 해결할 것인지 우선 큰 그림을 그려야 한다. 유도탄은 크게 '기체(機體), 추진기관(推進機關; 추진제와 모터), 유도조종장치(誘導操縱裝置), 탄두(彈頭)'로 구성된다. 기체는 '추진기관과 유도조정장치, 탄두'를 실어 나르는 몸체로, 유도탄 기체의 외형 설계에는 '풍동(風洞)'이라는 실험장비가 절대적으로 필요하다. 그런데 이 풍동은 다행히 선진국에서 들여올 수 있는 여지가 많고, 그렇다면 장기간 자체 개발에 매달리기보다는 외국에서 들여오는 편이 합리적이라고 판단되었다. 그밖에 동체의 재료 선정 문제나 가공설비 문제가 있는데, 우리 자체 기술로도 충분히 해결할 수 있을 것으로 보았다.

'추진기관'은 한마디로 비행기나 자동차의 엔진에 해당하는데, 유도탄은 고체든 액체든 특별한 연료를 사용하기 때문에 비행기나 자동차의 엔진과는 전혀 다른 방식으로 작동한다. 이 유도탄의 추진기관과 관련된 문제는 크게 두 가지로, 우선 연료에 해당하는 추진제(推進劑)를 담는 용기(用器)이자 엔진인 모터는 우리 기술로 충분히 만들 수 있다고 보았다. 노즐 설계가 복잡하다지만 충분히 해결 가능하다고 판단되었다. 문제는 연료에 해당하는 추진제였다. 유도탄의 고체연료는 '연료, 산화제, 결합제'로 구성되는데, 금속 분말을 매우 미세하면서도 정밀하게 가공할 수 있어야 하고, 일정한 비율로 균일하게 섞어주어야 한다. 이때 필요한 것이 초대형 믹서이며, 당시 우리 기술로 이를 자체 개발하여 제작하려면 15~20년은 걸릴 것으로 판단되었다. 말하자면 추진제 분야도 반드시 해외로부터 기술과 설비를 도입할 필요가 있었다.

마지막으로 '유도조정장치'는 유도탄의 목표물에 따라 다양한 방법이 사용된다. 그만큼 이 유도조정장치의 기술도 매우 다양하며, 관련 기술의 발전도 무척 빠르다. 우리가 개발할 지대지 유도탄의 경우 일반적으로 관성유도장치가 사용되는데, 이와 관련된 기술 역시 추진제 기술만큼이나 난이도가 높다. 단, 효율이 낮은 재래식 방법 가운데 레이더 추적 유도 방식이 있는데, 200km 정도가 최대의 유효 거리이고 지상 장비가 워낙 크고 고가이기 때문에 효율성이 낮다는 단점이 있었다. 당시의 나는 당연히 관성유도장치를 외국에서 들여와야 한다고 판단하고 있었다.

나이키 허큘리스(NH)와 최초의 계획

1972년 5월 초, 항공공업 육성계획단이 본격적으로 활동에 들어갔다. 이 당시 우리 앞에 놓인 가장 큰 난제는 앞에서 잠깐 설명한 유도탄의 구성 요소들 가운데 특히 추진제와 유도장치였다.

먼저 추진제의 경우를 보자. 과거 우리나라에서는 무유도 로켓을 개발한 경험이 있었으나 이때의 추진제는 아주 저성능이었다. 말하자면 우리가 개발하려는 장거리 지대지 유도탄에는 전혀 활용할 수가 없었다. 그렇다면 새로 개발을 해야 하는데, 고성능 추진제 개발을 우리가 자체적으로 진행할 경우 최소한 10년 이상이 걸릴 것으로 예상되었다. 최소 20년은 걸릴 것이라는 의견도 있었다. 결국 외국에서 설비와 기술을 도입할 수밖에 없다는 결론이었다.

유도조정장치 역시 우리에게는 큰 걸림돌이었다. 앞에서도 언급한 것처럼 유도탄은 그 목표물이 무엇인가에 따라 다양한 유도 방식과 장치를 사용한다. 예를 들어 열 추적 방식을 쓸 수도 있고, 레이저 반사파 방식을 사용할 수도 있다. 지대지 유도탄, 특히 사정거리 200km 이상 유도탄의 경우 관성유도장치를 사용하는 것이 보통이다. 관성유도장치는 유도탄의 가속도를 측정하여 그 위치와 속도를 계산하는 장치로 고도의 정밀도를 필요로 한다. 이보다 상대적으로 단순한 방식이 유도탄을 레이더로 추적하여 그 위치를 파악하고 조정하는 레이더 유도 방식이다. 그런데 이 레이더 유도 방식은 사정거리가 200km 이내로 제한되고, 지상 장비가 고가라는 단점이 있다. 결국 장기적인 관점에서 보면 관성유도장치를 사용할 수밖에 없고, 이 역시 외국에서 들여와야 했다.

우리 팀은 잠정적으로 추진제와 관성유도장치는 해외에서 도입하는 것을 전제로 하고, 나머지 기체 설계, 추진모터 설계, 각 주요 부품의 자재, 시험평가 등 팀원의 전문성에 맞추어 업무를 배분하고, 우리가 실제로 목표를 달성할 수 있는지 검토하기 시작했다. 이때 팀원별로 배분한 연구 분야의 내용은 다음과 같다.

홍재학 : 기체 설계
최호현, 김정덕 : 유도장치 및 기타 전장장비
박귀용 : 추진 모터
구상회 : 시험평가

그리고 필자는 간사로서 사업을 총괄하였다.

이렇게 팀원들에게 각 분야를 맡겼지만, 이때의 연구는 계획 단계에 해당하기 때문에 개발 스케줄을 세우는 것이 가장 중요한 임무였다.

4개월의 시간은 빨리 지나갔다. 연구 초기에 일차적으로 시작한 것은 자료수집이었다. 각자 맡은 분야의 기초 자료들은 국내 도서관에 찾아가 관련 서적을 수집하고 우리 군이 보유하고 있는 유도탄의 기초 자료들은 국방부를 통하여 수집했다. 그리고는 나이키 허큘리스(Nike Hercules: NH)와 호크(Hawk) 운용 부대를 직접 방문하여 실사도 하고 매뉴얼 등 군부대가 보유하고 있는 자료들을 복사해서 가져왔다.

이 과정에서 우리의 눈을 사로잡은 것이 나이키 허큘리스(NH) 지대공 유도탄이었다. 1950년대 말기에 실용화한 나이키 아작스를 개량하여 만든 사거리 140km의 지대공 미사일로 핵탄두도 장착할 수 있도록 설계되어 있었다. 당시 소련을 견제하기 위하여 NATO 국가에, 중국을 견제하기 위하여 한국과 일본에 배치되었었다. 그러나 세월이 흐르면서 새로운 유도탄이 개발되고 이 유도탄의 효용성은 떨어지게 되었으며, 1972년 당시 이 유도탄을 실제로 배치하여 사용하는 나라는 우리나라가 유일했다. 또 미국의 철군 계획에 따라 미군이 사용하던 NH를 한국군에 이양하기로 되어 있었다.

그런데 이 나이키 허큘리스 유도탄에는 남다른 장점이 하나 있었다. 애초에 지대공으로 개발된 것이지만 지대지 용으로 전환하여 사용할 수 있다는 것이 그것이다. 고정된 지상 목표물의 상공까지 유도한 다음 수직으로 강하시켜 목표물을 타격하는 것이 가능하다는 얘기다.

이 사실을 알게 된 필자는 곧 나이키 허큘리스를 개조하는 방법으로 우리에게 주어진 과제를 해결할 수 있겠다는 생각을 하게 되었다. 유도 방식은 나이키 허큘리스 방식을 그대로 활용하되, 추진기관의 추진제를 보다 더 현대적으로 효율화하자는 아이디어를 떠올린 것이다. 효율이 높은 현대 추진제로 교체하면 사정거리를 200~250km까지 확대하는 것도 용이하리라 판단했다.

곧 팀원들을 소집하여 필자의 아이디어를 설명했다. 대부분의 팀원은 동의했으나 해군 출신의 구상회 박사와 최호현 박사가 이견을 제시했다. 그러면서 나이키 허큘리스처럼 기체가 크고 사정거리도 긴 중거리 유도탄의 개발은 나중으로 미루고 우선 사정거리가 짧은 함대함 유도탄을 먼저 개발하자고 제안했다. 언뜻 보기에는 일리가 있는 것 같았으나 나의 의견은 달랐다. 나이키 허큘리스를 개조하는 데 필요한 기술은 추진제가 유일하다. 다시 말하면 유도탄에서 가장 문제가 되는 유도조종장치는 나이키 허큘리스의 것을 그대로 사용할 수 있어 우리가 해결해야 할 과제가 추진제 하나로 제한되는데, 함대함 유도탄은 비록 사정거리는 짧지만 우리가 해결해야 할 문제가 추진제뿐만 아니라 유도장치 문제도 같이 해결해야 하기 때문에 비록 소형 유도탄일지라도 훨씬 더 개발하기가 힘들고 시간이 많이 소요된다는 것이 필자의 판단이었다. 마치 전화기 중에서 스마트폰이 더 어려운것과 같은 이유이다. 많은 토론 끝에 필자의 안을 납득시킬 수 있었고 이 문제는 일단락되었다.

이로써 우리가 해결해야 할 문제는 추진제 하나로 압축된 셈이었다. 나이키 허큘리스에 사용된 구식 추진제를 현대 추진제로 교체하면 사정거리를 40~50km 이상 증가시킬 수 있으므로 새 추진제를 선진국에서 도입하는 방향으로 의견을 정리했다. 유도장치는 나이키 허큘리스 방식을 그대로 사용하되, 구식의 전자부품으로 제작된 유도장치를 당시로서는 최신 기술인 트랜지스터로 교체하여 새로 설계하기로 하였다. 기체 설계의 경우 풍동만 있으면 외형을 우리 마음대로 바꿀 수 있었다.

이런 내용들을 중심으로 우리는 보고서 작성을 시작했다. 1981년까지 사정거리 250km의 지대지 유도탄을 개발한다는 목표를 제시하고, 이를 달성하기 위한 과제와 해결방안들을 차례로 열거하여 설명했다. 이 당시 우리가 작성한 보고서의 제목은 〈항공공업 계획〉으로 그 분량이 673쪽에 달했다. 1972년 9월 1일자로 국방부에 보고서를 제출하였으며, 이것이 '항공공업 육성계획'에 관한 최초의 공식 보고서다. 이 프로젝트에 참여한 연구원 등의 현황, 그리고 보고서의 주요 목차를 중심으로 핵심 내용을 소개하면 다음과 같다.

항공공업 계획 (72. 9. 1 / ADD → 국방부)

◆ 관련 근거 : 국방부지시공문 여구941-3(72.4.14) 시달

◆ 연구자

- 연구책임자 : 심문택(소장)
- 부책임자 : 김재관(부소장)
- 연구위원 겸 간사 : 이경서(4부2실장)
- 연구위원 : 구상회(4-1실장), 서정욱(5-1실장), 박귀용(4-2실)
- 위촉연구원 : 홍재학(공사), 최호현(해본), 김정덕(육사), 손성재(KIST), 윤덕용(과학원), 김길창(과학원)
- 연구조원 : 이필호(4-2실), 김병교(4-2실)

◆ 차례

서론

제1장 로케트 현황

1-1. 세계의 유도탄 현황

(가) 대전차

(나) 함대함

(다) 지대지 유도탄

(라) 지대공

(마) 공대지

1-2. 한국과 북한의 로케트 현황 분석

1-3. 미, 일, 우리나라 로케트의 개발 현황

제2장 로케트 무기의 중요성

2-1. 육해공에서 요구되는 유도탄

2-2. 보유 유도탄 정비유지 문제

제3장 로케트 개발의 기술적 검토

제4장 개발방안

제5장 결론 및 건의

결론 : 무유도 로케트 개발(40km)

전략유도탄 개발 - 1단계 NH 활용, 250km

건의 : 1. 연간 15억 예산 지원

2. 미국 Hawk 및 NH 견본품 대여

3. 약 500만 불 차관 및 필요 외화 사용 특별
   조치
4. 현역 파견, 전문가 초빙, 요원 해외공관 상주
5. 철마 지구 시험장 신설 승인

부록

이 보고서에서 특히 눈여겨볼 대목은 '결론 : 전략 유도탄 개발 - 1단계 NH 활용, 250km'라는 부분이다. 그동안 백곰 유도탄의 개발 과정과 관련하여 몇 가지 억측들이 있었는데, 예컨대 자체적인 유도탄 개발이 여의치 않자 NH를 활용하는 방안으로 개발 방식을 '선회'했다는 주장도 그런 것이다. 하지만 이 최초의 〈항공공업 계획〉에 명시된 것처럼 NH를 활용한 유도탄 개발은 개발 구상 단계에서부터 이미 상정되어 있었던 것이다. 구체적인 개발 과정에서 갑자기 NH 활용 방안이 튀어나온 것이 아니라는 얘기다.

이 보고서에는 또 최초의 개발 목표가 '사거리 250km'의 유도탄이었다는 사실도 명시되어 있다. 하지만 안타깝게도 이런 최초의 목표는 구체적인 사업 진행 과정에서 몇 차례의 우여곡절을 거치게 된다. 그 중의 하나는 오원철 수석과 관계된 것으로 바로 뒤에서 따로 설명하기로 한다. 또 다른 문제는 우리가 개발한 250km 사거리의 미사일을 제대로 시험할 수 없다는 것이었다. 안흥에 비행시험장을 건설할 때 미국에서 들여오는 장비들을 우리는 미국 측에 기존 NH의 유지 보수를 위한 기술 연구라는 명목을 내세워서 미국의 수출 승인을 받았고, 따라서 NH보다 성능이 우수해지고 사거리도 길어진 새로운 미사일의 시험비행을 온전히 진행할 수가 없었던 것이다. 결론적으로 250km 사거리의 미사일을 만들어놓고도 180km까지만 비행시험을 진행할 수밖에 없었다는 얘기다. 새로운 미사일 개발에 대한 미국 측의 반대가 그만큼 완강하던 시절이다.

오원철 수석과 계획의 수정

다시 처음으로 돌아와 보자. 우리가 최종 보고서를 제출한 지 며칠이 지나지 않아 오원철 수석으로부터 연락이 왔다. 보고서의 결론이 잘못되었다는 것이다. 한마디로 함대함, 대전차, 지대공 유도탄 등 소형 유도탄들을 먼저 개발한 후 그 기술을 이용해 나중에 장거리 유도탄을 개발해야 한다는 것이었다. (기계공업 육성방안의 악몽이 다시 시작되었다!) 그의 주장을 이해하기 위해서 아래에 오원철의 회고록을 인용해 본다.

> 한편 필자 역시 박 대통령으로부터 유도탄 개발 지시가 떨어졌으니 유도탄에 대한 지식을 넓힐 필요가 절실해졌다. 그래서 1972년 5월, 병기 산업 조사차 유럽 여러 나라를 방문했을 때 유도탄 분야를 중점적으로 시찰했다. 유도탄 연구는 방문한 국가(스위스, 스웨덴, 노르웨이, 이스라엘, 프랑스) 모두가 국가적 중점 사

업으로 전력을 경주하고 있었다. 이들 국가로부터 유도탄 개발 계획에 대해 상세한 설명을 듣고 많은 자료를 얻었다. 프랑스에서는 유도탄을 직접 생산하고 있는 SNIAS(Societe Nationale Industrielle Aerospeciale)社와 SNPE(Societe Nationale des Poudres et des Esplosifs)社를 방문했다. 특히 SNPE社(세계 3위, 유럽 최대 화약회사)에서는 대륙간 장거리 미사일용 추진제를 생산하고 있는 장면을 목격했는데 우리나라에 기술 및 차관제공 제의를 해왔다. 차관 금액은 기술제공 범위에 따라 달라지지만 500만 달러 이상 가능하며 연리 2%, 2년 거치 10년 상환 조건을 제시했다.

이때의 시찰에서 얻은 결론은 다음과 같다.

① 미사일 추진제 제조는 기술만 도입하면 국산화가 가능하다. 제조 장비도 대규모 투자가 필요한 것은 아니다.

② 유도탄의 탄체 제작도 특별한 전문 공작기계를 사용하는 것이 아니기 때문에 국내 제작이 가능하다.

③ 문제는 유도장치인데 이 분야에 대해서는 국내에 기술축적이 전혀 없는 관계로 설계는 물론 기술 일체를 도입할 수밖에 없다. 필요한 중요부품, 특히 전자부품은 외국에서 도입해서 조립해야 할 것이다.

④ 종합적으로 외국으로부터 기술협력만 얻는다면 유도탄 개발은 가능하다. 우선 근거리용 미사일을 개발한다. 이 목표가 달성되면 원거리용으로 사거리를 늘리는 문제는 기술적으로 비교적 용이한 과제이다.

⑤ 새로운 방식에 의한 유도기술 획득은 국내기술 축적이 발전해 감에 따라 차례로 개발해 간다.[19]

오 수석의 외국 방산업체 방문은 참 효과적이었다. 그의 결론 역시 대체로 합리적이다. 그러나 ①항에 있는 '제조장비도 대규모 투자가 필요한 것은 아니다'라는 그의 판단은 큰 오류였다. 그가 방문한 추진제 제조 공장의 경우 실험실만 보고 정작 실제 생산시설은 보지 못한 것 같다. 고체 추진제 제조의 경우, 실험실에서는 보통 추진제 혼합기로 5갤런 규모의 믹서를 사용하는데, 이 믹서의 가격은 몇만 불 정도다. 하지만 실제 생산에 사용하는 믹서는 300~350갤런 규모이며, 그 가격은 수백만 불에 이르고 모든 선진국에서 수출 금지 품목으로 지정되어 있다. 뒤에서 상술할 것처럼 우리는 미국의 LPC사(社)에서 300갤런 규모의 혼합기 2대를 포함한 추진제 공장 일체를 단 200만 불에 구입했는데, 이는 엄청난 행운이었다. 그 이후로는 미국 등으로부터 300갤런 이상의 혼합기를 일절 구할 수 없었고, 결국 국내에서 장시간에 걸쳐 개발하여 사용해야만 했다. 액체 추진제 공장의 경우도 막대한 설비 투자가 우선되어야 하므로 ①항의 내용은 완전히 틀린 것이다.

③항에 나오는 유도장치의 문제 역시 핵심은 유도조종 소프트웨

19 오원철, 《한국형 경제건설》 제7권, 한국형경제정책연구소, 1999, 556~557쪽.

어 기술로서 우리가 반드시 개발해야 할 문제이다. 하드웨어인 유도센서도 선진국의 기술 이전이 철저히 제한되고 있는 실정으로 전자부품의 문제가 아니다. 유도탄의 목표에 따라서 센서가 다르며 이들 센서는 수출 불허 품목이다. ④항에서는 '외국으로부터 기술만 얻는다면 유도탄 개발이 가능하다'고 진단했는데, 기술만 도입할 수 있다면 무엇이 불가능하겠는가. 하나마나 한 소리다. 문제는 지금 우리가 외국으로부터 핵무기 제조 기술을 구입할 수 없는 것처럼, 그 당시에는 유도탄 기술이나 주요 부품은 일절 수출이 금지되어 있었다는 점이다.

오원철 수석은 또 소형의 단거리 유도탄을 먼저 개발하고 중거리 유도탄은 나중에 개발해야 한다는 주장을 편다. 하지만 이는 작은 것이 쉽고 큰 것은 어렵다는 어리석은 생각일 뿐이다. 유도탄은 크면 내부 부품도 커지고 공간이 많아 제작하기가 쉽고, 탄두도 커서 정밀도가 상대적으로 낮아도 되지만, 작은 유도탄은 정밀한 부품과 정밀도를 향상하는 소프트웨어 기술 확보가 훨씬 더 어렵다. 조선이든 유도탄이든, 이미 대형을 먼저 만든 실제 역사와 사례가 있는데도 여전히 이런 주장을 펴고 있으니 필자로서는 그저 어안이 벙벙할 뿐이다.

여하튼, 보고서를 완성하고 나서도 오 수석과의 논쟁은 1개월 이상 지속되었다. 그러나 대통령 지시 사항이었으니 중공업 때와 달리 이번에는 그 역시 일방적으로 우리 의견을 무시할 수가 없었다. 결국 타협안으로 오 수석의 안과 우리 안을 결합하는 것으로 결정

지어 최종 보고서를 작성, 1973년 1월 1일 청와대에 제출하였다. 우리의 애초 계획도 그대로 살리고, 오 수석의 주장도 추가로 담은, 그래서 다소 어정쩡한 보고서였다. 이때 청와대와 국방부에 제출된 보고서의 핵심은 대략 이런 것이었다.

첫째, 1981년까지 사정거리 500km의 지대지 유도탄 개발을 최종 목표로 한다.

둘째, 1974년까지 무유도 중거리 로켓을 우선 개발하고, 1976년까지 함대함 유도탄을 개발하며, 사정거리 250km의 지대지 유도탄 설계를 완료한다.

첫째 안은 우리의 본래 안에 있던 사정거리 250km를 대통령이 원하시는 500km로 수정하되, 1981년까지 개발한다는 계획이다. 둘째 안은 주로 오 수석이 주장하는 중간단계의 유도탄 개발 방안이다. 나는 기본적으로 무유도 로켓이나 단거리 함대함 유도탄을 먼저 개발해야 한다고는 전혀 생각하지 않았지만, 오 수석의 주장이 워낙 강경하기에 보고서에 이를 삽입할 수밖에 없었다.

그런데 최근 오원철 수석이 남긴 여러 기록들을 살펴보니 '함대함' 미사일이나 '단거리' 유도탄 우선 개발 계획에 대한 설명이 전혀 보이지 않았다. 본인이 그렇게나 강력하게 주장해서 보고서에 포함된 내용인데, 이제는 왜 일언반구 언급이 없을까?

다음은 최근 비밀이 해지된 당시의 우리 보고서 내용 중 그 핵심을 정리한 것이다. 1973년 1월 1일자로 청와대에 보고된 문서이고, 같은 해 1월 29일에 56쪽짜리 차트로도 정리된 것이다.

---

4. 항공공업사업계획서(1973. 1. 1 / 56쪽 차트형 73. 1. 29 발간)

제1장 사업개요

- 사업명 : 항공공업
- 사업목적 : 전쟁 도발을 억제하고, 유사시 효력 있는 반격 수단 확보.
  사정 500km의 장거리 지대지 유도탄 국내개발과 보유 유도탄의 정비 유지능력 확보
- 개발기간 : 1973~1979
- 자금소요
  내자 6,629,019,400원(외화 5,512,900$)
  차관 5,000,000$
- 시험장 :
  경남 철마 : 부지 100만평, 건평 4,000평
  기간 : 1973~1975

제2장 유도탄 개발 방안

1. 기본 방향

가. 전략 전술 여건

- 긴요 유도탄 : 대전차, 함대함
- 전략 유도탄 : 장거리 지대지

나. 국내외 기술 여건

- 기술 분야별 관련 전문가 : 유도조종, 기체, 추진 등
- 연구 장비 및 시설 : 풍동, 추진제 제조 공장, 원격측정 장치, 환경시험 장치, 모의 시험 장치
- 기본 방향 :
  · 우방으로부터 획득 불가능한 **전략 장거리 지대지 유도탄 개발을 최종 목표로 함**
  · **초기 여건 고려하여 국내 보유 유도탄을 최대 활용, 개조 개발**

2. 개발 계획

가. 최종 목표 달성을 위한 기조 시스템 활용 : 대상은 N-H

나. 개발단계

- 1단계(기반형성단계) : 요원 훈련, 장비확보, 무유도 중거리 개발
- 2단계(N-H 사거리 증대를 위한 기술개발 단계)
  · 사거리 약 250km 지대지 유도탄 설계 제작
- 3단계 : 최종목표 사거리 500km 지대지 완성

3. 개발내용

가. 제1단계 : 무유도 30~40km, HAWK 모타급

나. 제2단계 : N-H 방식 개조

- 250km, 2단 고체, composite 추진제, M2.5~3.0 지령 유도방식

  N-H booster의 double base를 composite로 교체

- 추적 장치, 유도 계산기, 발사대 등은 N-H용 활용

다. 제3단계

- 500km, M5.0, 지령유도방식
- 1단/2단 추력 증대 설계 : 추진기관, 기체, 유도조종

18개월 만의 대통령 결재

1973년 1월 1일 올린 결재안은 1974년 5월 14일에 항공공업 계획에 대한 대통령의 최종 결재가 이루어졌다. 왜 그렇게 지연되었을까?

그간의 경위를 요약하면, 1971년 연말에 대통령이 오원철 수석에게 유도탄 개발을 처음 언급했고, 1972년 2월에는 유도탄 개발의 가능 여부를 탐색하라는 지시가 국방부와 ADD를 거쳐 내게 떨어졌다. 주어진 시간은 보름 정도였다. 나는 기한 안에 '가능하다'는 보고서를 작성하여 올렸다.

이어 1972년 4월에 구체적인 계획을 수립하라는 지시가 내려왔고, 5월부터는 '항공공업 육성계획'이라는 이름으로 실제 유도탄 개발 계획이 수립되기 시작했다. 이때 우리에게 주어진 시간은 단

4개월이었다. 나는 3개월 반 만에 레이더 유도장치를 사용하는 사정거리 250km의 지대지 유도탄을 1981년까지 개발한다는 계획을 세워 보고했다. 그런데 이것이 오원철 수석과의 논쟁으로 이어졌고, 결국 1개월 정도를 더 들여 우리의 안과 오원철 수석의 안을 어정쩡하게 합친 안을 청와대에 다시 올렸다.

여기서 주의해서 볼 것이 하나 있다. 국방과학연구소와 오 수석이 타협하여 작성한 보고서 제출일은 1973년 1월 1일인데 대통령의 최종 결재는 약 18개월이나 지난 1974년 5월 14일에야 이루어졌다는 사실이 그것이다. 실제로 그 기간 동안 국방과학연구소는 청와대로부터 어떠한 지시도 받지 않았고 교류도 전혀 없었다. 국방과학연구소는 그동안 연구소 부지를 선정하고 필자는 주로 리톤사(Litton Industries, 관성유도장치)나 티오콜사(Thiokol, 추진제) 등 여러 방산업체들을 방문하여 제품 판매 및 기술 제공에 대해 협의했다. 대다수 업체는 기술의 제공이나 제품의 판매에 대해 무척 긍정적이었다. 그러나 한결같이 미 국무성의 허가 필요성을 강조했다. 당연한 일이겠지만 업체 마음대로 결정할 수 없었던 것이다. 이에 필자는 국무성도 방문하여 판매 허가에 대해 문의했으나 대답은 한결같이 부정적이었다.

한편, 같은 기간에 청와대의 오 수석도 세계적으로 유명한 방산업체들과 독자적으로 접촉하여 여러 자료를 수집했다. 이를 보여주는 것이 아래의 문서로, 이는 1974년 5월 14일자로 작성된 청와대의 문서다. 박정희 대통령이 18개월 만에 결재한 문서가 바로 이것이다. 그 18개월 동안 국방과학연구소와 청와대는 서로 협의도 없이 각자 외국 방산업체들을 접촉하느라 2중의 시간과 비용을 허비했다. 오 수석이 내가 얻은 정보 이상의 정보를 획득한 것도 물론 아니다. 청와대가 무슨 이유로 국방과학연구소와 협의도 없이 이런 불필요한 실무를 진행했는지 필자로서는 지금도 도무지 이해가 가지 않는다. 아래 문서인 '73. 4. 25 대통령 지시'는 필자가 확인할 수 없었다.

---

6. 항공공업 시행계획 및 추진현황 (74.5.14 대통령재가 문서)

결재선 : 군수차관보, 합참본부장, 연구소장, 경제수석, 국방차관, 합참의장, 국방장관, 국무총리, 대통령

I. 기본방향 : 73. 4. 25 대통령 지시에 따라 기본방향 설정 보고

1. ADD는 항공공업 사업에 총력을 집중한다.
2. 사거리 500km 개발 중점
3. 개발기간을 78년 말까지 단축한다.
4. 필요 기술은 전술유도탄 공동생산 및 개발과 외국 기술자 초빙으로 해결
5. 무유도로케트를 실용화한다.

II. 유도탄 구성 : 지령 유도탄 방식

Ⅲ. 개발 방안

· 유도탄 체계

- 체계설계는 공동개발 또는 외국 기술자 초빙으로 해결
- 전술유도탄(예 지대함, 지대지 또는 함대함)의 공동개발은 미국 Lockheed, LTV, 독일 MBB가 가능성 표시했으며 이를 비교 검토 중

· 추진제 제조공장 제안 비교

	佛 SNPE	美 Lockheed
믹서	100Gal	150Gal
비용	250만$	490만$
기간	2년	미정
		미 국방성 승인 9월

· 비행체

1. Lockheed, LTV, Northrop 등 공동설계 구상 중
2. 풍동도입

	美 Fluidyne	캐나다 DSMA
가격	700만$	800만$
크기	4' x 4'	4' X 4'
기간	2년반	2년반

· 유도조종

1. Lockheed, LTV 교섭 중
2. 부품 외국 도입 조립
3. 지상장비 도입
   - 레이다 : Lockheed, Cutler Hamer, Marconi
   - 전자계산기 : DE 등

Ⅳ. '74년도 사업내용

· 연구내용

-30km 무유도 개발

-80km 시스템 설계

· 장비도입 : 추진제 제조시설, 풍동시설, 긴급소요 연구장비 도입

· 건설

-부지 선정 비교(철마, 대덕)

철마 : O 2개, 지형 등 X 2개(지형 : 2 계곡, 서울접근 거리 452km 등)

대덕 : O 4개(지형 : 5 계곡, 서울접근 거리 170km 등), X 1개, △ 1개

비고 : 연구단지 인접 과학기술자 유치 및 교류가 용이한 대덕지구가 적합

· 교육훈련

-군 연구소 : 구상회, 이경서 등 10명

-산업체 : Northrop 항공사 3명

· 대외교섭 현황

-LTV : 부사장 및 연구원 방한. Lance(80km, 6m, 1.5ton), Scout(4500km, 25m. 2ton)

-Lockheed : 추진제공장 및 풍동 도입 협의

-MBB : Roland(6km, 지대공), BO-105(5인승 헬기)

-MD사, Boeing, Marconi, Beach Aircraft 등 4개사와 협의 중

V. 개발계획

· 개발예산

- 인원 : '78(780명)

- 예산

- 설비비 : 27,592백만원(연구개발 145억, 장비 96억, 건설비 34억)

- 운영비 : 3,550백만원

- 계 : 31,142백만원

- 재원

- '75년 이후 국방부 예산 반영

- '74년 16억원 부족

VI. 건의

· 소요 자금 확보 : 74년 장비 도입 400만불은 율곡 긴급 전력 증강 자금에서 확정

· 용지 선정 : 시험 부지 건설을 위한 조속 결정

· 대미 협조 : 미국의 협조를 위해 무유도 로케트, 전술유도탄의 개발목표 제시 필요

이 문서의 〈기본방향〉에 드러난 대통령의 결론은 단호하고 분명했다. 국방과학연구소의 모든 역량을 사정거리 500km의 지대지

유도탄 개발에 집중하여 1978년까지 개발을 완성하라는 것이다. 오 수석이 그렇게 주장하던 단거리, 중거리 유도탄 개발은 필요 시 외국과 협력하라는 명령이다. 기계공업 육성방안에서 그랬듯이 박 대통령의 지시는 분명했다. 초기에는 가장 중요한 한 개의 목표에만 총력을 기울이고, 여타 분야는 최초 중점 목표가 달성된 후 해결하라는 지시다.

대통령의 결재 문서를 들여다보는 심문택 소장과 나의 마음은 당연히 복잡하고 착잡할 수밖에 없었다. 무엇보다 기간이 너무 짧았다. 아무 준비도 없는 상황에서 4년 안에 사거리 500km의 첫 지대지 유도탄을 개발하라니, 참으로 난감한 과제가 아닐 수 없었다. 사정거리 500km 유도탄의 경우 레이더를 사용할 수도 있지만 정확도가 많이 떨어지고 지상장비가 무척 고가이므로 실전에 배치하여 사용되는 무기로서는 비효율적이다. 비록 대통령이 사정거리 500km 유도탄을 1978년까지 개발하라는 지시를 했지만 나는 현실적으로 가능성이 낮다고 판단하고, 기회가 있을 때 보다 더 현실성 있는 사정거리 200km의 유도탄 개발로 수정할 것을 건의드리기로 결정했다.

지금도 나는 1981년까지 시간이 주어졌더라면 관성항법장치로 유도되는 사정거리 500km의 지대지 유도탄을 충분히 개발할 수 있었을 것이라고 생각한다. 하지만 당시의 대통령에게는 그만한 여유가 주어지지 않았다. 북한은 호시탐탐 재침략의 기회를 노리고 있는데, 미군은 서둘러 한반도에서 발을 빼려 하고 있었던 것이다. 나중에 결국 미군 철수 계획이 중단되기는 했지만, 1970년대 초의 대통령 입장에서는 미국에만 의존하는 국방이 얼마나 취약한지 뼈저리게 깨닫는 계기가 되었다. 걸핏하면 동맹이며 혈맹을 부르짖던 미국이, 결정적 순간에는 자국의 이익을 앞세워 언제든 동맹을 버릴 수도 있다는 것을 베트남 전쟁, 닉슨 독트린, 미군의 한반도 철수 과정에서 이미 여러 차례 경험한 대통령이었다. '소련에 속지 말고 미국을 믿지 말라'는 항간의 속언이 허무맹랑한 말이 아니던 시절이었다.

나이키 허큘리스 개량과 명분 싸움

사정거리 140km의 지대공 유도탄인 나이키 허큘리스(Nike Hercules; NH)는 1950년대 말 초음속 적기를 원자탄으로 공중에서 한 방에 제거하기 위해 Nike Ajax를 기반으로 개발된 미사일이며, 제한적으로 지대지로도 사용할 수 있게 되어 있었다. 지대지 유도탄으로서는 사정거리가 너무 짧고 레이더 유도 방식을 채택하고 있는 등 당시에도 효율적이지 못한 유도탄이었다.[20] 하지만 어떻게든 4년 안에 국산 지대지 유도탄을 개발해야 하는 절박한 상황에서 나는 이 NH 유도탄이 실마리를 풀어줄 대안이 될 수 있겠다고 판단했다.

NH는 1960년대 미군이 미국 본토 외에 유럽, 일본 등과 우리나

20 Nike Hercules – Wikipedia. https://en.wikipedia.org/wiki/Nike_Hercules

라에 배치한 지대공 미사일로, 1970년대 초 미군이 철수하면서 우리 군에 이관하였다. 재래식 고폭탄두를 장착한 우리 군 NH의 지대공 능력을 시뮬레이션 프로그램으로 조사를 해보니 지대공 명중률이 3%에 불과했다. 나는 이 사실을 김종환 합참의장에게 보고하고 이 유도탄을 폐기하자고 건의하였다. 당시 방공포사령부에서는 이 낡은 유도탄에 계속 많은 돈을 들여(수요가 적은 유도탄 부품이라 값이 무척 비쌌다) 서너 번 개조했는데, 나는 그 돈으로 새로 나온 성능 좋은 새 유도탄을 구매하자고 건의를 드렸더니 김 의장도 내 의견에 동의하셨다.

그런 NH 유도탄을 지대지 유도탄으로 개조하자는 생각을 하게 된 데에는 여러 가지 이유가 있었다.

우선 지대공 유도탄이지만 지대지 방식으로 바꾸는 건 큰 문제가 아니었다. 목표물 상공까지 기존의 방식으로 유도한 뒤 수직 강하를 시키면 되기 때문이다.

사거리 문제 역시 200km 이상 연장이 가능할 것으로 판단되었다. 기존의 NH는 지대지로서는 180km가 공식적인 사정거리지만, 지상 장비를 통한 레이더 유도 방식이 커버할 수 있는 최대 사정거리는 180km 이상이다. 추진기관과 추진제 문제만 해결되면 200km 이상 사정거리 연장이 가능하다는 결론이 나온다.

그러나 무엇보다도 NH를 개조하는 방식의 개발은 우리에게 명분을 만들어줄 수 있다는 최고의 장점이 있었다. 미국이 핵 확산 방지에 총력을 기울이는 상황에서 우리가 미국이나 유럽의 선진국들과 유도탄 관련 기술 및 장비의 도입을 추진하기 위해서는 명분이 무엇보다 중요했는데, 이미 낡은 NH밖에 가지지 못한 우리 상황에서 이의 유지관리에 필요한 기초 기술과 시설이 반드시 필요하다는 명분을 내세울 수 있었던 것이다. 미국을 비롯한 선진국들에서 일부 기술과 시설을 도입하지 않을 수 없는 상황에서 이런 명분은 무엇보다도 중요한 가치가 있었다. 나중에 실제로 우리가 미국의 국무성에도 대놓고 유도탄 관련 기술과 설비의 도입 필요성을 주장할 수 있었던 것은 이 NH가 있었기 때문이다. 이런 명분이 없었더라면 LPC사에서 추진제 제조 시설을 들여오기란 애초에 불가능했을 것이고, 여타 기술과 시설의 도입에서도 얼마나 큰 난관을 만났을지 모를 일이다. 아니 어쩌면 유도탄의 국산화라는 목표 자체가 좌절되었을 수도 있다. 그런 면에서 NH를 개조하는 방식의 첫 국산 유도탄 '백곰' 개발 전략은 당시로서도 불가피했고 지금 생각해도 더 이상의 대안이 없었다.

하지만 장점만 있는 것은 물론 아니었다. 우선 사정거리와 유도방식 등 당시 대통령이 생각하던 지대지 유도탄의 성능에 크게 미치지 못한다는 문제가 있었다. 하지만 주어진 시간에 한계가 있으니 전폭적인 성능의 개량은 추후 2단계로 추진할 수 있을 것으로 판단하였다.

또 하나의 난제는 기체의 외형을 최대한 나이키 허큘리스와 유사하게 유지해야 한다는 것이었다. 모든 부품이 최대한 현대화되고 국산화됨에도 불구하고 전체적인 외형만은 나이키 허큘리스와 흡사해야 우리가 내세운 명분을 유지할 수 있기 때문이다. 나이키 허큘리스의 외형을 모방할 경우 외형 설계에 드는 시간과 비용을 절약할 수 있는 게 아니냐고 반문할 수도 있지만, 현실은 반드시 그렇지는 않다. 자동차의 엔진과 내장 부품을 모두 바꾸는데, 외형은 그대로 두는 경우를 생각해보면 쉽다. 크라이슬러의 승용차 차체에, 볼보 승용차의 엔진과 부품을 모두 뜯어다가 붙이는 경우와 마찬가지다. 결코 쉽지 않은 일이고, 차라리 차체를 다시 디자인하는 편이 훨씬 쉽다.

아무튼 이런 검토의 과정을 거쳐 최종적으로는 나이키 허큘리스를 개조하는 방식으로 첫 국산 유도탄을 개발한다는 방향이 정해졌고, 실제로 그렇게 사업이 추진되었다. 우리는 정해진 기간 안에 실제로 첫 국산 유도탄 백곰을 개발하는 성과를 이루어냈다. 세계에서 일곱 번째 유도탄 생산국이 된 것이다. 그야말로 기적의 완성이었다.

하지만 이런 전략으로 인한 한계와 문제도 물론 있었다. 나중에 자세히 검토하겠지만, 우선 '가짜' 논쟁의 빌미가 되었다. 백곰 개발의 의미와 역할을 폄훼하려는 일부 사람들이 백곰은 NH에 페인트만 새로 칠한 가짜라는 주장을 펴기도 했는데, 백곰 기체가 내부는 모두 국산화 했지만 외부로 보이는 외형이 NH와 같은 데서 비롯된 것이다. 하지만 거듭 강조하지만 백곰이 NH의 외형을 최대한 그대로 살린 것은 명분을 유지하기 위한 정치적 판단에 따른 것이었을 뿐, 이로써 얻는 실익보다는 오히려 더 많은 노력과 시간이 필요했다. 기술적인 면으로만 보자면 외형을 새로 설계하는 쪽이 훨씬 편했다는 말이다.

NH의 유지와 보수를 명분으로 내세우게 되면서 안흥시험장에서 할 수 있는 시험비행의 사거리에도 한계가 생기고 말았다. 시험비행장 건설 당시 미국은 NH를 위한 시험비행이라면 180km를 넘길 이유가 없으니 그 이상의 비행구역을 설정해서는 안 된다는 제한 규제를 전제로 비행시험장에 설치될 각종 시험장비의 수출을 허가했다. 이로써 안흥시험장에서의 실제 비행시험은 한동안 180km를 넘을 수 없는 한계를 가지게 되었다.

연구소 부지 선정과 기술 도입 시도

앞에서도 언급한 것처럼 ADD에서는 대통령의 재가를 기다리는 동안 나름대로 유도탄 개발을 위한 실질적인 준비를 서둘렀다. 실제로 대통령의 최종 재가를 기다리던 동안에도 ADD는 국방부와 소통하며 유도탄 관련 준비 사업을 공식적으로 진행했다.

그런 준비 중에 가장 어려운 난제는 유도탄 개발에 필요한 핵심 기술을 어디서 어떻게 도입할 것인가 하는 문제였다. 이 문제를 해결하기 위해 미국의 추진기관 회사인 티오콜(Thiokol)과 나이키 허큘리스를 만든 맥도널 더글라스 등을 방문하여 기술 도입을 상의하였다. 각 업체는 하나같이 긍정적이었으나, 기술 이전 조건으로 국무성의 허가를 우선 요구하였고, 국무성은 일관되게 "노(No)!"였다.

프랑스 SNPE사도 방문하여 추진 기술 이전 협의를 하였다. 긍정적인 협의가 이루어졌으며 최종적으로 정부의 허가도 받았다. 추진제 담당인 목영일 박사에게 결과를 통보하고 실무를 인계하였다.

그 다음 큰 문제는 연구소 부지 선정이었다. 사업 초기이던 1972년에 적절한 연구소와 시험장 건설 장소를 물색하기 위하여 구상회 박사와 동해안 일대를 순방하여 경남 양산의 철마지구를 제1 대상지로 선정하였는데, 나중에 최형섭 장관으로부터 대덕단지 내에 연구소를 설립할 수 있는지 가능성을 검토해 보라는 지시가 내려왔다. 이에 강인구 박사와 같이 대전을 방문하였으나 대덕단지 내에서는 요구사항에 적절한 지역을 발견하지 못하였다. 돌아오는 도중 1:50,000 지도로 점찍어 두었던 현 국방과학연구소 부지를 방문하고, 이를 제2 대상지로 결정하였다.

예상 선정지를 김종필 국무총리에게 보고하는 과정에서 현 과천 서울대공원 근처 부지를 추천받아 제3 대상지로 정하고, 이런 세 가지 안을 대통령께 보고하였다. 대통령은 대덕단지 근교 현재의 위치를 연구소 부지로 최종 인가했다.

이렇게 연구소 부지가 결정된 후, 구상회 박사와 나는 미국 헌츠빌에 있는 유도탄연구소로 나란히 연수를 떠나게 되었다. 구 박사가 1974년 1월부터 6월까지, 나는 대통령 재가가 끝난 후 6월부터 12월까지 다녀오게 되었다. 이 무렵 나중에 대전기계창이 될 연구소 부지의 건설 계획이 진행되고 있었는데, 나는 먼저 연수를 마치고 돌아온 구상회 박사에게 지상연소시험장의 위치 선정 및 건설 계획을 세우도록 지시하고 미국으로 떠났다. 그가 시험평가 부문을 맡고 있었기 때문에 이 일을 그에게 맡긴 것이다.

6개월간 유도탄연구소에 있으면서 나는 미국의 2급 비밀 취급 인가를 얻어 연구소 내의 유도탄 관련 비밀 연구보고서를 최대한 탐독하였다. 그러나 불행히도 큰 소득은 없었다. 대부분의 연구보고서에서 내가 원하는 유도탄 시스템에 관한 자료는 전혀 발견하지 못하였다. 특히 미국이 당시 개발 중이던 사정거리 700km의 지대지 유도탄에 관한 자료를 집중적으로 찾아보았으나 시뮬레이션 프로그램 하나를 겨우 건지는 데 그쳤다. 기대에 비해 결과가 초라하여 실망이 컸다.

하늘이 주신 선물들

1974년 5월에 대통령의 최종 재가가 남으로써 그동안 산발적으로 추진되던 유도탄 개발 프로젝트는 그야말로 본궤도에 올라서게 되었다. 연구개발 인력들이 ADD에 몰려들고, 대전기계창은 물론 안흥측후소 등 기반시설 건설이 본격화되었다.

하지만 국내에서 해결할 수 있는 이런 일들은 사실 어려울 게 전혀 없는 사업이었다. 문제는 역시 미국이 가로막고 선진국들이 내놓지 않으려 하는 최신 기술과 장비 등을 어떻게 도입할 수 있는가 하는 것이었다. 앞에서도 언급한 것처럼 이런 기술과 장비의 도입은 해당 회사에서 결정할 수 있는 것이 아니라 국방성이나 국무성에서 허락을 해주어야 하는 일이었고, 당시 우리에게 이런 허가를 선뜻 내주려는 나라는 어디에도 없었다. 미국은 우리의 유도탄 개발을 노골적으로 저지하려는 중이었고, 다른 선진국들은 미국의 눈치를 보지 않을 수 없었다.

추진제 제조 기술과 설비의 도입

그럼에도 우리는 필요한 기술과 장비 등을 하나하나 도입하는 데 성공했다. 우리의 노력이 가상하고 많은 돈을 퍼부었기 때문이 아니다. 지금 다시 생각해보아도 그건 기적의 연속이었다. 거의 불가능했던 일들이 기적같이 차례로 일어나 기술 확보는 물론 금전적으로도 엄청나게 절약할 수 있었다.

먼저 추진제 제조 공장의 예를 살펴보자. 앞에서도 언급한 것처럼 유도탄의 연료라고 할 수 있는 추진제는 그 기술이 워낙 정밀하고 복잡해서 우리의 자체 역량으로는 단시간에 그 기술이며 장비(믹서)를 확보하기가 어려웠다.

그런데 다행히 프랑스의 SNPE사가 흔쾌히 기술 이전에 응하였다. 프랑스 정부 인가도 즉시 승인이 났다. 이 사업을 중계한 사람은 당시 프랑스 대통령의 형님으로, 정부에 대한 영향력이 상당했던 것으로 추정된다. 이 당시 SNPE가 제안한 기술 이전의 수준과 대가는 이랬다.

- 5갤런 믹서(실험실 장비)와 기본 기술 : 200만 달러
- 50갤런 믹서(파일럿 플랜트)와 양산 기술 : 2,000만 달러

그러면서 본격적인 양산이나 대형 지대지 유도탄 제조에 필요한 최종 기술은 제공할 수 없다고 했다. 우리가 필요한 것은 300갤런 믹서인데, 이것도 역시 절대로 수출할 수 없다는 것이다. 그러나 별 도리가 없었다. 그거라도 받아들여야 했다. SNPE와의 계약을 위해 심문택 소장, 추진제를 맡은 목영일 박사 등이 프랑스로 출장을 갔다.

그런데 하늘이 도왔다. 첫 번째 기적이 일어난 것이다. 그때 나는 마침 로스앤젤레스에 출장 중이었는데, 거기에서 풍동 도입 시 에이전트 역할을 수행했던 퍼시픽 인터내셔널(Pacific Imternational)의 이봉훈 사장으로부터 뜻밖의 얘기를 듣게 되었다. 당시 경영난을 겪고 있던 록히드(Lockheed)사가 추진제 제조설비 일체를 매각하려고 하는데, 매입자를 찾지 못하고 있다는 소식이었다. 록히드사가 팔려고 내놓았다는 회사가 바로 LPC(Lockheed Propulsion Company)로, 나는 그 소식을 듣자마자 곧바로 현장으로 달려갔다. 300갤런 용량의 믹서 2대와 각종 설비 및 검사장비들이 거대한 공장을 가득 채우고 있었다. 나는 LPC의 부사장과 만나 200만 달러에 공장을 인수하겠다는 의사를 밝혔고, LPC의 부사장은 '기술은 빼고' 설비만 넘긴다는 조건으로 국무부의 승인을 받아보겠다고 화답했다.

부사장의 대답을 들은 나는 프랑스에 가 있던 심문택 소장 일행에게 전화를 걸어 SNPE와의 계약에 서명을 하지 말고 기다리도록 요청한 후 곧장 파리로 날아갔다. 그리고는 SNPE와의 계약을 크게 2단계로 나누어서 체결하도록 했다. 1단계는 기술 이전 단계로, 100만 달러를 지급하기로 했다. 2단계는 실제 믹서를 들여오는 단계로 그 금액은 2,000만 달러였다. 이 2단계 계약은 실행할 필요가 없어져 나중에 취소시켰다. 물론 나는 애초부터 이 2단계 계약을 추진할 생각이 없었다. 1단계 사업만으로는 SNPE가 계약에 동의하지 않을 것이기에 2단계 사업을 상정해둔 것 뿐이다. 이로써 우리는 SNPE에 100만 달러만 지불하고 추진제 제조 '기술'을 확보할 수 있었다.

한편, 미국의 LPC도 국무부의 승인을 받아내는 데 성공했다. 추진제 제조에 필요한 '설비'를 도입하는 길이 마침내 열린 것이다. 그렇다면 미국 정부는 무슨 생각으로 LPC 설비의 수출을 허가해 주었을까? 나를 비롯하여 대부분의 사람들이 당시에는 경영난에 처한 록히드의 요청을 미국 국무부가 차마 뿌리칠 수 없었기 때문에 울며 겨자 먹기로 허락했을 거라고만 짐작했다. 그런데 최근 이 문제와 관련하여 나는 심융택의 《백곰, 하늘로 솟아오르다》[21]라는 책에서 새로운 정보 하나를 접하게 되었다.

이 책에는 당시 미국의 국방성과 국무성, 그리고 주한미국대사관 사이의 의견 충돌과 조정에 관한 과정이 비교적 소상히 기술되어 있는데, 이를 요약하면 이렇다. 먼저 미국 정부는 한국이 10년 안에 핵무기와 그 운반수단인 지대지 유도탄을 개발할 수 있을 것으로 판단하고 있었다. 그런 와중에 우리가 LPC의 추진제 제조 설비를 수입하겠다고 나선 것이고, 국무성은 어쩌면 당연하게도 핵무기 확

21 심융택, 《백곰, 하늘로 솟아오르다》, 기파랑, 2013, 39~41쪽.

산 방지 차원에서 이를 승인해서는 절대 안 된다는 입장이었다. 반면, 국방부와 주한미국대사관은 수출을 승인해야 한다는 입장이었다. 국방부의 경우 자국 방산업체의 경영난에 무조건 눈을 감기 어렵다는 사정이 있었고, 주한미국대사관의 경우 국무부와는 다른 판단을 하고 있었기 때문이다. 주한미국대사관은 만약 미국이 추진제 제조 설비를 수출하지 않더라도 한국은 결국 핵과 미사일을 개발하게 될 것이라고 판단했는데, 당시 우리가 프랑스의 SNPE사와 접촉하고 있는 상황 등을 잘 알고 있었기 때문이다.

미국대사관으로서는 한국이 미국이 아닌 프랑스 등 제3국으로부터 유도탄 기술과 설비를 도입할 경우 한국에 대한 미국의 통제권이 심각하게 약화될 것을 우려하지 않을 수 없는 상황이 된 것이다. 주한미국대사관은 결국 그렇게 한국에 대한 통제권을 잃는 것보다는 차라리 LPC의 제조 설비에 대한 수출을 허가하고, 추후 장거리 유도탄 개발 시 반드시 미국의 동의를 얻어야 한다는 조건을 붙이는 쪽이 한국에 대한 통제권을 지키는 길이 된다고 판단하게 되었다. 데탕트 분위기를 유지하기 위해 핵 확산 방지에 총력을 기울이던 미국의 입장에서 한국은 동맹이자 동시에 눈엣가시 같은 존재였고, 자기들의 최종 목표를 지키기 위해서는 일정한 당근을 주지 않을 수 없다고 판단한 것이다.

주한미국대사관의 이런 판단과 의견이 국무부에도 받아들여져 최종적으로 추진제 제조 설비의 판매 허가가 났다. 역으로 우리는 고작 200만 달러에 이 거대한 공장과 설비 일체를 들여올 수 있었다.

당시 LPC와 맥도널 더글라스, SNPE 등의 방산업체는 물론이고 미국의 국무성까지 들락거리며 추진제 제조 기술과 설비 도입을 추진하던 우리의 행태에 대하여 우려하는 목소리도 있었다. 지금 이 글을 읽는 독자들 중에도, 철저한 비밀 리에 추진해야 할 사업을 왜 드러내놓고 추진했는지 의문을 가질 독자들이 적지 않을 것이다. 하지만 유도탄 개발에 필요한 모든 과정을 미국에 철저히 비밀로 한다는 건 현실적으로 불가능했다. 미국의 눈을 피해 대규모 연구 개발 단지와 미사일 시험장을 만든다는 것도 어불성설이고, 추진제와 관성항법장치 등의 기술은 당분간 독자 개발이 불가능한 영역이기도 했다. 이처럼 모든 것을 철저한 비밀로 숨겨두기가 불가능한 상황에서는 일종의 전술이 필요하고 도박도 필요했다. 이에 우리는 드러낼 것은 아예 드러내되 적당한 명분을 만들어 상대를 설득하고, 반드시 지켜야 할 비밀은 처음부터 극소수의 사람들만 알고 있도록 철저하게 통제하는 방식을 취하기로 했던 것이다. 그런 우리의 작전은 크고 작은 부작용도 낳았지만, 결국 국산 지대지 유도탄 개발의 성공이라는 최종 목표를 달성하는 데 큰 도움이 되기도 하였다는 것이 나의 판단이다.

우리는 초기 단계에서 고작 300만 달러의 비용으로 수천만 달러, 아니 1억 달러로도 해결이 불가능했을 추진제 제조 기술과 시설 도입을 일거에 해결하였다. 가장 큰 난관이 해결된 것이다. 이게 하늘이 주신 선물이 아니면 무엇이겠는가.

또 하나의 기적, 시스템 설계

나이키 허큘리스를 개발하고 생산해온 미국의 맥도널 더글라스사(MDAC, McDonnel Douglas Aircraft Company)에서 우리 정부에 나이키 허큘리스의 개량형 모델을 개발해주고 생산도 해주겠다는 제안을 해왔다. 이들이 우리에게 제안한 내용의 핵심은 기존의 사거리 140km의 지대공 미사일을 사거리 240km의 지대지 미사일로 개량해준다는 것이었다.

맥도널 더글라스사가 우리 정부에 갑자기 이런 제안을 한 이유는 무엇이었을까? 우선 표면적인 이유는 당시 미국 방산업체들이 겪는 경제적 어려움 때문이었다. 데탕트의 시대를 맞아 미국과 소련의 군비 축소가 본격화되면서 미국의 방산업체들은 모두 어려움을 겪게 되었고, 맥도널 더글라스 역시 예외가 아니었다. 이처럼 새로운 고객을 창출하지 않으면 도산할 위험에 처한 맥도널 더글라스가 눈을 돌린 곳이 바로 자신들의 구형 유도탄을 여전히 운용하고 있는 한국이었다. 그리고 나이키 허큘리스를 운영중인 한국 정부가 지대지 유도탄을 개발한다고 하니 새로운 개량형 모델을 자기들이 개발해주겠다고 제안한 것이다.

이런 경제적 문제 외에 미국 정부로서는 한국이 핵무기의 운반수단인 유도탄을 독자적으로 개발하고 발전시키는 것을 막아야 할 필요가 있었다. 이를 위해 단거리 미사일을 대신 개발해주고, 더 이상의 장거리 미사일을 한국이 독자 개발하지 못하도록 원천 봉쇄할 요량으로 맥도널 더글라스를 활용했던 것이다.

아무튼, 나는 맥도널 더글라스의 이 제안이 우리에게는 천재일우의 행운이 될 것임을 예감했다. 이에 즉시 협상을 시작했고, 새로운 모델의 설계 과정에 우리 연구원들이 참여하게 해달라는 조건을 내걸었다. 하지만 맥도널 더글라스 측에서는 난색을 표했다. 유도탄 기술 유출을 막아야 하는 국무성에서 이를 허락할 리 없다는 것이었다. 그렇다고 나 역시 물러설 수는 없었다. 우리에게 필요한 것은 유도탄 관련 기술, 특히 시스템 설계 기술이지 개량된 구형 유도탄 몇 발이 아니었기 때문이다.

협상은 지루하게 이어졌고, 결국 맥도널 더글라스 측에서 나의 요구조건을 일부 수용하는 것으로 결론이 났다. 처음에 맥도널 더글라스가 우리 정부에 요구한 조건은 신모델의 설계비로 2,000만 달러를 내고, 나중에 양산에 들어가면 다시 실제 구입비를 추가로 달라는 것이었는데, 협상을 거쳐 나는 이 계약을 다음과 같이 3단계로 나누어 진행하는 것으로 했다.

	설계 개발 단계		
1단계	예비설계	ADD 연구원 참여 공동연구	180만불
2단계	시스템 설계	McDAC 단독설계	2,000만불
3단계	시제품 제작	McDAC 제작	

맥도널 더글라스의 애초 제안과 가장 크게 달라진 점은 예비설계 단계를 둔다는 것인데, 이 단계에 나는 180만 달러를 추가로 지불하기로 했다. 맥도널 더글라스의 입장에서는 어차피 진행해야 할

연구에 한국 연구원 몇 명을 참여시키는 대가 치고는 나쁠 게 전혀 없었다. 정부를 설득하는 게 문제였는데, 맥도널 더글라스는 '기술 이전은 절대로 하지 않는다'는 다짐을 거듭했고, 미국 정부 입장에서도 한국의 독자적인 유도탄 개발을 막는 것이 시급했으므로 이를 눈감아 줄 수밖에 없었다.

미국 정부의 허가가 나자 나는 즉시 맥도널 더글라스사와 1단계 사업 추진 계약을 체결했다. 잠정적으로 합의했던 180만 달러의 비용은 최종 계약에서 163만 달러로 결정되었다. 이로써 나를 비롯한 우리 연구원들이 참여하는 나이키 허큘리스의 개량형 모델 설계 작업이 본격적으로 시작되었다. 1단계 예비 연구는 약 6개월간 진행되었는데, 나와 우리 연구원들은 이 과정에서 유도탄 시스템 설계에 필요한 대부분의 지식과 기술을 확보할 수 있었다. 이로써 자체 개발 능력을 확보했다고 판단한 나는 2단계와 3단계 계약의 체결을 거부했다. 사실 1단계 작업을 통해 필요한 설계 기술을 확보하고, 2단계와 3단계 계약은 추진하지 않는다는 것이 나의 애초 복안이었다.

이로써 시스템 설계 기술 문제가 163만 달러에 해결되었다. 지금 생각해봐도 이 역시 기적이라고 하지 않을 수가 없다.

앞에서 언급한 록히드 추진제 제조 설비의 도입이나 이때의 맥도널 더글라스에서의 기술 도입은 우리 연구에서 엄청난 진전을 이루도록 해주었다. 그런데 이런 행운이 가능할 수 있었던 이유 중의 하나는 내게 위임된 백지수표 덕분이었다. 단군 이래 최대 연구

사업이었던 백곰 유도탄의 개발을 진행하는 과정에는 당연히 많은 예산이 투입되었는데, 구체적인 사업의 계약 금액이나 조건을 거의 모두 내가 처리했다. 예산이나 비용의 집행과 관련하여 국방부나 청와대의 오원철 수석에게 보고는 했지만, 구체적인 결정과 집행은 내 손에서 처리되었다. 그 결과 나는 어떤 제약도 받지 않고 오직 사업에 대한 기여의 정도로만 판단하여 빠른 결정을 내릴 수 있었고, 우리에게 다가온 여러 차례의 기회를 놓치지 않을 수 있었던 것이다. 그렇지 않았다면 백곰 유도탄 개발은 그렇게 빠르고 확실하게 성공하기 어려웠을 것이다. 해외여행조차 승인이 필요하던 당시에 대형 외자 계약을 ADD 사업책임자인 내가 마음대로 정할 수 있었던 것은 대통령 재가 시, 필요한 외자 승인 절차를 간소화할 수 있도록 특별히 지시하였기 때문이었다.

풍동의 도입

유도탄의 외형 설계와 관련하여 공기역학적 기초적인 이론과 지식, 기술은 앞서 소개한 것처럼 맥도널 더글라스사를 통해 익힐 수 있었다. 하지만 이는 어디까지나 원리나 원칙을 이론적으로 터득한 수준에 불과하고, 실제로 유도탄 외형을 설계하기 위해서는 수많은 공기역학적 설계 해석에 대한 연구와 실험이 필요했다. 그리고 이런 연구와 실험을 위한 설비 가운데 가장 기초적인 것이 바로 풍동이다.

다행히 풍동은 미국 정부가 수출을 크게 제약하지 않는 설비여서 협상에 별 어려움이 없었다. 네덜란드의 웍스푸어(Workspoor)라는 회사가 비교적 합리적인 가격을 제시하여 이 회사와 협상을 벌이게 되었다. 그런데 협상 과정에서 얼마나 큰 풍동을 건설할 것인가 하는 문제가 제기되었다. 애초 풍동 도입에 책정된 기본 예산은 200만 달러로, 이 금액으로 도입할 수 있는 풍동의 단면은 대략 50×50cm 정도였다. 네덜란드 현지에 간 연구원들이 이 크기의 풍동을 실제로 보고 와서는 너무 작아서 쓸모가 없다는 의견을 제시했다.

결국 홍재학 박사의 의견을 받아들여 나는 4×4피트(약 1.2m) 크기의 3중 음속 풍동(Trisonic)을 도입하기로 하고, 미국의 플루이다인(Fluidyne)사와 새로운 협상에 들어갔다. 우리가 원하는 크기의 풍동을 위해서는 800만 달러가 필요하다는 답이 돌아왔다. 애초 200만 달러의 예산이 책정되어 있었으므로 추가로 600만 달러가 필요했다. 나는 국방부를 통해 청와대에 추가 예산을 신청했다. 다행히도 선뜻 예산 증액 신청이 받아들여졌다.

그런데 이번에는 ADD 내부에서 반발이 생겼다. 자금이 투여될 곳이 수없이 많은데, 풍동에만 너무 많은 예산이 들어간다는 비판이었다. 실제로 각 분야별로 모두 어려움을 겪고 있다는 것을 잘 아는지라 나 역시 이런 지적을 무작정 외면할 수가 없었다. 하는 수 없이 풍동의 크기는 그대로 유지하되, 여기에 부수되는 설비들을 국산화하거나 나중에 도입하기로 하고 풍동 예산에서 200만 달러를 줄이기로 했다.

이렇게 600만 달러에 도입된 국내 최초이자 마지막인 3중 음속

(아음속, 음속, 초음속) 풍동은 1975년 5월 11일에 가동을 시작하였고, 이후 현재까지 비행기와 로켓은 물론 포탄 등 공기 중을 비행해야 하는 모든 병기의 개발에 크게 공헌하고 있다.

우리보다 먼저 작은 크기의 풍동을 도입했던 대만은 결국 나중에 대형 풍동을 다시 도입해야만 했고, 그 운용기술을 우리 ADD에 와서 배우고 갔다. 처음에 들어가는 큰 돈 때문에 우리도 작은 풍동을 도입했더라면 어땠을까. 대만과 똑같은 전철을 밟게 되고, 결국 백곰은 날아오르지 못했을지도 모른다.

개발 준비 완료

다음에 소개할 자료는 백곰 개발이 한창 진행 중이던 1976년 3월 8일자로 대통령 결재를 받은 중간 보고용 문서다. ADD의 선임 기술원인 최득규가 작성자로 표기되어 있고, 당시의 기술 및 시설 도입 현황 등을 확인할 수 있으며, 국방부 장관과 국무총리를 거쳐 대통령에게 보고되고 결재를 받은 문서이다.

8. 항공공업 추진 현황 (76. 3. 8 / 대통령 재가)

· 기본방향

- 500km 지대지 유도탄 개발

- 무유도 로케트 실용화

· 개발 목표

- 사정 증대 : 180km → 300~500km

- 탄두 증대 : 500kg → 1,000kg

- N-H와의 비교

· N-H : 고도 24km, 사거리 180km

· 최종 목표 : 고도 45km, 사거리 300km

· 년차별 개발 추진계획(74~78)

- 연차별 개발계획 도표화(생략)

- MDAC 협력, LPC 장비 도입, Fluidyne 풍동 도입, N-H TDP 활용 등

· 추진현황

1. MDAC과 설계기술 도입

· Ph 0(예비설계) : 75.5~75.7, 21.5만$

· Ph I(시스템설계) : 75.8~76.1, 163만$

· Ph Ⅱ(세부설계) : , 2000만$

· MDAC 연구내용 : ADD 연구원 10명, 비행체 설계, Motor 설계 등

· 개선 내용

-NH 유도조종 고체화, 계산기 디지털화, 정확도 향상

-레이다 디지털화, 다중표적 대응 기동성 향상

2. 추진제

· 불 SNPE

· 미 Lockheed(세부 내역 설명-생략)

3. 건설 : 대전 및 안흥 건설 현황(지도 포함-생략)

· 전망

-사정 1,000km 이상 중거리 탄도탄 개발 기반 구축

· 인원

-312명(76. 1말 현재) 박사 21명

-78년 78명 목표

· 건설

-수남지구, 안흥지구

· 소요 예산

-76년 145억

-77년 90억

· 결론

-75년 계획 목표 달성

-76년 건설 목표 추진 중

* 작성자 : 선임기술원 최득규

관성항법장치를 찾아서

우리나라의 첫 유도탄이 된 백곰의 개발 과정은 그야말로 난관의 연속이었다. 하지만 많은 연구원들의 헌신적인 노력과 대통령의 절대적인 지원에 힘입어 마침내 1978년 9월 26일 역사적인 개발 성공을 선언할 수 있었다. 이로써 우리나라는 세계 일곱 번째 미사일 개발국이 되었다. 이 과정에서 일어났던 몇 가지 난관과 극복 과정에 대해서는 앞에서 소개했고, 몇몇 과정에서 대해서는 뒤에서 추가로 언급하고자 한다. 여기서는 백곰의 최종 개발 직전 상황에 대해 우선 살펴보기로 한다.

2세대 백곰 사업의 준비

첫 유도탄 백곰이 성공리에 개발되어 가고 있었지만 나로서는 갈 길이 여전히 요원하기만 하였다. 우리가 개발하는 백곰 유도탄은 사거리가 겨우 200km에 지나지 않았고, 실제 전장에서 운용하기에는 여전히 여러 가지 약점들이 존재했기 때문이다. 개발 사업을 추진하는 한편으로, 2세대 백곰(NHK-2)의 개발에도 착수했다. 이 때 내가 설정한 개량 목표는 대략 다음과 같았다.

첫째, 지상 유도 레이더를 이용하여 정밀도가 떨어지는 백곰의 레이더 지령 유도 방식을 관성항법장치(INS, Inertial Navigation System)를 이용한 관성 유도 방식으로 바꾸어 정밀도와 운용성을 향상시킨다.

둘째, 고정식 발사대를 이동식으로 교체하여 군용의 필수 요건인 이동성을 보장한다. 이를 위해 이동식 사격 통제 차량(Van)도 개발한다.

셋째, 4개로 구성된 백곰의 1단 추진기관을 단일형 추진기관으로 교체하여 시스템 설계를 단순화하고 신뢰성을 향상시킨다.

이 가운데 특히 어려운 것이 관성항법장치의 확보였다. 1세대 백곰(NHK-1)의 개발이 진행되는 1970년대 말의 상황에서도 우리 독자 기술로 이를 개발한다는 것은 언감생심이었다. 그렇다고 마음대로 수입을 해올 수 있는 것도 아니었다. 자유세계 가운데 이 장치를 생산할 수 있는 나라는 미국, 영국, 프랑스의 세 개 나라 정도에 불과했고, 미국이 수출 규제 품목으로 지정하여 강력하게 통제하고 있었기 때문이다. 우선 미국 업체와 협상을 해봤으나 도저히 국무부의 승인을 받을 길이 없었다. 난감해하고 있는 와중에 미국의 리톤(Litton)이라는 회사가 일본에 항법장치를 판매했다는 것을 알게 되었다. 당시 일본은 새로운 항공기를 개발했는데, 이 새로운 항공기에 리톤사의 관성항법장치를 구매하여 장착했다는 것이었다.

백곰 개발이 한창 진행중이던 1977년 초, 나는 관성항법장치를 생산하는 영국의 페란티(Ferranti)사로 달려갔다. 그리고는 미국이 일본에 관성항법장치를 판매했는데 미국과 같은 NATO 동맹국으로서 영국이 한국에 관성항법장치를 판매할 수 있는지 질문하고, 가능하면 20여 개의 관성항법장치를 구매하겠다고 말했다. 어수룩한 동양인이 나타나 한두 푼 나가는 물건이 아닌 관성항법장치를 스무 개나 산다고 하니 담당자는 당연히 어안이 벙벙했을 것이다. 그러면서도 '팔 수 있다'고 선선히 대답했다. 나는 '너희 정부에서 수출을 통제하는데도 팔 수 있단 말이냐'고 재차 물었다. 담당자는 자기네 회사에 그 문제를 해결해줄 사람이 있다고 대답했다. 그렇게 해서 만난 사람이 메이슨(Mason) 교수로, 영국 국방성의 과학고문이었다.

페란티와 메이슨은 당연히 우리에게 관성항법장치를 팔고 싶어 했다. 이 회사 역시 군축으로 경제적 곤란을 겪고 있는 상황이었기 때문이다. 영국 정부의 허락을 받아내는 것은 메이슨이 나서면 충분히 가능했다. 문제는 역시 미국이었다. 페란티사가 만드는 관성항법장치에도 미국의 기술이 들어가 있고, 미국의 허락 없이는 페란티나 영국 정부도 이를 다른 나라에 마음대로 판매할 수 없다는 협약이 맺어져 있었던 것이다.

메이슨 교수와 협상을 벌이던 어느 날 내가 그에게 물었다.

"당신들이 우리에게 항법장치를 판매하기로 계약을 맺을 경우, 언제까지 이를 미국에 통보해야 하는가?"

메이슨은 6개월 이내라고 대답했다. 곰곰 생각해보니 분명히 방법이 있을 듯했다. 얼마 뒤 나는 그에게 이렇게 제안했다.

"미국에는 6개월의 기간을 꽉 채운 뒤에 통보하라. 나는 그 사이에 우리 연구원들을 당신네 회사에 파견할 것이다. 그 기간에 관성항법장치의 설계 기술과 생산 기술을 우리에게 이전해달라."

급박한 처지에 있던 메이슨과 페란티는 내 제안에 동의했고, 우리는 1978년부터 실제로 연구원들을 영국에 보내 관련 기술 일체를 들여왔다.

한국의 관성항법장치와 관련 기술 도입 성공은 미국에게는 커다란 정책적 실패를 의미한다. 앞에서 언급한 것처럼 한국이 장거리 유도탄을 자체 개발하지 못하도록 통제한다는 것이 미국의 기본 정책이었는데, 한국이 마침내 관성항법장치 기술까지 획득함으로써 장거리 지대지 유도탄을 스스로 개발할 수 있는 기술적 기반을 마련한 것이었다. 한국에 추진제 제조 설비를 팔더라도 결국 장거리 유도탄은 개발하지 못할 것이라던 미국의 판단이 크게 어긋난 셈이었다.

관성항법장치의 수출과 기술 이전이 끝나고 페란티는 미국에 판매 사실을 통보했고, 미국의 국무부에서는 당연히 난리가 났다. 미국의 국무장관이 주한미국대사에게 전화를 하고, 주한미국대사는 청와대에 다급하게 전화를 걸고, 그야말로 한바탕 큰 소란이 일었다. 자세한 내막을 모르는 청와대의 오원철 수석은 내게 전화를 걸어 이런 소란이 대체 왜 일어나느냐고 따지듯이 물었다. 나는 "우리 기술자들은 영국에 가서 관성유도장치 제작, 운영에 관한 모든 기술을 획득했다. 이 시점에서 미국이 할 것이 전혀 없으니 걱정하지 말라."고 답했다.

미국은 또 영국에도 책임을 물었다. 영국은 "같은 NATO 국가로서 당신들은 일본에 관성유도장치를 판매했고 우리도 한국에 관성유도장치를 판매하며 관련 기술을 모두 전수한 것이다. 이 시점에서 취소한다는 것은 아무 의미도 없다."고 대답했다.

이 관성항법장치의 도입 역시 나와 ADD, 아니 우리나라에는 큰 행운이었다. 수백 만 달러가 들어갔지만 이때 기술을 도입하지 못했더라면 백곰 이후의 후속 각종 미사일 개발 사업들에 쓰일 정밀 관성장치와 관성 센서 및 관련 기술들을 확보하기 어려웠을 것이다. 자체적으로 처음부터 이 기술을 개발하려면 10년이 걸렸을지 20년이 걸렸을지 모를 일이고, 자금도 천문학적으로 들어갔을 것이다. 실제로 이 무렵에 우리와 거의 동시에 유도탄 개발에 나섰던 대만은 결국 이 기술을 습득하지 못해 유도탄 분야에서는 우리나라보다 현저히 뒤처지게 되었다.

페란티의 관성항법장치는 1980년대 NHK-2의 후속인 현무 지대지 미사일을 개발할 때 잘 활용되었으나 현무의 생산배치 시에 그 관성장치에 미국의 자이로 부품이 들어갔다고 하여 미국의 승인을 받으라는 압력으로 한미미사일협정이 체결되었다. 이는 또 국방 핵심 부품의 국산화 개발을 촉진하는 계기가 되었다. 당시 페란티에 파견하여 관성형법장치의 핵심 기술을 전수 받았던 박찬빈 박사의 소회는 부록에서 참조할 수 있다.

인공위성과 고체로켓 계획

꿈에 그리던 관성항법장치의 도입이 완료되면서 우리는 사정거리 200km가 아니라 미국이 개발한 최신 전술 유도탄처럼 700km까지도 목표로 삼을 수 있게 되었다. 이미 백곰을 통해 확보된 설비와 기술이 있고, 최종 관문이던 관성항법장치도 확보되었으니 늦어도 1980년까지는 그런 유도탄을 개발할 수 있겠다는 판단이 섰다.

문제는 미국이었다. 백곰 개발 당시에는 나이키 허큘리스의 유지보수를 명분으로 내세워 많은 사업을 비밀리에 추진할 수가 있었다. 하지만 미국은 이미 우리가 독자 기술로 유도탄을 개발했다는 사실 자체만으로도 몹시 흥분한 상태였고, 백곰에서 더 나아가 사정거리 700km에 관성항법장치를 사용한 유도탄을 또 개발한다고 하면 그야말로 펄펄 뛸 것이 분명했다. 결국 핵 개발을 최종 포기시켰던 일이 유도탄에서도 반복되는 것은 아닌가 걱정을 하지 않을 수 없었다. 하지만 이는 나의 과도한 걱정이었던 것도 사실이다. 나중에 전두환 정권은 유도탄 개발을 포기했다가 아웅산 사태 이후 이를 재개했는데, 이미 한국의 유도탄 개발 역량을 알고 있는 미국은 결사적으로 이를 방해하지는 않았다. 여전히 밀고 당기는 협정의 개정 싸움을 통해 사거리를 적정한 수준으로 묶어두는 데 만족했을 따름이다. 따라서 당시 박정희 대통령이 계속 유도탄 개발을 추진했더라면 늦어도 1980년에는 이미 사정거리 500km의 백곰 개량 모델이 탄생했을 것이라는 게 나의 판단이다. 물론 실행되지 못했으니 가타부타 평가를 내릴 일은 아니다.

그 무렵, 우연한 기회에 고위공무원 한 사람으로부터 북한이 한참 전부터 모처에 서울 중앙청 일대의 모델을 만들어놓고 공격 연습을 해왔다는 얘기를 듣게 되었다. 그런 사실을 그도 최근에야 알게 되었다고 했다. 그동안은 왜 몰랐고 이제야 알게 된 이유는 무엇이냐고 물었더니 그동안 미국이 인공위성으로 이런 사실을 낱낱이 파악하고도 우리 측에는 정보를 주지 않다가 최근에야 통보했다는 대답이었다.

그 대답을 듣는 순간 우리 군의 정보 능력이 얼마나 취약한지, 그리고 정보가 얼마나 중요한 문제인지 새삼 깨닫게 되었다. 그렇다면 해결책은 간단했다. 인공위성이다. 우리도 미국처럼 인공위성을 쏘아 올려 북한 전역을 샅샅이 감시할 수 있어야 한다는 것이다. 그래야 또 하나의 전쟁 억지력이 생기는 것이었다.

나는 즉시 백홍렬 연구원을 불렀다. 나중에 우주항공연구소의 소장과 ADD의 소장까지 역임한 후배다. 그에게 고체 추진기관을 활용한 인공위성 개발 계획을 작성하도록 지시했다. 이어 스위스의 인공위성 개발 업체와 접촉하여 초보적인 정찰위성의 개발 가능성을 타진하고, 필요한 정보들을 수집했다.

물론 이때의 인공위성 개발 계획이나 고체 로켓 개발 계획은 초보적인 수준이자 실제로 사업이 진행되지도 못하였다. 본격적으로 사업을 시작해야 할 시점에 박 대통령이 시해되고 나는 ADD에서 쫓겨났다. 하지만 고체 로켓에 대한 연구는 나중에 백곰의 개량형인 현무를 통해 이어졌고, 이 기술이 나로호에도 적용되었다. 지난 2020년에는 한미 미사일 협정이 개정되면서 고체 로켓에 대한 미국의 통제가 사라지게 되었고, 최근에는 ADD가 고체 추진 우주발사체를 개발하였는데, 앞으로 민간 기업의 고체 로켓 연구와 인공위성 발사도 활성화될 전망이다. 박정희 대통령 당시부터 나의 첫 계획대로 고체 로켓이나 인공위성 개발 계획을 추진할 수 있었더라면 우리나라의 관련 기술 수준이 이미 세계 최고 수준에 도달했을 텐데 하는 아쉬움이 있다. 사람들은 우리나라의 인공위성이나 고체 로켓 개발이 아주 최근에 시작된 것으로 흔히 알고 있지만, 사실은 이처럼 이미 40여 년 전부터 씨앗이 뿌려지고 있었던 것이다.

이 당시 나의 생각은 ADD와 별도로 우주항공연구소를 설립하고, 일본처럼 평화적 과학기술 연구를 위장하여 장거리 유도탄과 동시에 첩보위성을 개발하자는 것이었다. 이런 내용을 요약하여 백곰 시사회 직후 서종철 국방부 장관께 브리핑까지 했었다. 브리핑을 들은 서종철 장관은 나의 인식과 계획에 충분히 공감한다면서, 지금은 국제정세가 예민하니 잠시 기다렸다가 기회를 보아 대통령께 보고하자고 하셨다. 그러나 불행히도 대통령께 이 계획을 브리핑할 기회는 영영 오지 않았다.

나는 지금도 믿고 있다. 핵을 포기한 상태에서 자주국방을 달성할 수 있는 수단은 인공위성이라고 말이다. 그리고 나는 지금도 확신한다. 만약 박정희 대통령이 당시 나의 제안을 들었다면 즉시 추진하라고 승인했을 것이라고 말이다.

진정한 자주 국방

-유도탄과 핵무기, 그리고 전쟁 억지

앞에서 필자는 국산 유도탄 백곰의 개발 계획 수립 과정과 실행 과정에서 직접 겪고 경험한 몇 가지 사실들을 설명하면서 동시에 누가 어떤 역할을 수행했는지에 대해서도 언급했다. 하지만 1970년대에 진행된 자주국방 사업의 기본 틀은 모두 박정희 대통령으로부터 시작되고 그의 의지에 따라 추진된 것이라고 해도 과언이 아니다. 첫 국산 지대지 유도탄 사업도 예외가 아니었다. 그만큼 대통령 한 사람의 의중과 의지가 중요한 시대였고, 이 시대에 백곰 사업을 비롯하여 괄목할만한 성과를 이룬 것이 있다면 자연스럽게 이를 박정희 대통령의 업적이라고 평가해도 좋을 것이다. 그런 의미에서, 여기서 잠깐 박정희 대통령의 자주국방에 대한 필자의 생각과 견해를 밝혀두는 것도 무의미하지는 않을 것 같다.

흔들리는 국방, 믿을 수 없는 동맹

필자의 판단에, 박정희 대통령의 자주국방에 대한 기본 목표는 '전쟁 억지'에 있었다. 즉 전쟁에서 이기는 것이 아니라 아예 전쟁을 하지 않아도 되는 상태를 만들자는 것이었다. 1978년 4월, 백곰의 시사회를 5개월 정도 앞두고 있던 시점에 대통령의 대전기계창 방문이 있었는데, 이날 대통령은 이런 요지의 지시를 내렸다.

"ADD는 앞으로 전쟁을 하지 않고 이기는 무기만 연구하시오."

무기는 무기인데 전쟁터에 나갈 필요가 없는 무기만 연구하라는 지시다. 그런 무기가 있어야 전쟁의 불안에서 벗어나 안정 속에서 경제를 지속 성장시키고, 국가와 국민이 평화를 누리고 번영을 구가할 수 있다는 것이었다. 내가 박정희 대통령의 자주국방은 한 마디로 '전쟁 억지'였다고 판단하는 이유 가운데 하나가 이때의 발언이었다.

사실 세계 각국이 전쟁에서의 '승리'가 아니라 전쟁 자체의 '억지'를 국방의 최고 목표로 삼기 시작한 것은 20세기 이후, 특히 2차 대전 이후부터라고 할 수 있다. 그 이전 19세기까지의 세계는 약육강식이 판치던 시대였다고 해도 과언이 아니다. 힘만 생기면 이웃 국가를 정벌하고, 확대된 영토와 노예를 바탕으로 자국의 부를 늘리는 것이 기본이었다. 이런 제국주의 논리와 힘의 원리는 20세기의 중반까지도 지속되었다. 우리는 일본의 압제에 시달렸고 유럽은

히틀러의 군대 앞에서 속수무책이었다. 이런 상황에서는 전쟁에서 이기는 것만이 최선의 가치였다. 실제로 미국은 유럽과 힘을 합쳐 히틀러를 몰아냈고 일본과의 전쟁에서도 승리했다. 하지만 전쟁의 결과는 참여자들 대부분에게 속된 말로 상처 뿐인 영광이었다.

이후 번영과 전쟁의 관계에 대한 세계의 인식은 조금씩 달라졌다. 과학기술의 발전을 기반으로 생산성을 높이고 새로운 제품을 생산하여 수출을 늘림으로써 국부를 확대하는 방식이 다수 국가의 새로운 목표가 되었던 것이다. 이로써 전쟁에 대한 개념도 그 이전과는 서서히 달라졌고, 공산권 국가들 역시 이런 방향에 동의하면서 실제로 20세기 후반부터는 세계적으로 전쟁의 위험성이 상대적으로 훨씬 낮아졌다. 미국과 소련이 중심이 되어 데탕트 분위기를 조성했고, 세계는 바야흐로 평화의 시대를 맞고 있었다.

하지만 우리는 예외였다. 20여 년 전에 벌어졌던 남북간의 전쟁에 대한 기억이 고스란히 남아 있는 1960년대 말, 북한의 노골적인 적화통일 야욕이 더욱 기승을 부리는 상황에서 데탕트는 남의 나라 얘기였다. 미국의 확고한 안보 동맹이 지켜지고 있었다면 박정희 대통령도 자주국방에 그토록 목을 맬 필요는 없었을 것이다. 하지만 미군은 한반도에서 떠나고 있었고, 미국의 정치인들은 돌아서면 딴소리를 하는 믿을 수 없는 사람들이었다. 미국 시민들의 여론에 따라 우리나라의 생사가 걸린 문제조차 손바닥 뒤집듯 바꾸는 미국의 정치인들에게 이 나라 국방을 더 이상 맡길 수는 없는 일이었다.

그렇다고 자주국방이 대통령의 의지와 정책 결정만으로 당장 실현되는 것은 아니었다. 소총조차 만들지 못하는 나라에서 우리보다 군사력과 경제력 모두에서 앞서는 북한과 일대일로 맞설 수 있는 국방력을 즉시 갖춘다는 것은 참으로 어려운 목표였다. 말하자면 당시의 박정희 대통령에게는 미국이나 북한의 그것과는 다른 의미에서의 자주국방이 필요했고, 전쟁에서 이길 수 있는 힘이 아니라 전쟁 자체를 억제할 수 있는 절대 군사력을 하루 빨리 마련하는 방법 외에는 다른 자주국방의 길이 없었던 것이다.

그렇다면 충분한 병기와 군대를 이미 갖춘 북한이 오매불망 소망하던 남침과 적화통일마저 포기하게 만들 수 있는 절대 군사력이란 무엇일까. 핵밖에는 없다. 박 대통령의 자주국방, 싸우지 않고 이기는 국방 정책의 핵심에 핵이 있었던 것이다. 핵 이외의 무기로는 미사일이 있는데, 미사일과 핵은 떼려야 떼기 어려운 이란성 쌍둥이다.

대통령이 유도탄 개발 지침에서 탄두의 교환성을 강조한 것에 유의할 필요가 있다.

핵 발전 15개년 계획

핵 개발을 위해 박 대통령은 내가 KIST에 입사할 때 소장으로 있던 최형섭 박사를 과기처 장관으로 임명했다. 장관이 된 최 박사는 당시 국내에서는 보기 드문 원자력공학 전문가였고, 1971년 6월에 과기처 장관으로 이직했다. 그리고 그에게 주어진 첫 임무가 원자력 발전 15개년 계획의 수립이었다. 외부에는 원자력발전소에 필요한 핵 연료 공급의 자립화를 내세웠지만, 이 계획도 사실은 핵 폐기물의 재처리 기술과 시설을 도입하는 데 목표가 있는 것이었다. 핵 폐기물을 재처리하는 과정에서 생산되는 플루토늄239를 확보해야 핵폭탄을 만들 수 있기 때문이다.

실제로 최형섭 장관은 1972년 5월, 우라늄 농축 시설과 핵 폐기물의 재처리 시설 도입 문제에서 프랑스 정부와 합의를 이끌어냈다.

당시 유도탄 개발 사업은 물론 핵무기 개발 사업도 최고의 기밀로 취급되어 철저한 보안 속에 추진되었다. 하지만 미국은 박 대통령의 이런 비밀 프로젝트를 거의 속속들이 알고 있었음이 분명하다. 우선 외국으로부터의 기술 도입이 필요한 분야들이 있었으니 그 과정에서 일부 정보는 미국 정부에 흘러 들어갈 수밖에 없었다. 우리는 이와 관련하여 나이키 허큘리스의 유지보수에 필요한 기술과 장비가 필요하다거나, 핵발전소의 연료 국산화를 위한 순수 과학기술 연구라는 등의 명분을 내세웠다. 하지만 미국은 완전히 속지는 않았다. 더 내밀한 핵심 정보들도 파악하고 있었기 때문이다. 어떻게 그럴 수 있었을까? 내 생각에는 우리 내부에 첩자가 있었을 가능성이 높다. 1970년대 당시 필자는 국내의 한 고위공무원으로부터 미국에서 학위를 받은 모 박사가 CIA의 요원으로 의심되어 국내 정보기관이 조사를 하고 있다는 얘기를 전해들은 적이 있었다. 당시에는 설마 하는 생각에 듣고 잊어버렸는데, 지금 생각해보면 그 무렵 우리나라가 해외에서 유치한 과학자 중에 그런 사람이 없었으리라는 보장이 없다.

하나의 실패와 하나의 성공

한국의 핵 개발과 유도탄 개발에 대해 파악한 미국은 노골적으로 박정희 대통령을 압박했다. 특히 핵 개발과 관련된 사업에 대한 압박이 심했다. 우리나라와 프랑스 정부 모두에게 재처리 기술 도입을 위해 맺은 협정을 파기하라고 강요한 것이 대표적이다. 결국 1976년 1월 26일, 프랑스 정부와 맺은 재처리 시설 도입 계약이 최종 파기되었다. 이로써 박정희 대통령이 추진하려던 자주국방의 핵심 정책 하나가 영원히 좌초되고 말았다.

이러한 박 대통령의 핵무기 개발 프로젝트에 대해 당시의 나는 거의 아는 것이 없었다. 내 경우 오로지 유도탄 개발 자체에만 365일 매일 24시간 매달리고 있었기 때문이기도 하고, 알 필요가 없는 기밀을 알아내려고 노력하지도 않았기 때문이다. 그러다가 언론을 통하여 프랑스로부터 재처리 시설을 도입하려던 계획이 무산되었다는 사실을 알게 되고, 더 나중에는 국제원자력기구의 우리나라에 대한 감시가 강화되는 상황, 원자력연구소에서 소량의 플루토늄을 추출하려다가 국제적인 말썽이 생긴 상황 등을 접하게 되면서 전후 사정을 짐작하게 된 것이다.

한편, 핵무기 개발 사업의 최종적인 좌초와 달리 유도탄 개발 사업은 상대적으로 수월하게 진전이 이루어졌다. 가장 큰 난관으로 여겨졌던 추진제 제조 설비의 도입도 미국 정부의 공식 승인을 얻어 LPC의 대규모 공장 자체를 대전에 그대로 이전할 수 있었다. 미국이 이렇게 우리나라의 유도탄 개발에 대하여 상대적으로 소극

대응한 이유는 무엇일까?

우선 앞에서도 설명한 것처럼 미국은 한국의 장거리 유도탄 개발을 미국이 통제하고 저지할 수 있다고 판단하고 있었다. 설령 추진제 제조 설비나 기술을 한국이 확보하더라도 관성유도장치 없이는 200km 이상의 유도탄을 개발하는 것이 불가능했다. 만약 한국이 관성유도장치의 자체 개발을 추진한다고 하더라도 10~20년의 기간이 걸릴 것이므로 그 사이에 충분히 대처가 가능하다고 판단했을 것이다. 이런 판단 하에 안흥시험장의 시험비행 거리를 200km 이내로 제한하는 등의 조치를 취함으로써 미국은 우리를 충분히 통제할 수 있다고 확신한 것이다.

그러나 막는 자가 있으면 반드시 뚫는 자도 있는 법이다. 나와 우리 연구진은 최종적으로 국산 유도탄인 백곰을 쏘아 올리는 데 마침내 성공했고, 이어서 미국이 그렇게 막으려고 했던 관성유도장치의 확보에도 성공했다. 사정거리 200km의 덫에서 완전히 해방될 길이 열린 것이었다.

제3부

부러진 화살과 그 책임자들

이만영 박사와 감사원 특별감사

지나간 이야기지만 그냥 지나칠 수 없는 일이니 여기서 뒤늦게나마 기술하고자 한다.

1974년 4월 2일, ADD는 본격적인 유도탄 개발 임무를 시작하기 위해 대대적인 인사 개편을 실시했다. 이때 유도탄 개발 분야를 담당하기 위해 홍용식 제2부소장이 취임하였다. 이어 한 달 뒤인 1974년 5월 14일에 대통령의 최종 결재가 났고, 나와 연구원들은 본격적인 유도탄 개발 임무에 착수했다. 물론 앞에서도 소개한 것처럼 대통령의 재가를 기다리던 동안에도 나름대로 연구소 건설과 기술 도입 등을 위한 ADD의 사업은 착착 진행되고 있었다.

1974년 9월에는 유도탄 개발을 위한 연구소인 대전기계창 건설이 시작되었는데, 정문에는 '신성농장'이라는 팻말을 걸고 공사를 시작했다. 대전기계창 건설을 맡은 건설사 이름이 신성건설이어서 이런 위장 팻말을 걸어둔 것이었다. 이어 이듬해인 1975년 1월에는 안흥시험장 건설이 시작되었다. 역시 위장 명칭이 필요해서 '안흥 측후소'로 불렀는데, 지금도 많은 사람들이 이렇게 부르고 있다.

유도탄 담당 이만영 부소장의 취임

이처럼 건설공사가 활발하게 진행되고, 내가 추진제 관련 장비와 기술 도입을 위해 백방으로 뛰고 있던 1974년 11월의 어느 날, 심문택 소장이 나를 호출했다. 방으로 찾아갔더니 심각한 표정이었다.

"이 박사! 지금 각하로부터 직접 전화를 받았는데, 이만영 박사를 유도탄 담당 부소장으로 임명하라고 하시네."

"네."

나는 그게 무슨 대수냐는 투로 조금 심드렁하게 대답했다. 누가 부소장으로 오든 나는 내게 주어진 일만 잘 해결하면 된다는 생각이었다. 그 전에 나는 이만영 박사를 한 번 만난 적이 있었다. LA 출장 중에 심문택 소장의 지시로 서정욱, 최호현 박사와 함께 샌프란시스코에 있는 그의 집을 방문한 적이 있었던 것이다. 그는 서강대에서 전자공학을 강의한 적이 있는데, 박근혜 양이 그의 제자 중 한 명이고, 이를 인연으로 박정희 대통령과도 가깝다는 정도가 내가 그에 대해 아는 전부였다. 아무튼 그는 1974년 12월 1일, 유도탄 담당 부소장으로 ADD에 왔다. 그 이전에 같은 자리를 맡았던 홍용식 부소장은 다른 사업을 맡아 자리를 옮겼다.

1975년이 되면서 나의 일은 더욱 바빠졌다. 이 해 하반기에 우리의 사업에서 가장 중요한 일 가운데 하나인 LPC의 추진제 제조 공장을 미국에서 대전으로 이전하는 프로젝트가 추진되었다. 여러 연구원들이 미국 현지에 가서 공장의 설비 등을 조사하는 한편, 대전에 같은 구조와 크기의 공장 부지를 건설했으며, 공장의 설비들을 운용하는 기술을 배워 와야 했다. 간단히 말해서 그렇지 아무도 모르던 기술과 설비를 통째로 옮기고 운용 기술까지 배워야 하는 큰 프로젝트였고, 실제로 준비기간과 대전에서의 추가 건설 기간을 빼고도 꼬박 6개월이 걸렸다. 나 역시 눈코 뜰 새 없이 바빴다.

같은 해 7월에는 맥도널 더글라스사와 나이키 허큘리스의 개량형을 개발하는 설계 계약이 체결되고 실제로 나와 우리 연구원들이 참여하는 예비설계 작업이 진행되었다.

이와 동시에 프랑스의 SNPE에서는 추진제 제조 '기술'을 배워와야 했다. 이 사업은 1975년 9월부터 이듬해 3월까지 진행되었는데, 목영일 박사를 단장으로 많은 연구원들이 프랑스 현지 공장에 가서 노동자처럼 일하고 고시공부하는 수험생처럼 기술을 익혀야 하는 작업이었다. 당연히 나는 더더욱 바쁠 수밖에 없었다. 그 사이 이만영 부소장은 박헌서 박사 등 제자들을 ADD로 영입하였다.

무협지와 볼룸 댄스

해가 바뀌어 1976년이 되자 업무는 더욱 폭주했다. 3월에는 프랑스의 SNPE에 파견되었던 연구원들이 돌아왔고, 마침내 미국에서 추진제 가공 공장 전체를 옮겨와 대전에 다시 짓는 공사도 마무리 단계에 접어들고 있었다.

그렇게 정신없이 지내고 있던 어느 날, 이만영 부소장은 나를 기획실장(부소장 직속 보좌관 역할)에 임명하는 조직 개편을 단행하였다. 외형적으로는 승진이 된 것이다. 그런데 조직이 개편된 지 한 달쯤 지나자 이상한 일이 벌어졌다. 직책상으로 나는 부소장의 기획실장이기 때문에 모든 회의는 내가 조정하게 되어 있었다. 그러나 실제로 회의는 열리는데 나에게는 통보도 되지 않고 진행되었다. 그러니 내가 할 일이 없어졌다.

정치에 둔한 나도 무슨 의도인지 금방 알아차렸다. 앞으로 진행해야 할 항공공업 사업의 리포트를 나름대로 작성하고, 더 이상 할 일이 없어 동대문시장에 가서 무협소설을 잔뜩 사다 놓고는 업무시간에 읽었다. 그렇게 또 한 달이 지났다. 나는 아내를 설득하여 볼룸 댄스도 배우러 다녔다. 춤을 전혀 추지 못하는 것이 내 콤플렉스 중 하나였다. 부부 동반으로 가끔 나이트클럽에 가곤 했는데 나는 항상 꾸어다 놓은 보릿자루였다.

그렇게 또 한참 시간이 지난 후 나는 마침내 결단을 내리지 않을 수 없었다.

"오케이. 미련 없다."

나는 대우의 김우중 회장을 찾아가 "형, 나 자리 하나만 만들어줘" 하고 부탁을 드렸다. 김우중 회장은 내 형의 동기동창일뿐더러 평소 우리 아버지와도 가깝게 지내던 분이어서 흔쾌히 내 부탁을 들어주었다. 임원으로 채용되는 것이기 때문에 임시 주주총회 공고까지 신문에 냈다. 그 공고를 보고 나는 마침내 심 소장에게 사표를 제출했다. 전후 사정을 잘 알고 있던 심 소장은 그저 묵묵히 나를 쳐다보고만 계셨다. 서로 무어라 할 말이 없었다.

그러던 며칠 후, 보안사에서 파견되어 ADD에 상주하던 차 실장이 점심이나 같이 하자며 나를 찾아왔다. 차 실장은 보안사에서 파견되어 ADD에 상주하던 분이다. 무교동 한 식당 2층 방에 마주 앉았다. 그가 먼저 입을 열었다.

"이 박사! 요새 이상한 소문이 도는데……, ADD를 떠나신다면서요?"

나는 진심으로 부탁했다.

"차 실장님! 잘 알고 계시잖아요. 저 요새 할 일이 없어서 춤 배우러 다녀요. 이러고도 계속 월급을 받을 수는 없죠. 미련없이 조용하게 떠날 테니 제발 상관하지 마세요."

그러자 차 실장이 의미 있는 한마디를 다시 꺼냈다.

"그렇게 박사님 마음대로는 안 될 걸요."

그때 나는 차 실장의 말뜻을 전혀 이해하지 못했다. 중요한 얘기라고 생각하지도 않았다. 실제로 나는 사무실을 정리하고 떠날 준비를 착착 진행하면서 사표가 수리될 날만을 기다리고 있었다. 후회도 없고 미련도 없었다.

6주간의 감사원 특별감사

그런데 이상한 소문이 연구소에 돌기 시작했다. 청와대에서 야단이 났으며, ADD로 감사원의 특별감사가 나온다는 것이었다.

"감사원 특별감사?"

전례가 없는 일이었다. 국방부 감사라면 모르겠지만 감사원이 나선다는 게 아무래도 이해가 되지 않았다. 그럼에도 소문은 점점 확대되었고, 소문에 따르면 이 모든 난리가 모두 나 때문이라고 했다.

'나 때문이라고?'

당황스러웠다. 내가 무슨 죄를 지었다는 것인지 이해할 수 없었다. 많은 예산을 내 선에서 결정하고 집행했지만 충분히 그럴 만한 일들에만 집행했고, 나 개인을 위해서는 십 원도 건드린 것이 없었다. 그런데도 나 때문에 감사원 특별감사가 나온다는 것이다.

얼마 후 차 실장으로부터 일부 사실을 확인할 수 있었다. 국방부 장관과 보안사령관이 대통령께 직접 이경서 박사와 이만영 박사 사이에 알력이 생겨 이경서 박사가 퇴직하는데, 이럴 경우 항공공업 사업이 제대로 진행되기 어렵다고 보고하였다는 것이었다. 이를 들은 대통령이 대노하였고, 결국 감사원 특별감사를 지시했다는 것이다.

게다가 소문에는 내가 자리를 지키기 위해 여기저기 로비를 하고 다녔다고도 했다. 미치고 환장할 노릇이었다. 내가 언제 이만영 박사와 알력이 있었고, 내가 언제 내 자리를 유지하려고 로비를 하고 다녔단 말인가. 나는 그저 이만영 부소장이 나를 별로 좋게 보지 않는 것 같아 조용히 물러나려 했던 것 뿐이다. 실제로 나는 내 처지에 대하여 이만영 부소장에게 항의 한마디 한 적이 없었다.

그럼에도 어쨌든 이 모든 사태가 나로 인하여 발생한 일이었으므로 나는 꼼작없이 감사를 받아야만 했다. 감사 결과 내가 책임질 일이 있다면 책임을 지고 그에 상응하는 벌도 받아야 할 것이었다.

김우중 회장을 찾아가 특별한 상황이 발생하여 내가 ADD를 떠날 수 없게 되었노라고 간단하게 양해를 구하고, 다시 연구소에 돌아와 2주간의 감사를 받았다. 그런데 2주가 지나자 감사를 2주 더 해야 한다는 통보가 왔다. 당시 건설 중이던 대전기계창을 감사 중이며, 벽돌 한 장까지도 다 검사하고 있다는 소문이 돌았다. 그렇게 추가된 2주가 지나자 거듭 또 2주가 연장된다는 통보가 왔다.

총 6주의 감사원 특별감사라니, 문제가 심각해도 보통 심각한 게 아니었다. 결국 6주 하고도 며칠이 지난 후 청와대로부터 소식이 왔다. 이만영 박사의 사표를 받으라는 지시였다.

악연의 뒤끝

죽을 맛이었다. 자의 반 타의 반으로 나는 꼼짝없이 다시 ADD에 갇혀버렸다. 이게 무슨 운명일까. 지대지 유도탄이 내 인생의 전부가 되어버린 것이다. 게다가 그 순간부터 나는 대통령에게 미운털이 박힌 존재가 되어버렸다. 실제로 유도탄이 시사회에서 성공적으로 발사될 때까지 대통령을 몇 번 접견할 기회가 있었는데, 그분은 그때마다 고개를 돌리고 나에게는 눈길 한번 주지 않았다.

세월이 한참 흘러 이만영 박사님도 《내가 가는 방향이 곧 길이다》(휴먼큐브, 2013)라는 자서전을 펴내셨다. 거기에는 ADD 부소장 재직 시절의 이야기도 당연히 포함되어 있는데, 심문택 소장과 나에 대한 부정적 판단과 인식이 바탕에 깔려 있다. 아니 노골적으로 심문택 소장과 내가 본인을 무시하고 배제했다고 비난한다.

나는 여기서 그분의 태도에 대해 별도의 코멘트를 하지는 않겠다. 다만 사실과 다른 몇 가지 사안에 대해서만 지적해두기로 한다. 후세 사학자들의 혼돈을 막기 위해서다.

이만영 그리고 IBM 컴퓨터

이만영 부소장이 퇴임하고 얼마 지나지 않은 1976년 12월에 드디어 대전기계창이 준공되었다.

준공식에 참석하기 위해 청와대를 출발한 대통령의 전용 승용차가 대전기계창 본관 정문 앞에 섰다. 문이 열리고 대통령이 하차하셨다. 심문택 소장이 영접하여 인사를 드렸다. 대통령은 내 앞으로 오시다가 고개를 돌리더니 본관 현관으로 직행하셨다. 본관 건물을 잠시 둘러보신 후 다시 심 소장과 단 둘이 전용차를 타고 연구소 시설들을 시찰하셨다. 시찰이 끝나자 대통령은 모든 행사를 마치고 떠나셨다. 의례적으로 이와 같은 행사가 열리면 격려금을 하사하시곤 했는데, 이 날은 연구소를 지키는 부대의 중대장에게만 격려금을 주셨다. 아니었겠지만 모두 나 때문인 것 같았다.

심 소장은 행사가 끝난 뒤 내게 대통령과 기계창 순시 중에 있었던 이야기를 들려주셨다. 대통령은 순시 중 이만영 박사로부터 온 편지를 보시며, 우선 추진제 공장의 300갤런 믹서 앞에서 자동차를 세우게 하셨다. 그러더니 믹서를 운전해보라고 지시하셨다고 한다. 순조롭게 작동되는 것을 보고는 그동안 굳어 있던 얼굴이 풀리셨다고 했다. 또 순시를 끝낸 후 차에서 내리면서 심 소장에게 마지막 지시를 내리셨는데, 기계창 전산실의 컴퓨터는 IBM사의 컴퓨터를 구입하라는 지시였다고 했다. 그 말을 전해듣는 순간, 나로서는 그야말로 "맙소사!"라는 절규가 절로 튀어나왔다.

대통령이 300갤런 믹서를 작동해보도록 지시한 것은 어느 정도 이해할 수 있다. 유도탄 개발에서 가장 핵심적인 장비였으니까 말이다. 이만영 박사가 이 장비에 대해 구체적으로 무어라 얘기했는지는 알 수 없으나, 가장 핵심적인 장비를 직접 점검해보고 싶다는 대통령의 의중은 충분히 이해할 수 있는 것이다. 그건 그만큼 대통령이 우리 사업에 큰 관심을 가졌다는 뜻도 될 터였다.

하지만 IBM 컴퓨터는 그런 문제가 전혀 아니었다. 그 오래전부터 대전기계창의 컴퓨터를 선정하는 문제로 연구소에서는 여러 차례 회의가 있었다. 99%의 연구원들은 당시 KIST의 단말로 사용중이던 CDC(Control Data Corporation)의 컴퓨터를 원했다. 사용하기에 익숙하고 속도가 빠를 뿐만 아니라 미국으로부터 지원받는 모든 시뮬레이션 프로그램이나 연구 관련 프로그램이 전부 CDC 전용으로 되어 있었으니 당연한 선택이었다. 그런데 유독 이만영 박사의 제자이면서 대전기계창 전산실장이던 박헌서 박사가 IBM을 들고 나왔다. 문제는 그가 이 컴퓨터 도입 결정 문제의 담당자라는 것이었다. 이런 연유로 이만영 부소장이 최종 결정을 미룸으로써 컴퓨터 도입 문제가 그때까지 미해결 과제로 남아 있었던 것이다. 이 모든 논의 과정에 전부 참여했던 나는 대통령의 지시에 아연실색할 수밖에 없었다.

'사표를 내고 사직한 후에도 대통령을 통하여 컴퓨터 선정에 관여하다니……. 어떻게 연구소 컴퓨터 하나 선정하는 일에까지 대통령을 관여시키는지…….'

도저히 있을 수 없는 일이다. 하지만 대통령의 지시사항이라니 어쩔 수 없었다. 하는 수 없이 IBM을 선정하고 도입하여 2~3년 정도 사용했는데, 결국 효율이 너무 좋지 않아서 다시 CDC로 교체하고 전산실장으로는 최덕규 박사가 임명되었다. 대한민국에서 다시는 이런 일이 없기를 간절히 바란다. 기술적인 문제는 기술자나 과학자들에게 책임을 맡겨야 한다.

대전기계창장 시절

1977년 1월, ADD의 사업기구를 설치하는 조직 개편에 따라 나는 대전기계창장으로 임명되었다. 대전기계창은 ADD 대전분소의 위장 명칭이다. 공학도로서는 가장 큰 영광이 아닐 수 없었다. 단군 이래 최대 규모의 연구 사업 책임자로 정식 임명되었던 것이다. 그때 내 나이 30대 후반이었다. 하지만 기계창장이 되었다고 크게 달라질 것은 없었다.

이미 5년 이상 해오던 일이었고, 그때는 기술적으로 가장 큰 난제이던 추진제 공장 문제가 해결되는 등 지대지 유도탄 개발이 계획대로 진행 중이었기 때문에 마음에 특별히 큰 부담감도 없었다. 달라진 게 있다면 사무실이 좀 더 커졌다는 것 뿐이었다.

미래를 위한 계획

창장 임명과 동시에 나는 고철훈 기획부장과 둘이서 대전기계창이 향후 3년 동안 추진할 주요 사업들에 대한 계획 수립에 몰두하였다. 지대지 유도탄 외에도 군이 필요로 하는 병기를 선별적으로 중점 개발해야겠다는 생각에서였다. 이때 네 가지 중점사업을 선정하였다.

첫째, 지대지 유도탄으로, 이미 시행 중인 사업이었다.

1974년 유도탄 개발에 관한 대통령의 최종 지시는 사정거리 500km를 1978년까지 개발하라는 것이었다. 사정거리 500km의 유도탄을 개발하는 데 가장 중요한 요소는 관성유도장치인데, 획득하려고 노력했지만 불가능이었다. 최선의 선택은 사정거리를 200km로 축소하고 레이더 유도 방법을 채택하는 것이었다.

둘째, 중거리 무유도 로켓으로, 이 무기는 미군이 보유하고 있는 호네스트 존(Honest John)을 대체할 목적으로 개발하고자 하였다.

셋째, 다연장 로켓이다. 이 무기를 개발하기로 결정한 데에는 그 전 해에 있었던 오원철 수석과의 담판이 계기가 되었다. 어느 날 오원철 수석실에 우연히 들렀을 때의 일이다. 그의 책상 위에는 어느 무기 수입업자가 프랑스에서 제조된 다연장 로켓을 수입하겠다는 계획서가 놓여 있었다. 나는 오 수석을 설득하였다. 지금 우리가 사정거리 200km의 유도탄을 개발하고 있는데, 사정거리 20km도 안 되는 다연장 로켓을 외국에서 수입한다면 우리 체면이 어떻게 되겠느냐고 항변하였다. 그는 흔쾌히 "그럼 ADD가 책임지고 개발하시오" 하고는 그 계획서를 나에게 넘겨주었다. 이후 실제로 박귀용

부장을 책임자로 하여 사업이 진행되고 있었는데, 다만 미국이 이런 류의 무기체계를 보유하고 있지 않아 기술자료를 얻는 데 어려움이 많았다. 고육책으로 베트남전에서 포획된 공산국가의 다연장로켓을 획득하여 이를 참고하면서 개발 중이었다.

넷째, 대전차 로켓 개발이다. 대전차 로켓은 당시 우리 군 장비에서 중요한 위치를 차지하고 있었다. 북한은 많은 탱크를 보유하고 있을 뿐만 아니라 기존의 탱크를 개조한 신형 탱크를 만들어내고 있었는데, 우리가 보유하고 있던 기존의 대전차 로켓으로는 파괴하기가 쉽지 않았다. 따라서 우리나라 군인들의 체격에 맞고 파괴 성능도 향상된 한국형 대전차 로켓을 개발할 필요가 있었던 것이다.

뜻밖의 결재

이들 네 가지 사업에 대하여 나는 그 필요성, 성능, 예산, 소요시간 등을 세밀히 분석하고 정리하였다. 내가 앞으로 기계창을 운영하는 데 기본 지침으로 삼기 위함이었다.

그러던 1977년 2월, 서종철 국방부 장관과 노재현 육군참모총장이 대전기계창 초도순시를 오셨다. 나는 내가 세운 대전기계창의 단기 사업계획을 브리핑 형식을 빌어 보고했다.

그런데 이때의 국방부 장관 보고는 사실 예외적인 것이었다. 그때까지 ADD의 사업계획이나 예산 등은 국방부장관에게는 따로 사업 보고를 하지 않고 청와대 오원철 수석에게 직접 보고하여 대통령의 승인을 받았던 것이다. 그런데 그 얼마 전에 예상치 않은 조치가 있었다고 구두로 전갈이 왔다. 앞으로 항공공업 사업은 대통령이 직접 관리할 것이며, 오 수석은 배제되었다는 것이었다.

대부분의 사람들이 상상할 수 없는 일이 일어난 것이다. 오 수석에 대한 대통령의 신임은 절대적이어서 그가 중화학공업, 율곡사업, 방위산업 모두를 관장하였는데, 유독 항공공업은 오 수석을 거치지 말고 직접 보고하라는 것이었다. 나로서는 도저히 이해가 안 되는 상황이 발생한 것이다. 나는 내 편할대로 '아마도 대통령께서 이만영 박사 사건 이후 아무 차질 없이 유도탄 사업이 잘 진행되는 것을 보시고 나에게 신임을 주신 것이 아닐까' 하고 희망적으로만 해석하였다. 연구소 사람들도 대부분 나와 같은 생각이어서 내게 '백지수표'를 받았다며 축하를 해주는 사람도 있었다.

아무튼, 순시를 나온 국방부 장관을 상대로 나는 준비했던 대전기계창의 단기 사업계획을 보고하였다. 서 장관께서는 매우 만족해 하셨다.

그런데 며칠 후, 전혀 기대치 않았던 일이 일어났다. 내가 국방부 장관에게 보고한 단기계획이 대통령 결재를 받았다는 것이다. 소식을 들은 심문택 소장도 무척 만족해 하셨다. 매년 예산안을 제출하고 승인을 받을 때까지 어려운 과정을 거치곤 했는데, 내가 맡은 대전기계창의 경우 앞으로 그럴 필요도 없고 경제제2수석실에 가서 사업 설명을 하는 고충도 최소한 3년간은 면제되는 셈이었다. 심 소장은 곧 서울기계창과 진해기계창 창장에게도 대전과 같은 단기 사업계획 및 예산안을 수립하도록 지시하였다.

도전의 나날들

1977년은 내가 대전기계창장 임기를 시작한 첫 해였고, 그동안의 준비 과정을 거쳐 실제로 유도탄의 기체와 부품들이 하나둘 완성되어 조립되기 시작한 해였다. 이듬해인 1978년 국군의 날 이전에 공개 시사회를 해야 했기 때문에 그 어느 때보다 바쁜 날들이 이어졌다. 하지만 힘든 줄은 몰랐다.

대전기계창은 우선 외부로부터 완전 차단되어 연구하기에는 최적의 입지를 갖추고 있었다. 연구원들의 사기 진작을 위하여 청와대에서는 올림픽 규격의 수영장도 만들어 주고 정구장과 골프 연습장까지 만들어 주었다.

이 무렵 나 개인적으로는 큰 숙제가 하나 있었다. 앞에서 이야기된 것과 같이 유도장치 문제가 그것으로, 영국의 페란티사로부터 관성항법장치의 제작과 운용 기술을 들여오기 한참 전의 일이다. 그 무렵 나는 미국이 개발을 마친 700km급의 퍼싱(Pershing) 유도탄을 최종 목표로 상정하고 있었는데, 이 수준의 유도탄이 되어야 대전 이남에서 북한의 전역을 타격할 수 있었기 때문이다. 그리고 이를 위해서는 관성유도장치 기술을 꼭 확보해야 했다. 미국이 안 되면 달나라에 가서라도 기술을 가져와야 했다.

그 외에 나이키 허큘리스를 개조하는 백곰 유도탄 사업은 시간이 촉박하긴 하지만 비교적 순조롭게 진행되고 있었다. 우리 추진제로 제작된 추진기관 모터는 여러 번의 지상 연소시험을 거쳐 완벽하게 작동됨을 확인했다. LPC사에서 도입한 장비가 너무나 자랑스러웠다. 우리는 프랑스 SNPE사에서 제공한 실험실 수준의 추진제 기술을 성공적으로 실제 생산 공장에 적용하였다.

NH의 유도장치를 현대화하는 작업, 즉 2차대전 말에 제작된 진공관형 유도장치를 반도체형 유도장치로 바꾸는 데에도 최호현, 김정덕 박사들의 노력으로 별 문제가 없었다.

이렇게 내가 직접 선정한 위치에 세워진 대전기계창에서의 삶은 참 행복했다. 외부와 완전 차단되어 갑갑하고, 보안 문제로 동창들을 만나도 어디서 뭘 한다는 이야기를 할 수 없다는 불편은 있었지만, 그러한 환경이 일에 집중하는 데에는 훨씬 도움이 되었던 것도 사실이다. 마치 절에 들어온 도인 같은 생활을 하면서 미래를 위한 도전 계획을 세울 수 있는 기간이 한동안 이어졌다.

미래를 위한 항공우주분야 중장기 개발 계획 수립 및 재가

다음 문서는 백곰이 완성되기 직전인 1977년 9월 19일에 대통령의 재가를 득한 것으로, 항공우주분야 중장기 개발 계획을 담은 것이다. 이것들이 계획대로 추진되었다면 우리나라의 항공우주 산업은 진작 선진국 수준으로 진입할 수 있었을 것이다.

---

9. **항공공업중장기 개발계획**(77. 9. 19 **대통령재가**)

결재선 : 소장, 공군총장, 해군총장, 육군총장, 합참의장, 장관승인(77. 9. 9)

· 배경 : 대통령 지시 및 77. 1. 28 보고

· 개발 대상

 -지대지 : 방사포, 중거리 로케트, TOW, Lance, Pershing

 - 함대함 : 단거리 함대함

 - 공대지

 - 무인비행기

 - 기타 : 인공위성

· 중거리 유도탄

 - 180~200km/500kg 관성유도방식

 - 관성장치 : 영국 Ferranti 도입

· 장거리 유도탄 : 600km, 2000kg, 관성유도

· 인공위성

 - 군사정찰위성

 - 소용예산 : 900억

 - 1984 목표 개발 계획 잠정 설정

· 함대함유도탄

 - 고폭 30~50kg

 - 적외선, 레이저, TV 유도

 - 개발 대상 : 5~10km/50kg 적외선 유도, 공동개발(미측 지원)

· 지대공

 - 저고도지대공 : 사거리 6km / 고도 20~3000m / 400~500g 고폭, 지령유도

 - 공동생산시 ADD 주도

· 공대공

· 지대공

· 무인항공기

-1단계 : 기만형 개발 78~81, 81~83 양산

-2단계 표적기 개발 : 81~85

정찰기 개발 : 84~86

ECM기 개발 : 86~87

-3단계 : 공격용기 개발 85~89

-선전 기만용 무인기 : 200km, 사전프로그램, M0.7, 중동전 Northrop NV-130 사용

우선순위 : (1) 공동 개발 78~81 : NV-130, Flatbat

(2) 자체 개발 78~82

(3) 공동 생산 78~80 : CT-20

XI. 개발 총괄

· 기승인 : NH개선시제(1차 율곡) 77~78

· 신규 :

-지대지

-레이저호밍 유도탄

-소형 함대함 유도탄

-무인기(1차율곡) 77~80

-인공위성(1차, 2차 율곡) 77~85

-기타

서울기계창과 진해기계창의 운명

1978년은 우리나라의 첫 유도탄인 백곰의 개발이 완료되기로 예정된 해였다. 실제로 우리는 4월 말부터 시험발사를 한다는 계획을 세우고 막바지 작업에 진땀을 흘리고 있었다. 그렇게 첫 시험발사 일정을 열흘 앞두고 있던 1978년 4월 19일, 박정희 대통령이 대전기계창을 방문하셨다. 진행 상황을 최종 확인하기 위함이었다.

대통령께서는 현관 앞에 이르러 전용차에서 하차하셨다. 그런데 이날 방문지의 주인 격인 나를 보시더니 또 고개를 획 돌리셨다.

'아직도 화가 안 풀리신 걸까?'

나는 조금 의아했다. 지난해부터 오원철 수석을 항공공업 사업에서 배제시키고 내게 백지수표를 주신 줄 알았는데, 그래서 이제는 이만영 박사로 인한 진노가 다 풀린 줄 알았는데, 그게 아니었단 말인가? 조금 당황스럽긴 했지만 대통령의 그런 태도는 이제 익숙해져서 그런지 당연한 것으로 받아들여졌다.

대통령의 폭탄선언

대통령 일행은 VIP실로 올라갔다. 대통령이 정좌하고 자리를 잡자 서종철 장관과 오원철 수석 등이 소파에 자리하였다. 심문택 소장은 대통령 좌측의 조그만 의자에 앉았고, 나는 심 소장 뒤에 숨어 앉았다.

심 소장은 준비한 브리핑 차트를 들고 "오늘 특별보고를 드리겠습니다"라며 서울기계창의 사업계획을 보고하기 시작했다. 앞서 그 전 해에 내가 만들어 보고했던 대전기계창의 사업계획이 청와대의 결재를 얻어 통과되자, 심문택 소장이 서울기계창과 진해기계창에도 같은 계획을 세우라고 지시하여 만들어진 사업계획이었다.

보고의 첫 순서는 서울기계창이 준비한 105mm 포의 포신 연장 개조 개발 계획이었는데, 보고를 시작하여 겨우 5분쯤 지났을 때 대통령께서 갑자기 끼어들었다.

"잠깐!"

심 소장은 급히 보고를 중단하였다. 이어 대통령의 질문 아닌 비난이 쏟아졌다.

"김일성이가 ADD에서 이런 걸 개발할 때까지 전쟁 안 하고 기다릴 것 같아?"

대통령은 합참의장을 돌아보고 다시 말씀하셨다.

"군에서 이런 무기가 필요하면 즉시 구입해서 쓰시오."

순간 장내 분위기가 얼음장처럼 굳어졌다. 다시 대통령의 지시가 이어졌다.

"ADD는 앞으로 '전쟁하지 않고 이기는 무기만 개발'하고, 이런 것은 접으시오."

한마디로 폭탄선언이었다. 대전기계창의 유도탄과 같은 무기만 남기고 서울기계창이며 진해기계창은 아예 문을 닫으라는 의미였기 때문이다. 심 소장은 입은 물론 몸까지 굳어버렸다. 대통령께서 보시기에 너무 긴장한 심 박사가 안 됐던 모양이다. "심 박사, 그거 이리 주시오" 하며 차트를 받아들더니 사인을 하셨다. 그러면서 다시 한마디를 덧붙이셨다.

"심 박사! 내가 사인을 한 것은 봤다는 의미지, 사업을 승인했다는 뜻은 아니야."

폭탄선언의 배경

대통령이 그렇게 대전기계창을 떠난 뒤 심 소장이 내게 물었다.

"어떻게 하지?"

나는 "두 분 창장들께 그대로 말씀하세요"라고 대답했다. 그러자 한참을 더 생각하더니 "그럴 수는 없지. 다른 대안이 없을까?" 하고 다시 물어왔다.

심 소장과 나는 오랜 숙고와 논의를 거친 끝에, 매년 순차적으로 두 기계창의 예산을 삭감하여 3~4년 후에는 최종적으로 문을 닫는 방식으로 하자는 안을 도출했다.

그런데 이런 일련의 사태를 눈앞에서 목도하면서도 나는 도저히 대통령의 의중을 헤아릴 수가 없었다. 갑자기 무슨 연유로 이러한 폭탄선언을 하셨을까? 특히 서울기계창이라고 하면 ADD 창설의 주인공이 아니던가. 번개사업을 성공적으로 완성하면서 국민들에게 희망을 주고 ADD에 생명력을 부여한 일등공신이 아닌가. 그렇게 사랑하시던 서울기계창을 없애다니, 나로서는 두 귀를 의심하지 않을 수 없었다. 무엇이 대통령을 이렇게 실망시켰을까? 재래식 병기 개발팀을 폐쇄하라고 지시할 만큼의 큰 실수나 결함이 있었던가? 그저 당혹스러울 뿐이었다.

그런데 이 책을 쓰기 위해 관련된 사람들의 책을 정독하다가, 그때는 전혀 짐작조차 하지 못했던 어떤 원인 하나를 내 나름의 해석으로 찾아내게 되었다. 대통령 입장에서 충분히 그런 결정을 내릴 수도 있었겠구나 싶은, 그럴듯한 이유 하나를 찾아냈다는 말이다.

하지만 이것은 어디까지나 나 혼자만의 추론에 의한 것이다. 관련된 당사자인 박 대통령과 오원철 수석이 모두 돌아가셨고, 이에 대한 명백한 기록도 남기지 않았으니 실제 사실관계를 확인하기는 이제 불가능하게 되었다. 독자들도 짐작이 가겠지만, 이 이야기는 오원철 수석이 진행한 105mm 포의 개발과 양산에 이르는 과정에서 벌어진 사건들과 관련이 있는 듯 싶다.

번개사업의 잘못된 교훈

105mm 포의 개발 과정을 검토하기 전에, 먼저 무기 개발 과정을 설명할 때 나오는 '시제품'과 '모조품'이라는 용어의 차이에 대해 분명히 해둘 필요가 있겠다. 시제품과 모조품의 뜻은 크게 다르다.

시제품과 모조품

우선 '모조품'은 외형은 비슷하나 질적인 면에서 완전히 다른 물건이다. 명품 브랜드의 핸드백을 그 외형만 비슷하게 만든 물건 따위를 흔히 모조품이라 한다. 핸드백이라면 이런 모조품 나름의 장점이 있을 수도 있다. 예컨대 훨씬 낮은 가격이 그런 장점 가운데 하나일 것이다.

그렇다면 무기에도 모조품이 있을 수 있을까? 있을 수는 있지만 무기로서의 일정한 성능을 전혀 발휘할 수 없으니 존재 가치는 전혀 없다. 그렇다면 시제품이란 무엇일까?

예컨대 소총을 개발한다고 하면, 우선 제품 규격 또는 사양인 스펙(Specification)이 먼저 결정되어야 한다. 예를 들어 정확도, 사정거리, 내구성, 고장률 등에 관하여 수치화된 목표가 있어야 한다. 예컨대 정확도(명중도)는 100m 거리에 있는 사과 크기의 목표물을 100회 사격하였을 경우 95회 이상 명중하여야 한다는 식이다. 20년 사용해도 고장률이 5% 이내일 것 등의 사양도 정해져야 한다. 이런 사양은 군이 실제 상황에서 갖게 될 해당 무기의 성능을 결정한다.

이렇게 과학적 연구를 통하여 사양이 제시되면, 그 모든 스펙에 합당한 무기를 과학적 분석과 실험을 통하여 최종 설계도면으로 만든다. 그리고 이 설계도면에 따라 정확한 가공 과정을 거쳐 생산된 제품이 시제품이다.

시제품이 만들어지면 시사회를 갖게 되는데, 이는 만들어진 시제품이 전제된 스펙에 합당한지를 결정하는 과정이며 실제 사격으로 증명하는 과정이다. 이때 사격 횟수, 방법 등은 확률이라는 과학을 활용하여 최소한의 실사로써 모든 기능의 합당성을 결정하게 된다.

1차 번개사업의 모조품들

이처럼 모조품과 시제품은 서로 완전히 다른 것이라는 사실을 전제로 놓고 보면, 1차 번개사업은 시제품을 만든 것이 아니라 사실 모조품을 만든 것이었다. 1차 번개사업의 경우 제품의 성능은 완전히 외면되고, 외형만이 소위 '역설계(Reverse Engineering)'로 제작되었기 때문이다. 하지만 이 경우 설계, 또는 엔지니어링(Engineering)이라는 단어 자체도 합당치 않다. 1차 번개사업에서의 무기 제작은 모조품의 생산일 뿐 엔지니어링과는 무관하고 설계와도 무관했기 때문이다. 기능을 무시하고 오로지 외형만 복제한 것이었다.

그런데 1차 번개사업이 이렇게 진행된 데에는 어쩔 수 없는 사정이 있었다. 첫째, 주어진 시간이 너무 짧았다. 1차 번개사업이 시작된 것은 앞에서도 소개한 [illegible] 경제제2 수석으로 취임[illegible] 1주일 후인 1971년 11월 17일이었다. 소총, 기관총, [illegible]포, 수류탄, 지뢰, 로켓발사기 등을 같은 해 연말까지 개발[illegible]는 것이 1차 번개사업이었다. 모두 우리 군이 운용하고 있던 [illegible]래식의 단순한 장비들이긴 하지만, 무기의 설계와 정밀가공에 대해 아무런 준비가 없는 상태에서 이런 무기들을 1개월 반 정도에 새로 만든다는 것은 그야말로 불가능한 계획이었다. 둘째, 이 1차 번개사업 당시에는 미국으로부터 어떤 도움도 받을 수 없었다. 앞에서도 지적한 것처럼 새로운 무기를 제작하기 위해서는 설계도면이 필수인데, 1차 번개사업 당시에는 미국이 전혀 이런 도면을 제공하지 않았다.

이와 같은 이유로 1차 번개사업에 참여한 연구진들은 기존 제품의 외형만을 본떠서 모조품을 만들 수밖에 없었다. 로켓발사기를 창문 만드는 데 쓰는 알루미늄으로 제작할 정도로 외형을 복제하는 수준에 머무를 수밖에 없었던 것이다. 이건 누가 참여했더라도 어쩔 수 없는 일이었다고 이해할 수 있다. 서울기계창의 전신인 당시 ADD의 연구진들은 한 달 반이 아니라 한 달도 되지 않아 이 임무를 완수했고, 대통령은 몹시 기뻐했다. 하지만 ADD의 초대 소장이었던 신응균 소장은 이런 일련의 무기 개발 프로젝트를 지켜보면서 결국 사임을 결심했던 것으로 판단된다.

2~3차 번개사업은 미국의 기술 지원 결과

1972년 1월부터 3월 사이에 제2차 번개사업이 진행되었는데, 이때는 사정이 크게 달라졌다. 여전히 번개처럼 순식간에 진행해야 하는 사업이었지만 이번에는 미국의 도움을 받을 수 있게 된 것이다. 처음 시작은 역시 모조로 하였으나 생산과정 중 미국이 여러 이유로 원 설계도면(TDP, Technical Data Package)을 제공해주었다.

이로써 오원철 수석과 ADD는 힘들이지 않고 2차 번개사업을 완수할 수 있었다. 주어진 도면에 부합하는 제조 과정으로 가공을 하고 조립을 했으니 이건 단순한 모조품이 아니라 시제품이 맞다. 실제로 여러 차례의 시험사격에서도 문제가 없었고, 3차 번개사업을 통한 양산도 무사히 끝낼 수 있었다.

하지만 2차 번개사업 이후의 무기 개발에는 결정적인 결함이 있었다. 바로 우리 자신의 과학과 지식과 기술력으로 설계도면을 만들지 않았다는 것이다. 이는 우리가 만들어내긴 했지만 사실 우리 무기는 아니다. 국산 병기를 개발했다고 평가하기에는 여전히 무리가 많다.

이렇게 사업을 진행했으면서도 오원철 수석은 1차에서 3차에 이르는 모든 과정에서 시제품이 만들어졌다고 말한다. 다시 말해 모조품과 시제품의 차이를 무시하였다. 오원철 수석이 이 차이를 제대로 이해하지 못하였거나 의도적으로 대통령에게 정확히 전달하지 않았을 가능성이 있다고 여겨진다. 따라서 대통령은 모조와 시제를 혼동하였고, 번개사업에서 60mm 박격포와 81mm 박격포, 4.2인치 박격포의 개발에 성공했다고 판단한 박 대통령은 1972년 4월 마침내 105mm 곡사포의 개발을 지시하기에 이른다. 이때라도 오 수석은 최소한 우리 기술력으로 105mm 포를 개발하기 위해서는 미국의 지원이 있거나 충분한 시간과 예산이 투입되어야 한다고 정확히 보고했어야 한다. 하지만 미국이 제공한 도면을 보고 그대로 만들어 시제품 생산에 성공한 번개사업의 경험, 그렇게 양산한 무기들이 실제로 잘 작동되고 있다는 데서 오는 자만이 그의 이런 당연한 역할에 제동을 걸었던 모양이다. 그러나 2차 번개사업이 결과적으로 성공을 거둘 수 있었던 것은 미국의 도움 덕분이었다. 그들의 지식과 기술로 그려진 완벽한 도면에 따라 무기를 생산했으니 3차 번개사업도 성공을 거두는 게 당연했다. 하지만 불행히도 105mm 곡사포 개발에서는 미국의 지원을 받을 수 없었다. 그런데도 오원철 수석은 ADD를 통해 기초 지식을 쌓고 필요한 기술을 도입하여 스스로 설계도면을 그릴 수 있는 실력을 쌓게 하는 대신, 다시 모조품 만들기에 돌입한다. 105mm 곡사포에 적용되는 원리와 기술의 난이도, 이 포가 갖는 위력과 그에 비례하는 군에서의 중요성 등을 생각할 때 도저히 납득할 수 없는 일이다.

번개사업에서 60mm 박격포와 81mm 박격포, 4.2인치 박격포의 개발에 성공했다고 판단한 박 대통령은 대구경 화포의 개발에 착수하게 되는데, 1972년 4월 마침내 105mm 곡사포의 개발을 지시하기에 이른다. 그 개발의 과정을, 조금 길지만 오원철 수석 본인의 회고를 통해 확인해 보자.

105mm 포의 개발 과정

박 대통령의 지시에 따라 현역군용 대구경화포의 개발이 시작되었다. 우선 90mm 무반동 총이 개발되었고 곧이어 106mm 무반동 총의 개발에도 성공했다. 106mm 무반동 총은 지프차에 장착하는 대전차포로서 포의 길이가 3.4m나 되는데 큰 대포와 같은 느낌을 준다. 그러나 제작상에서 큰 어려움은 없었다.

다음 단계가 105mm 곡사포였는데, 우선 추진장약이 약실 안에서 폭발하기 때문에 이에 견뎌내는 강도가 있어야 한다. 그리고 원거리를 정확히 날아가야 하기 때문에 포신 내부는 정밀가공을 해야 하고 강선(腔線)이 있어야 한다. 1만 분의 1인치(1만 분의 25mm) 초정밀가공을 요하는 주퇴복좌기도 만들어야 했다. 이러한 화포를 만들기 위해서는 고도의 기술이 요구되는데 당시만 해도 우리나라에서는 엄두도 내지 못했던 일이다. 그러나 북한에서는 이미 대량생산해서 실전에 배치하고 있으니 우리도 개발하라는 것이 박 대통령의 긴급명령이었던 것이다. 그러니 105mm 화포 개발은 기술자료도 없이 간단한 청사진 도면 몇 장과 현물을 보면서 시작하게 되었다.[22]

미국으로서는 중국과 친선을 꾀하려면 북한도 자극하지 말아야 했다. 북한을 자극하지 않는다는 것은 결국 남한의 군사력을 현 상태로 유지하는 길밖에 없는데 남한에서 대구경화포를 개발한다니 닉슨 행정부로서는 자못 못마땅했던 것이다. 그러나 우리나라에서는 ADD 기술진의 부단한 노력 끝에 105mm 포의 시제품이 완성되었고 드디어 시사회 날이 밝았다.

안전조치는 충분히 고려했다. 즉 대포에서 멀리 떨어진 곳에 콘크리트로 대피호를 만들어 놓고, 거기에 숨어서 긴 줄로 연결시켜 발사토록 했다. 그러나 모든 준비가 다 완료되었는데도 발사할 사람이 나타나지 않는 것이었다. 자신이 없어 겁을 먹었던 것이다. 이때 제작을 총지휘한 이수영 실장이 책임감 때문에 자원했다. "발사!" 하는 명령이 떨어지자, 이 실장이 힘차게 줄을 당겼다. 숨막힐 듯 긴장된 순간에 현장을 지켜보던 ADD 요원들은 모두 눈을 감았다. "꽝" 하는 소리에 눈을 떠보니 대포는 멀쩡하게 그대로 있고 흙먼지와 장약 연기가 가득했다. 우선 되었다 싶었는데 잠시 후 다시 "꽝" 하는 소리가 하늘을 진동시켰다. 놀라 정신을 차려보니 포탄이 날아가서 표적지에 떨어져서 터지는 소리였다. 멀리 바라보이는 산에서 검은 연기가 피어오

22 오원철, 『한국형 경제건설』 제7권, 한국형경제정책연구소, 1999, 409~410쪽.

르고 있었다. 모든 사람들이 "와-" 하는 함성과 함께 서로 얼싸 안고 기쁨의 눈물을 흘렸다. 2탄, 3탄... 여러 발을 계속 쏘았는데 대포는 부서지지 않고 그대로였다.

시사 결과를 전화로 통고받았을 때 박 대통령은 최일선 천막에서 브리핑을 청취하고 있었다. 필자가 쪽지에 '105mm 발사 성공'이라고 써서 보고하니, 박 대통령은 브리핑이 끝난 후 "우리나라에서 105mm 곡사포가 완성되어 발사에 성공했다. 장병들에게도 이 소식을 전해서 사기를 진작시켜라"라는 지시를 내렸다.

시사회가 끝나고 얼마 되지 않아 필자는 하비브(Harbib) 미 대사의 식사 초청을 받았다. 하비브 대사는 "국산 105mm 포에 많은 문제점이 있다는 보고를 받았는데, 식사 후 실무자의 의견을 들어보라"는 것이었다. 식사 후 정원으로 나가니 몽고메리(Montgomery) 대령[註: 주한미국 군사원조 고문단 JUSMAG-K(Joint U.S. Military Advisory Group)의 연구개발 및 방산책임자]이 기다리고 있었다. 그는 두툼한 자료철을 내보이면서 조목 조목 설명을 했다. 국산포의 각 부위의 치수가 미군 규격상 맞지 않는다는 것이었다. 필자가 상세한 설명은 필요 없으니 결론만 이야기하라고 하니, 그는 "불합격, 사용불능"이라고 했다. 언제 이렇게 상세한 조사를 했는지 놀랐다. 미국 정부가 우리나라의 화포개발에 신경을 곤두세우고 있었다는 증거였다. 그리고 미 대사가 필자에게 이러한 설명을 듣게 하는 속뜻은 "쓰지도 못하는 포를 만들 생각은 하지 말라"는 권고라고 느꼈다. 필자는 화포 개발을 착수할 때 "No, Gun Never!"라고 거절당한 것이 심히 불쾌했던 터라

"설계 도면도 없이 만들었으니 당연하지 않은가? 도면만 있으면 미국제 포와 똑같이 만들 자신이 있다. 어떤 방법을 쓰든 도면을 구해서 -미국이 주지 않으면 다른 나라에서 구해서라도- 화포는 국산화하겠다"라고 말하고 끝까지 설명도 듣지 않고 돌아와 버렸다.[23]

곡사포 양산 시제

105mm 곡사포를 시제하고 난 후, 도면이 없고 전용 기계가 없다고 해서 그대로 기다리고 있을 수만은 없었다. 양산 준비도 해야 하고, 훈련도 계속해야 했다. 생각다 못해 105mm 포 10문을 시제 발주하게 되었다. 도면은 준비되지 않았고 전용 기계도 없었으니, 완성된다 해도 실전에 사용할 수 없다는 것은 당연했다. 할 수 없이 제작 훈련용으로 발주를 했다. 소재값이라야 큰 금액은 아니다. 제작 회사측으로서는 10문 정도는 만든다고 해야 신이 나고 경비도 댈 수 있다. 더욱이 10문을 만든다고 하면, 수공구를 써서 만들 수는 없다. 시제 포 몇 대를 만들 때에는 수량이 적으니 복잡한 가공은 기계를 쓰지 않고 '줄칼'로 쓸어서 만든 부문도 있었던 것이다. 그렇다고 훈련용이라는 명목으로 발주할 수는 없었다. 그래서 조건을 붙였다.

"될수록 정밀가공을 해라. 그리고 새로운 기계가 도입되면

23 오원철, 앞의 책 제7권, 411~412쪽.

재가공을 하거나, 새로 만들어서 실전에 사용할 수 있는 대포를 만들어서 납품하라." 제작비는 이러한 점을 고려해서 좀 후하게 배정되었고, 곧 양산 제작 훈련에 들어갔다. 이번에는 시제 때의 경험이 바탕이 되어 많은 제작기술이 가미되었으며 제작 시간도 빨라졌다. 1974년 2월초 10문의 105mm 포가 완성되었다. 포가 완성되면 각 포마다 포탄 몇 발씩을 실제로 사격해 보고 난 후, 합격을 해야 납품을 하게 된다. 이것이 규정이다. 그런데 바로 이때(1974. 2. 15) 백령도 어선 납치사건이 발생했고, 사건 직후 박 대통령은 국산 곡사포를 서해5도에 실전 배치할 것을 명령했다. 제작 훈련용으로 제작된 국산 곡사포는 이런 긴박한 사정 때문에 제대로 시험도 해보지 않은 상태에서 출정할 수밖에 없었다. 본서 제7장에서 이미 설명한 대로 다행히 큰 문제는 일어나지 않았다.[24]

박 대통령은 백령도를 위시해서 서해 도서의 장병과 주민에게 다음과 같은 명령을 발했다. "만일 북한군이 상륙을 하더라도 마지막 순간까지 항전하라. 육해공군이 총력을 다해 신속히 탈환할 것이니 1주일만 버텨라!" 이 얼마나 비통한 명령인가! 그리고는 이들 섬의 화력 증강을 지시했다. 그 중에는 시제 중

24 오원철, 앞의 책 제5권, 307~308쪽.

이던 국산 105mm 곡사포 10문이 포함되었다. 즉시 출동시키라는 지시였다. 이 지시를 듣는 순간 필자는 머리에서 모든 피가 없어지는 것 같은 쇼크를 받았다. 국산 105mm 포는 실전에서 사용할 수 있는 수준이 아니었기 때문이다. 설계도면도 구할 수 없어 현물을 스케치 해가며 만든 시험 제작중인 포였기 때문이다. 그리고 새로 제작한 포는 꼭 몇 발씩 시사를 해 보고 합격해야 완성되는 것이다. 그런데 국산 105mm 포는 한 번도 쏘아보지 않은 미완성품이었다. 이런 포를 실전에 배치하라는 것이다. 사고라도 나면 방위산업에 치명적인 손상을 주게 된다. 필자의 책임은 말할 것도 없다. 그러니 극도의 쇼크를 받게 된 것이다. 그런데도 국산포는 서해 전쟁터로 출정했다.

조마조마한 매일 매일이 계속됐다. 그러던 어느 날 현지에서 보고가 왔다. "실탄으로 사격을 해 보았는데, 포에 이상은 없다. 다만 탄피가 잘 빠지지 않는다"는 것이었다. 탄피가 빠지지 않는다는 것은 규정된 치수대로 정밀가공이 안 됐다는 뜻이다 (註: 나중에 확인한 바로는, 약실을 가공할 때 탄피가 잘 빠지도록 '테이퍼, 즉 경사를 만들어야 하는데 '테이퍼'의 각도가 모자랐다). 제작 도면이나 전용 기계도 없이 훈련용으로 만들었으니 당연한 결과였다. 그러나 딴 문제는 없다고 하니 큰 다행이라고 생각하고 일단 안심했다. 서해에서의 긴장은 점점 고조되어 갔다. 그렇다고 다른 부대에 배치된 화포를 서해에다 빼돌릴 수는 없다는 것이었다. 당시는 화포의 절대량이 부족할 때이다.

그러나 대책은 세워야 했다. 수소문해 보니 국방부에 90mm 전차포가 있다는 것이다. 구식전차에 탑재했던 포인데, 구식전차를 폐기할 때 '포'만은 사용 가능해서 보관하고 있으며 포탄의 비축량도 많다고 했다. 그래서 이 90mm 전차포를 개조해서 해안포를 제작키로 했다. 전차포라고 하면 직사포이다. 포탄의 속도가 빨라 명중률이 좋다. 그러니 해안포로는 적합하다. 그래서 긴급 작업키로 했다. 보관 중인 90mm 전차포는 포신만 남아 있으니, 이 포를 장착하는 포가(砲架)를 제작해야 했다. 포신을 고저 방향과 좌우 방향으로 정확히 움직여서 조준할 수 있는 장치를 설계하고 제작해야 했다. 그래서 철야작업이 계속되었다. 이 작업은 3월부터 시작했는데 4개월 후인 7월에는 이미 사격시험을 할 수 있게 되었다.

성과는 우수했다. 이 해안포는 계속 만들어져 서해5도에 배치돼서 국방의 일익을 담당하게 됐다. 그리고 105mm 포는 철수시켰다.[25]

105mm 곡사포의 시제에서부터 양산 시제 개발 과정, 그리고 백령도의 실전 배치까지, 오원철 수석의 기술을 보고 필자는 경악하지 않을 수 없었다. 아니 어찌하여 이와 같은 일이 벌어졌을까.

25 오원철, 앞의 책 제5권, 226~228쪽.

우선 오 수석 자신이 기술하듯 박 대통령이 개발을 지시하셨을 때, ADD 서울기계창의 능력으로는 불가능하다고 보고했어야 했다. 서울기계창은 번개사업으로 명성이 알려졌지만, 실상 1차 번개사업은 무기의 성능과 무관하게 모조품을 만든 과정에 불과했다. 그나마 2차와 3차의 번개사업은 미국이 제공한 도면이 있었기에 시제 생산이나 양산에서 별 문제가 없을 수 있었다. 그렇다고 서울기계창이 자체적인 기술을 확보한 것은 아니고, 그저 주어진 도면에 따라 간단한 화포류를 제작 지도하는 정도였다.

하지만 대통령은 번개사업, 특히 2차와 3차 사업의 성과를 보고 우리의 기술이 일정 수준에 도달했다고 오판했을 것이다. 오원철 수석 등의 보고에 따르면, 이 과정에서 여러 '시제품'을 만들어 '시사회'를 통해 검증하고 실제 양산과 실전 배치까지 무사히 이루어졌기 때문이다. 하지만 앞에서도 지적한 것처럼 실상은 전혀 그렇지 않았다. 도면은 미국에서 얻은 것에 불과하고, 서울기계창에는 축적된 이론이나 기술이 없었다. 원리도 모른 채 그저 도면대로 무기를 가공하고 제작하는 수준에 지나지 않았던 것이다. 대통령이 105mm 곡사포의 개발을 지시했을 때, 이런 사정을 모를 리 없는 오원철 수석이 왜 정확한 보고를 하지 않았는지 알다가도 모를 일이다.

105mm 포는 절대로 역설계로 제작할 수 있는 단순 무기가 아니다. 독일의 벤츠 자동차를 던져주고 역설계로만 제작하라고 하면 그게 가능할까? 불가능하다. 여기에는 보이지 않는 많은 과학기술과 노하우(Knowhow)가 들어가 있는 것이다.

오 수석은 스스로 테크노크라트(Technocrat)임을 자부하는 사람이다. 즉 기능공에 속하는 숙련된 기술자라는 얘기다. 그래서 그런지 과학에 대해서는 개념이 없다. 105mm 포에 엄청난 과학과 기술이 필요하다는 것을 잘 아는 사람처럼 말하지만, 실제로는 1차 번개사업 때처럼 서슴없이 모조품을 만들어내는 작업에 착수한다. 이를 통해 만들어진 모조품으로 시사회까지 연다. 대통령이나 다른 사람들이 보기에는 당연히 서울기계창에서 105mm 곡사포 개발에 성공한 것으로 보일 수밖에 없었다. 하지만 이는 눈 가리고 아웅일 뿐이다.

미국에서 이런 사정을 제일 잘 알았고, 오원철 수석을 불러 무모한 도전을 멈추라고 조언까지 해주었다. 105mm 포의 원리와 과학은 물론 정확한 기술까지 모두 알고 있던 미국의 분석은 정확한 것이었다. 하지만 오원철 수석은 미국에 매달려 설계도면을 얻어내는 대신 독선을 선택한다. 자존심을 세우는 데는 도움이 되었을지 몰라도 실질적인 무기 개발에는 전혀 도움이 되지 않는 태도다.

양산만은 막았어야

그런데 서해5도의 상황이 급박해지면서 대통령은 이 포의 양산을 지시하기에 이르렀다. 당시 박정희 대통령이 105mm 포의 시제품 완성과 시사회 성공을 있는 그대로 믿고 있었다는 방증이다. 간단히 말하면 105mm 곡사포의 양산에 필요한 지식과 기술이 서울기계창에 모두 갖추어진 것으로 판단했다는 얘기다.

여기서도 오 수석은 늦었지만 대통령께 직언을 했어야 한다.

ADD 서울기계창이 만든 것은 시제품이 아니라 모조품이고, 양산할 수준이 아니라고 솔직히 고백했어야 했다. 이때 진실을 고백하고 일선 배치를 저지했어야 한다. 이것이 잘못을 바로잡을 마지막 기회였다. 그러나 그는 가슴을 졸이며 행운을 빈다. 상상도 할 수 없는 일이다. 사용 불가능한 무기를 일선에 배치하다니, 도저히 있을 수 없는 일이다. 격발이 되지 않는 소총을 쥐어주고 적진을 향해 '돌격 앞으로!'를 외치는 것과 무엇이 다른가. 전투에 참여한 아군 모두를 사지로 몰아넣는 행위와 다를 바 없다. 실제로 이런 일이 전투 중에 벌어졌다면 우리는 그 지휘관을 어떻게 처벌해야 할까? 소름 끼치는 일이다.

그렇다면 이렇게 엉터리 모조품 상태로 백령도에 실전 배치되었던 105mm 곡사포의 운명은 어찌 되었을까? 오 수석 자신의 회고록에는 구형 90mm 전차포를 해안포로 개조하여 배치하고, 105mm 포를 대체했다고 한다. 정말 그랬을까?

후진국형 연구개발의 실패 사례

105mm 곡사포 모방 개발에 대한 결과에 대해 수십년간 율곡사업을 추진해 왔던 조영길 전 국방장관의 기록을 살펴보자.[26]

---

26 조영길, 《자주국방의 길》, 플래닛미디어, 2019, 64~67쪽.

(2) 대구경 화포의 개발

번개사업 장비의 시범 사격을 마친 다음 날 박 대통령은 오원철 수석을 불러 105mm 화포의 개발에 착수하도록 지시했다. 최초의 국산 소구경 화기 시범 사격으로 언론과 국민 여론이 한껏 고무되고 있었지만 대통령은 이를 아랑곳하지 않고 마음속에 정해진 이정표를 따라 뚜벅뚜벅 걸어가고 있는 모습이었다. "76년까지 총포, 탄약, 통신 등 기본 병기를 국산화하고 80년대 초까지 전차, 항공기, 유도탄, 함정 등 정밀무기를 개발, 생산할 수 있는 기반을 확보한다"는 자신의 공약을 반드시 이루고 말겠다는 의지의 표현이라고 볼 수도 있었다.

개발 지시를 받은 ADD에서는 가능성 검토를 통해 개략 계획을 수립했으며, 이것을 토대로 국방부(합참)는 과제선정위원회를 열어 105mm 곡사포와 106mm 무반동총, 4.2인치 박격포 등 세 종류를 개발과제로 확정했다.

ADD에 화포개발실을 신설하고, 별도로 학계를 포함한 '화포기술분과위원회'를 편성하여 광범위한 기술협력 체제를 구축했다. 그리고 일본, 이스라엘 등 외국의 개발 사례를 참고하면서 개발 계획을 발전시켰다.

포신과 주퇴복좌기의 원자재는 해외에서 도입하고 나머지는 국내에서 획득 가능한 재료를 활용하기로 방침을 정하고, 설계와 제작에 필요한 각종 기술자료는 주한미군의 합동군사지원단(JUSMAG-K)을 통해 획득하기로 했다. 그러나 105mm 곡사포의 기술자료는 73년 6월에야 도착했기 때문에 최초 시제는 미8군 군수창에서 획득한 도면과, 부족한 부분은 현품을 스케치하여 도면을 제작해서 사용할 수밖에 없었다. 참여 업체로는 기아산업을 주 조립업체로 해서 포신은 대한중기가 맡고, 주퇴복좌기는 대동공업이 맡기로 했다.

73년 3월까지 시제 제작을 완료하고 4월부터 시험평가에 들어갔다. 사격 시험을 통해서 주퇴복좌기, 폐쇄기, 화포의 안전성 등에서 많은 문제점들이 발견되었지만 계속적으로 보완하여 6월과 7월 사이에는 105mm, 106mm, 4.2인치 각 2문씩을 군부대에 이관하여 부대시험을 실시했으며, 이 기간 중에 대통령 임석 하에 시범 사격을 실시했다.

박 대통령은 서해5도를 긴급히 요새화하고 화력을 보강하도록 지시했는데 그 일환으로 새로 제작된 105mm 곡사포 1개 포대가 배치된 것이다.

오원철 수석은 105mm 곡사포를 즉시 출동시키라는 대통령의 지시를 받는 순간 온몸의 피가 마르는 것 같은 쇼크를 받았다고 했다. 105mm는 설계도면도 없이 현품을 스케치해가며 만든 시험제작 중인 화포였다. 아직 실탄사격도 해보지 않은 미완성품이었다. 만약에 사고라도 나게 되면 방위산업에 치명적인 손상을 주게 될 것이다. 오 수석 자신의 책임은 말할 것도 없었다. 그럼에도 불구하고 국산 105mm 화포는 서해의 전쟁터로 출정했다.

다행히도 백령도의 105mm 화포들은 별 사고 없이 사격 시험을 마쳤다. 그러나 시간이 지나면서 많은 문제점들이 속속 드러나기 시작했다. 포가의 고저 장치 불안정, 주퇴복좌기 고장, 탄피 추출의 곤란 등 주요한 결함의 반복으로 결국 ADD는 군에 이관한 모든 장비를 회수하고 양산 계획을 중단하는 사태에 이르고 말았다. 이것은 공업적인 제조기반이 갖추어지지 않은 상태에서 개발 의욕에 쫓기던 후진국형 연구개발의 실패 사례로 기억되어야 할 사건이었다.

조 장관은 솔직히 고백한다. 105mm 곡사포의 개발과 양산 및 배치는 처음부터 끝까지 '실패'였다고 말이다. 그러면서 이것은 '후진국형 연구개발의 실패 사례로 기억되어야 할 사건'이라고 결론지었다. 나 역시 이런 평가에 전적으로 동의한다.

이것이 번개사업과 105mm 곡사포를 포함한 후속 사업의 진실이다. 조금 거칠게 말하면 이 당시 ADD는 연구 능력이 전혀 없었고, 연구를 하려는 기본 태도도 갖추고 있지 못했다.

105mm 곡사포 개발 명령이 떨어졌을 때, 그들은 우선 연구개발 계획을 작성하여 보고했어야 한다. 미래를 위해 어떠한 방법으로든 105mm 이상 급의 포를 개발한다는 목표를 설정하고, 이에 필요한 기본 기술을 자체 개발하거나 외국에서 도입할 계획부터 세워야 했다. 그런데 이들은 세 차례에 이르는 번개사업의 성공에서 잘못된 교훈과 자신감을 얻은 나머지 105mm 포마저 역설계를 통해 모

조품을 만드는 방식으로 개발 계획을 세웠다. 아무리 당시의 우리나라 기술과 산업 수준이 낙후되었다고 하더라도, 실을 바늘 허리에 매어 사용할 수는 없는 노릇이다.

오판과 눈속임의 대가

대통령이 대전기계창을 방문하여 난데없이 서울기계창과 진해기계창의 사업을 접으라고 지시한 것이 1978년 4월이다. 나는 이제야 그때 왜 대통령이 그런 말씀을 하셨는지 어렴풋이나마 이해할 것 같다.

이때는 대통령도 이미 105mm 곡사포 개발의 전말과 실상에 대해 소상히 알고 있었을 것이다. 그런데 심문택 소장이 서울기계창을 통해 105mm 곡사포의 포신을 연장하는 개량 사업을 진행하겠다고 보고를 했으니 대통령의 입장에서는 얼마나 기가 찼겠는가. 불호령이 떨어지고 그런 사업일랑 아예 할 생각도 하지 말라고 명령하는 것이 너무나 당연하지 않겠는가.

그 자리에 함께 동석하고 있던 오원철 수석이 속으로 얼마나 뜨끔했을지 이제야 눈에 보이는 듯하다. 그는 여전히 대통령 곁에서 우리나라의 중화학공업과 방위산업을 진두지휘하고 있었지만, 이때 이미 얼마간은 대통령의 신임을 잃었던 것이 아닐까 추정된다.

오원철 경제수석은 1971년 임명되어 박 대통령이 서거하실 때까지 8년 동안 대통령을 보좌하며 자주국방 사업을 성공적으로 이끌어 나가는 데 가장 핵심적인 임무를 수행했다. 대통령을 가장 근거리에서 모시며 열정적이고 헌신적으로 대통령의 의지를 실현시키는 데 결정적인 역할을 했다. 그의 빠른 판단력과 열정적인 업무처리는 그 시대의 상황에서 너무나 적합하였다. 그러나 그에게는 결정적인 약점도 있었다. 우선 그는 자신의 판단을 지나치게 확신했다. 그 결과 전문가의 의견을 무시하는 경향이 강했다.

예컨대 '기계공업 육성방향'의 경우를 돌이켜 보자. KIST의 전문가들이 6개월간 주야로 연구하여 보고한 내용을 자신의 의견과 일치하지 않는다고 즉석에서 거부한 것은 물론 KIST에 자기 의견대로 보고서를 수정하라고 요구했다. 있을 수 없는 일이다. 이견이 있으면 KIST 제안의 문제점을 지적하고, 상공부 안으로 본인의 의견을 첨부하여 상부에 보고했어야 한다. 그러나 그는 KIST의 안이 존재하지 않은 것처럼 상부에 일절 보고를 하지 않았다. 부총리가 직접 나서고 난 뒤에야 마지못해 회의에 참석했을 뿐이다.

'항공공업 육성방안'의 경우에도 마찬가지다. 나와 ADD는 250km 사정거리의 지대지 유도탄을 8년 안에 개발한다는 계획을 제출하였다. 오 수석은 프랑스 유도탄 개발 업체 SNPE를 잠깐 견학하고는 순간적으로 판단하여 소형 단거리 유도탄부터 시작해서 장거리 유도탄을 개발해야 한다는 비과학적이고 지극히 아마추어적인 판단을 끝까지 고집하였다.

결국 그는 ADD의 보고서를 자기 안대로 수정하여 18개월이 지난 후에야 대통령에게 보고하고 결재를 받는다. 물론 오 수석의 안은 대통령에 의해 완전히 삭제되었다. 이러한 과도한 자만심은 많은 시간낭비를 초래하고 적을 양산하였다.

오 수석의 또 하나의 결점은 자기 과오를 인정하지 않으려는 성향이 너무 강하다는 것이다. 대통령의 수석은 최측근 참모이다. 대통령에게 모든 사실을 있는 그대로 보고하고, 또 대통령이 잘못된 판단을 내렸을 때는 그것을 지적하여 바로잡아줄 의무가 있다. 이것이 참모의 당연한 의무다. 그런데 105mm 장거리 포의 개발 과정을 보면 오 수석은 본인의 이런 의무를 전혀 수행하지 않았다. 자신의 앞선 과오를 덮기에만 급급했을 뿐이다.

대통령이 105mm 포 개발을 처음 지시하였을 때 그는 항공공업의 경우와 같이 세부적인 개발 계획을 설정하고 대통령의 결재를 받아 집행했어야 한다. 그러나 그는 번개사업에서도 최악의 경우인 모조품 개발 방식을 주저 없이 채택하였다. 그 자신은 모조품이 절대로 무기가 될 수 없음을 알고 있었고, 나중에 미국대사관에서도 충분히 설명을 해주었다. 하지만 그는 중간에 멈추지 않았다. 급박한 군사적 상황과 대통령의 엄명을 이유로 내세우지만, 군대의 안전과 국민의 생명을 생각하고 대통령의 오판을 지적해야 할 자신의 위치를 생각했다면 도저히 있을 수 없는 일이다.

모조품의 양산까지는 시대 상황을 감안할 때 어느 정도 이해가 될 수도 있다. 하지만 백령도 실전 배치는 절대로 있어서는 안 될 일이었다. 그 포를 믿고 단잠을 잤을 백령도의 군인들과 주민들을 생각하면 지금도 등골이 오싹하다. 만일 실제로 전투가 벌어지고, 그 결과가 국민들에게 알려졌다면 어땠을까. 어떤 국민도 이를 용

납할 수 없었을 것이고, 대통령 역시 결정적인 타격을 받았을 것이다. 아니 우리나라 전체가 세계의 비웃음거리가 되었을 것이다.

참모의 임무는 이러한 사태를 미연에 방지하는 것이다. 그러나 오 수석은 본인이 그 결과를 예상하면서도 대통령의 결정을 그대로 집행한다. 요행을 빌면서 말이다. 군 통수권자를 보좌하는 참모의 이런 행위는 실상 이적행위와 다를 바 없다.

기계공업 육성방향, 항공공업 육성방안, 105mm 포 실전 배치 문제를 다루는 그의 저서에서는 사실을 오도하기에만 급급하다. 본인의 과오는 절대 인정하지 않는다.

오원철 수석과 구상회 박사

오원철 수석과 가장 가깝게 지냈던 분이 ADD의 구상회 박사다. 구 박사는 ADD 창설 멤버로 시작하여 30년 동안 장기 근무하고 부소장을 역임한 인물이다.

그는 ADD 초창기부터 로켓을 담당하며 번개사업의 대전차 로켓 발사기를 맡았었다. 항공공업 육성방안 수립 때에도 당연히 참여하게 되었는데, 우리가 3개월간 작업하는 도중 한 달 반 이상을 해외 연수로 나가 있었다. 그간 나와 항공공업 계획팀은 장거리 지대지 유도탄 개발 계획에 전원 동의하여 마지막 보고서 작성에 전념하고 있었다. 그러던 중 그가 귀국하였다.

그는 '미국에서 많은 자료들을 가져왔다'고 하는데, 나 자신은 그가 가져왔다고 주장하는 그 자료들을 참고한 기억이 없다. 아니 그럴 필요가 없었다.

그런데도 구 박사는 자신이 가져온 자료들을 기초로 '유도탄 개발 계획이 수립되고 실행되는 전기(轉機)가 마련되었다'고 스스로 밝히고 있고, 이것이 언론과 여러 책들을 통해 회자되면서 정설로 굳어지고 있다. 내 생각에는 해도 너무하다.

오원철 수석이 프랑스의 SNPE를 잠깐 시찰하고 내린 결론과, 구상회 박사가 미국의 유도탄사령부 방문을 마치고 내린 결론에 공통점이 있다는 대목도 내겐 흥미롭다. 우선 이들은 잠깐의 시찰과 연수를 통해, 대통령이 지시하고 우리 팀이 주장하는 장거리 지대지 유도탄이 아니라 함대함 등의 단거리 유도탄 개발을 먼저 실행하여 기술을 축적한 뒤에 장거리 지대지 유도탄 개발에 착수해야 한다고 주장하였다. 얼핏 상식적이고 그럴듯한 주장처럼 들리지만, 당시의 상황에 대한 고려도 없고 과학적 근거도 전혀 없는 주장일 뿐이다. 작은 것이 쉽고 큰 것이 더 어렵다는 판단은 과학과 기술에 전혀 상식이 없을 경우에나 가능한 것이다. 모든 일에서도 경박단소가 중후장대보다 훨씬 어려운 것과 같다. 이런 사람들이 만약 미국의 핵탄두개발연구소에 1주일간 견학을 간다면 서슴치 않고 소형 핵탄두부터 개발해야 한다고 주장할 것이다. 그 안에 숨은 과학과 기술을 전혀 고려치 않고 오로지 외형적 크기로만 판단을 내리는 것이다.

추진제 공장과 불꽃놀이

오원철 수석과 구상회 박사의 공통점 중에는 상관 명령에는 '무조건 복종'한다는 것도 있다. 이와 관련하여 에피소드 하나가 떠오른다.

1974년의 일이다. 이 해 1월부터 6월까지 구상회 박사는 미국의 유도탄사령부로 연수를 갔다. 그리고 나도 같은 해 6월부터 12월까지 같은 곳에 연수를 다녀왔다. 연수를 떠나면서 나는 나의 임무 가운데 일부를 구상회 박사에게 맡겼다.

연수가 끝나고 귀국하여 구 박사로부터 6개월간의 업무 보고를 받았다. 그 사이 그가 수행한 가장 주요한 업무는 대전기계창, 특히 유도탄 사업부의 부지 레이아웃을 확정지은 것이었다. 대전기계창의 입지는 이미 확정되어 있었고, 내가 없는 사이 구 박사가 책임자가 되어 각 연구동과 추진제 공장, 지상연소시험장의 위치 등을 결정한 것이다. 나는 그 결과를 보고 받고 경악하지 않을 수 없었다.

부지의 할당과 관련하여 심문택 소장은 전체 부지 가운데 70%는 유도탄 개발에 할애하고, 나머지 30%는 앞으로 추진할 새로운 연구 사업에 할애할 수 있게 보존하라고 지시한 바 있었다. 그러한 제한 속에서 구 박사가 각 공장 등의 위치를 정했는데, 추진기관의 지상연소시험 시설이 추진제 제조공장을 마주 보고 이웃해 있는 형태였다. 만일 그 상태로 추진기관의 연소시험이 진행되면 추진제 제조공장은 모터에서 뿜어져 나오는 불꽃 분말로 뒤덮일 것이 뻔했다. 화약공장이나 다름없는 추진제 공장에서는 담배조차도 피우지 못하게 하는데, 그 옆에서 불꽃놀이를 하자는 형국이었다. 하도 기가 막혀서 연유를 물었더니, 심문택 소장이 유도탄 사업에 할당된 장소 내에서만 모든 시설을 설계하라고 지시하였기 때문이고, 그 범위 안에서는 그 방법이 최선이었다고 했다.

과학자는 모든 것을 과학에 의존하여 결정해야 한다. 그래서 과학자라고 부르는 것이다. 상관의 명령이 틀렸다면, 그것을 지적하고 다른 방법을 찾아야 한다. 그런데 대통령이 105mm 곡사포의 양산과 배치를 명했을 때의 오 수석과 마찬가지로, 구 박사도 과학은 버려둔 채 상관의 명령 자체에만 매몰된 것이다. 이로 인해 어떤 낭비와 문제가 발생할지는 전혀 고려치 않은 것이다.

미국에서 돌아온 나는 당연히 심문택 소장에게 달려가 지상연소 시험 시설의 이전 배치를 건의하였고, 너무나 상식적인 나의 주장에 심문택 소장도 기꺼이 동의했다. 참모가 당연히 해야 할 일을 제대로 하지 않으면 이런 일들이 생긴다. 그게 국가의 명운이 걸린 사업이라면 참모의 역할은 더 커지고, 그 잘못 또한 역사에 기록될 만큼 더 무거워지는 것이 당연하다.

백곰이 날기까지

박정희 대통령의 대전기계창 순시 열흘 후인 1978년 4월 29일, 안흥에서 백곰 지대지 유도탄 1차 시험발사를 진행하였다. 불행히도 실패였다. 이 1차 시험발사의 목표는 우리가 개발한 유도조정방법, 즉 진공관 방식을 반도체형으로 개조한 새로운 유도장치의 성능을 시험하는 것이었다. 비용을 줄이고 시험 결과 분석을 용이하게 하기 위하여 기체 자체는 방공포 사령부로부터 양도받은 나이키 허큘리스를 그대로 쓰기로 하였다. 1차 시험이 실패하자 개조된 유도장치에 어떤 문제가 있는지 집중 검토하였다.

실패는 성공을 보장한다

1주일 뒤 다시 진행한 2차 시험도 실패였다. 이로써 우리의 새로운 유도장치에 문제가 있다는 점이 분명해졌다. 우리는 그동안 진행한 유도 방식에서의 개선 과정을 집중 검토했다. 크게 두 가지 분야가 있었다.

첫째는 기존에 레이더로 측정하던 유도탄 위치를 보다 정확하게 측정하기 위하여 칼만 필터(Kalman filter) 소프트웨어를 사용하는 것으로 개선했다. 여기서 문제가 있을 가능성은 미약했다.

그 다음으로 개선한 것은 유도 방식이었다. 우선 발사지점부터 탄착점까지의 이상적인 유도탄 궤도를 설정하고, 만약 유도탄이 이 이상적 궤도에서 이탈할 경우 적절한 유도 신호를 보내서 다시 이상적 궤도로 진입시키는 방법이다. 이론적으로 보아도 문제가 없고 또 수많은 컴퓨터 시뮬레이션을 통해 그 명중도가 개선된 것을 확인한 바 있었다. 그럼에도 불구하고 결국 문제는 여기에 있었다는 것이 밝혀졌다.

유도탄이 원하는 궤도에서 이탈했을 때 궤도 조정을 위하여 보내는 조정 명령이 너무 적을 경우 유도탄은 영구히 이상 궤도에 진입하지 못한다. 따라서 항상 조정하기 위한 신호는 필요 이상의 양을 보내게 된다. 그런데 필요 이상의 조종 명령의 결과는 유도탄이 원하는 궤도에 진입하는 대신 다시 이탈하게 되고, 이러한 과정이 반복되면 불안정 현상이 발생하여 궤도를 완전 이탈할 가능성이 생긴다. 자동차 핸들을 좌우로 과도하게 움직이면 자동차가 차로를 벗어날 가능성이 커지는 것과 마찬가지 이치다.

그런데 이러한 문제는 컴퓨터 시뮬레이션만으로는 사전에 문제를 파악하고 대처하기가 매우 어렵다. 실제의 유도탄이 날아가는 상공의 공기 밀도며 풍속 등 여러 변수를 모두 감안하여 시뮬레이션을 할 수는 없기 때문이다. 컴퓨터 시뮬레이션을 아무리 수백 번 반복하더라도 실제 상황을 재현시키지는 못하는 것이다.

유도탄 개발 과정에서 이런 일은 흔히 발생하는 것으로, 과학자들은 많은 실험과 경험을 통해 이런 현상을 이해하고 해결책을 찾게 된다. 그리고 사람들은 이를 흔히 '노하우'라고 한다. 즉 교과서에 기술할 수 없는, 경험에 의한 기술이다. 마치 옛날 장인들이 좋은 칼을 만드는 것과 같다.

이런 문제점을 파악한 나는 유도조정 분야의 책임자인 강인구 박사와 상의하여 유도 방식을 기존 나이키 허큘리스의 구식 유도 방식으로 되돌리자고 제안했고, 그 역시 동의했다. 어쩔 수 없는 선택이었다.

국산 유도조종 장치와 소프트웨어를 이용한 세 번째 시험은 성공이었다. 순차적으로 나이키 허큘리스 기체 대신 우리가 개발한 추진기관, 기체를 사용하여 드디어 99.9% 우리 기술로 개발하고 제작한 지대지 유도탄 발사 시험이 1978년 9월 26일 최종 성공을 거두었다. 우리가 그때까지 개발하거나 제작하지 못한 것은 유도탄 날개 조정용 구동장치 하나였다.

이처럼 여러 차례의 시험 과정을 통하여 느끼고 배운 것이 하나 있다. 연구 과정에 있어 실패는 필요악이라는 사실이다. 실패가 있었기에 우리는 우리가 개발한 유도탄을 아마도 열 배 이상은 자세히 알게 되었다. 실패하는 순간부터 다음 시험 때까지 밤을 새워가며 모든 가능성을 검토하고 또 재검토하였으며, 그러한 과정에서 우리 자신이 유도탄과 일체가 되었다.

가장 허무한 순간은 성공한 순간이었다. '이제 할 일이 없다.' 기쁨보다는 공허함이 더 컸다. 얼마간은 일이 손에 잡히지 않을 정도였다. 인생이라는 것이 아마 그런 것 같다.

시사회 준비

1978년 9월 26일, 전형적인 한국의 가을 날씨였다. 마침내 대통령을 모시고 한국 최초의 지대지 유도탄 발사 시사회를 갖는 날이 밝았다. 그 전날 저녁 늦게, 나와 심문택 소장은 심각한 분위기에서 대화를 나누었었다. 다음날의 공개 발사가 예정대로 진행될 수 있는지 확실치가 않아, 행사 진행 설명서를 두 가지로 작성하였다. 백곰이 순조롭게 발사되는 경우와, 사소한 기술적 문제로 발사가 불가능할 경우에 함께 대비하기 위한 것이었다.

우리가 실패를 염두에 둔 것은 유도탄 자체의 기술과 관련된 문제는 아니었다. 그건 이미 여러 차례의 시험발사를 통해 성공이 입증된 것이나 마찬가지였다. 그런데 막판에 새로운 문제 하나가 돌출되었는데, VIP가 오실 것을 대비하여 유도탄 발사대를 종전의 위치에서 1~2km 떨어진 다른 곳으로 이전하면서 갑자기 생긴 문제였다.

이렇게 급히 발사대를 옮긴 것은 안전상의 문제 때문이었다. 백곰은 2단계 로켓으로, 수직으로 발사된 후, 고공에서 1단계 로켓이 분리되어 2단 기체만 비행 후 수직 강하하기 때문에, 낙하하는 1단계 로켓이 안전문제를 야기할 수 있다고 판단되어 급히 발사대 이전이 결정된 것이다. 그런데 발사대를 이전하자 얘기치 못한 일이 벌어졌다. 레이더가 유도탄을 포착하지 못하는 현상이 벌어진 것이다. 유도탄은 자기 위치를 알리기 위하여 강한 전파를 튜브(Tube)를 통하여 발사하는데 이 전파가 새로운 발사대 주변 지형에 반사되어 레이더가 유도탄의 정확한 위치를 포착하지 못하였다.

이러한 예기치 못한 문제를 해결하려고 그 전 1주일간 여러 가지 수단을 동원하여 보았다. 반사파를 줄이기 위해 발사대 주변 초목을 태우기도 하고 아스팔트 포장도 시도했으나 모두 실패였다. 이런 문제 역시 연구개발을 하는 과정에서 수시로 발생하는 문제다. 교과서에도 없고 연구 논문에도 해결 방안이 제시되어 있지 않다. 바로 오랜 경험과 연구에서 축적되는 노하우의 문제인 것이다. 이와 같은 문제가 있기 때문에 새로운 무기체계를 도입할 때는 많은 시간과 실제 야전 시험(Field test)이 필요하다. 그리고 이것이 바로 신응균 전 초대 ADD 소장이 그렇게 강조하고 우려하던 사항이다. 특히 무기는 우리 병사의 생명과 직결된 것으로, 번개사업처럼 외형만 비슷하게 만들어 2~3차례 발사해보고 성공했다고 자축하는 것은 전혀 타당치가 않다.

병기는 인류 과학의 최고 산물이다. 외국에서 개발한 수십 년 된 병기라 하여도 역설계로 제작된 병기에는 과학이 결여되어 있고 실제 상황에서 어떠한 사태가 발생할지 아무도 예측할 수 없다. 그런데 우리의 예기치 않았던 문제는 의외로 또한 예기치 않게 해결되었다. 지치고 지친 연구원이 담배를 한 대 피운 후 담뱃갑 속의 은박지로 홧김에 신호발사 튜브를 막아버리는 순간 레이더에 백곰이 잡힌 것이다. 그게 시사회 행사 전날 오후 4시경에 일어난 일이다. 운명의 장난이었다. 방공포사령부를 통하여 나이키 허큘리스 운용 부대에 알아보니 이것은 흔히 있는 현상으로, 실제 발사 시에는 튜브를 마개로 막는다고 하였다. 현장에서는 누구나 아는데 우리만 몰랐던 셈이다.

적멸의 6초

1978년 9월 26일 시사회 당일, 대통령과 VIP들은 준비된 전망대에 모두 착석하였다. 구상회 박사와 나는 전망대 하단에 준비된 장소에서 보고를 하게 되어 있었다. 구상회 박사가 먼저 안흥시험장에 관하여 보고하고, 백곰 개발 책임자인 나는 백곰의 제원을 간단히 설명한 후 곧 발사를 하겠다고 선언하고는 준비된 의자에 재빨리 앉아버렸다. 머리를 무릎 위에 쑤셔 박듯이 처박고, 두 손으로 목 뒤를 감싸 눌렀다. 강인구 박사가 카운트다운을 시작하였다.

"발사 전 12초, 11초, 10초, …… 2초, 1초, 발사!"

순간 온 우주가 적막에 덮여버렸다. 모든 것이 정지되었다. 아니나 자신도 우주도 전부 소멸되어 버렸다. 무한의 시간이 흘러가는 것 같다. 적막만이 흐른다. 구 박사가 나의 등을 두드린다.

"성공이야!"

고개를 들어보니 하늘에는 하얀 백곰의 추진제 연소 흔적만이 보인다. 발사대와 전망대는 거리가 2km 정도로, 발사음이 전망대에 도착하는 시간이 약 6초 정도다. 나에게는 그 6초의 시간이 무한으로 느껴졌다. 전망대 위에 앉은 박 대통령은 가벼운 미소를 짓고 계셨다.

시사회가 성공적으로 끝나고, 백곰 개발의 주역들이 도열하여 박 대통령을 맞이하였다. 강인구, 홍재학, 최호현, 목영일 박사 등을 거쳐 대통령이 마지막으로 내 앞에 오셨다. 박 대통령은 오른손을 내밀어 악수를 하셨다. 그리고 왼손으로 가볍게 내 등을 안아주셨다.

"이 박사! 수고했어."

이만영 박사 사건 이후 처음으로 나에게 하신 말씀이었다. 그 사이 몇 년이 지났는지 기억도 가물가물했다.

시간이 한참 흐른 1978년 12월 25일의 크리스마스 날, 김정렴 대통령 비서실장이 심문택 소장과 나를 골프에 초대했다. 신병현 한국은행 총재도 동행하였다. 장소는 미8군 골프장. 크리스마스 날이기 때문에 골프장은 폐장되었고 오직 우리 한 팀만이 있었다. 듣기만 하던 대통령 골프였다. 점심은 현장에서 신병현 총재가 준비해온 도시락으로 해결하였다. 식사 후 김정렴 비서실장은 내게 이런 말씀을 하셨다.

"이 박사! 요새 대통령께서 다른 업무로 무척 힘드신데……, 때로 혼자 사무실에 걸려있는 대형 지도를 보시며 유도탄 배치를 구상하고 계실 때, 그때만큼은 무척 행복하고 편안한 모습이야. 이 박사에게 감사하네."

그 말을 들으며 나는 진심으로 대통령의 안녕을 속으로 기원하였다. 하지만 대통령도 나도 이후 안녕을 누리지는 못했다.

백곰 이후

우리나라 최초의 유도탄 백곰이 정식으로 날아오른 게 1978년 9월 26일이다. 우리가 만든 도면과 기술로 시제품을 만들고 정식 시사회를 가진 것이니 우리의 유도탄이 분명했다. 양산에도 아무런 문제가 없어서 실제로 대통령은 이 해 연말에 100여 발을 양산하여 부대 배치를 하되, 1980년 말까지 1개 시험포대를 설치할 수 있도록 양산을 위한 실용 개발을 서둘러 끝내라는 지시를 내렸다.

같은 해인 1978년 12월, 진해기계창장으로 서정욱 박사가 임명되었다. 이듬해인 1979년 1월부터 나는 백곰의 개량형인 NHK-2 개발에 본격 착수했다. 이 해 9월에는 김성진 박사가 ADD의 부설 연구소인 국방관리연구소 소장에 취임했고, 서울기계창장에는 강인구 박사가 임명되었다.

그 해 10월에 나는 그동안 그렇게 욕심내던 관성항법장치를 마침내 손에 넣을 수 있는 길을 찾게 되었다. 영국의 페란티(Ferranti)사와 계약을 체결하고 드디어 우리 연구원들을 연수생 신분으로 이 회사에 파견하게 된 것이다. 관성항법장치는 앞에서도 소개한 것처럼 추진제 공장과 더불어 내가 도입한 가장 가치 있는 기술이었고, 훗날 우리나라가 유도탄 등의 개발에서 연속적으로 성공을 거둘 수 있는 바탕이 된 기술이었다. 이때 적정한 규모와 가격으로 이 시설이나 기술이 도입되지 않았더라면 그 이후의 개발 사업은 훨씬 난항을 겪었을 것이다.

서정욱 신임소장

그렇게 내가 2단계 사업에 집중하고 있던 1979년 10월 26일, 박정희 대통령이 갑자기 서거하셨다.

이후 12·12와 5·18로 이어지는 격동의 세월이 펼쳐졌고, 그런 혼란 속에 거의 1년이 지나갔다. 그 사이 보안사령관이던 전두환 장군은 중앙정보부장 및 국보위원장을 거쳐 대통령 자리에 오를 준비를 착실히 진행하고 있었다. 그러던 1980년 7월, 심문택 소장이 해임되고 서정욱 진해기계창장이 ADD의 새로운 소장으로 부임했다. 취임식이 끝나자마자 나는 신임 서정욱 소장실로 갔다.

"취임을 축하합니다."

나는 정중히 축하 인사를 건넸다. 소파에 앉아 있던 그 분은 나를 향해 고개를 돌리더니 갑자기 험한 얼굴로 "당신네들이 작당을 하여……"라고 얘기했는데, 아무튼 그 말을 듣는 순간 나는 할 말을 잃고 말았다. 같은 연구소에서 일하던 동료로서 소장 임명을 축하하려고 찾아온 사람인데, 평소에도 그랬고 전생에 원수 진 일도 없는데, 내가 왜 그런 말을 들어야 하는지 막막하였다. 나는 정중하게 물러 나왔다.

그리고는 바로 사표를 내라는 강요가 있었다. 나는 책임연구원으로서 법적으로 임기가 보장되어 있기 때문에 대전기계창에서의 보직은 내놓을 수 있으나 책임연구원으로서 연구소에서 지정하는 연구를 계속하겠다고 버텼다.

곧 소문이 돌기 시작했다. 인사위원회에서 나를 파면 결의하겠다는 것이었다. 전직 대통령을 속여 유도탄을 가짜로 만들어 국고에 손해를 입혔다는 게 죄목이라고 했다. 말하자면 사기죄였다. 왜 하필 사기죄일까. 참 유치하다고 생각했다.

하는 수 없이 사표를 제출했다. 1980년 8월의 일이고, 이때 강인구, 고철훈, 한홍섭, 김웅 등 수십 명이 나와 함께 강제 퇴직을 당했다. 내 후임으로는 한필순 박사가 임명되었다.

ADD를 떠나면서, 다시는 뒤돌아보지 않겠다고, 지난 10년간의 연구 생활은 다 잊어버리겠다고 혼자 작심하였다. 다시는 연구 생활에 발을 들이지 않겠다고, 아니 과학계를 영원히 떠나겠다고 결심하기도 했다. 배웠다는 사람들, 특히 외국에 가서 박사학위까지 받고 돌아왔다는 한국의 최고 엘리트들 수준이 고작 이런 것인가 싶어 실망감이 너무 컸다. 내 인생은 그렇게 어느 날 갑자기 일시에 파괴되었다.

그후 40년이 흘러, 어느날 서울에 살고 있는 ADD 퇴직자들의 모임에 참석하게 되었다. 그 모임에는 내가 퇴직할 당시 같이 숙청당한 강인구 박사, 그리고 2차 숙청 때 퇴임한 홍재학, 최호현 박사 등이 있어 마음 편하게 나갈 수 있었다. 그런데 그중에는 서정욱 박사도 있었다. 그 역시 ADD 소장 임기 도중에 해임됐는데, 그후 KIST 소장을 거쳐 과기처 장관까지 역임했다.

그렇게 다시 만난 후, 나는 아주 정중하게 그를 모셨다.

김성진 박사와 ADD의 대숙청

심문택 소장과 나를 비롯한 간부들이 ADD에서 숙청된 것은 어쩌면 숙명일지도 모르겠다. 정권이 바뀐 것이니 주요 기관의 책임자들이 자리를 내놓고 떠나는 것은 있을 수도 있는 일이다. 그런데 전두환 장군이 대통령에 취임한 뒤에는 더 심각한 일이 벌어졌다. 유도탄 연구개발에 재능과 피땀을 바친 죄밖에 없는 현장 연구자들이 대거 숙청을 당하는 것은 물론 유도탄 사업 자체가 중도 폐기된 것이다.

1982년 11월 19일, 서정욱 소장이 중도 해임되고 당시 안기부 차장으로 있던 김성진 박사가 ADD의 신임소장으로 임명되었다. 전두환 대통령의 육사 동기이자 수석 졸업생 출신이고, ADD 창립 원년 멤버이기도 하다. 소장에 취임한 김성진 박사는 딱 11개월 동안 그 자리에 있었는데, 크게 두 가지 일을 했다. 하나는 연구소 정원을 2,598명에서 1,759명으로 축소한 것이다. 이때 연구원 등 839명이 대량 해고되었는데, 주로 대전기계창에서 유도탄 개발에 참여한 사람들이었다. 이런 대량 해고 외에 그가 해낸 또 하나의 일은 박정희 대통령이 국가의 명운을 걸고 추진했던 자주국방 사업의 핵심인 유도탄 개발 사업을 폐허로 만든 것이다. 유도탄 관련 모든 사업을 중단시킨 그는 단거리 함대함 유도탄 개발만을 허용하였다.

육사를 수석으로 졸업했다는 그가 우리나라 자주국방의 기틀 자체를 완전히 망가뜨린 셈이다. 그렇게 단지 11개월 동안만 ADD 소장으로 재직한 김성진 박사는 1983년 10월 20일 체신부 장관으로 영전한다. 이어 과기처 장관도 역임했다. 그가 한 일이라고는 유를 무로 돌리고, 수많은 연구원들을 길거리로 내몬 것이 전부인데, 일국의 장관에 두 번이나 오른 것이다.

지금도 내가 뼈 아프게 여기는 대목은, 그와 그의 친구이자 상관이 된 전두환 대통령이 우리가 어렵게 갈고 닦은 자주국방의 터전을 완전히 파괴했다는 것이다. 지식과 기술을 지닌 연구원들은 연구소에서 쫓겨났고, 조만간 빛을 볼 것이 확실한 사업들은 갑자기 중단되었으며, 당연히 추진해야 할 새로운 사업들은 일거에 계획 자체가 폐기되었다.

군 출신의 대통령과 국방과학 연구 책임자가 왜 이런 매국적 결정을 내리고 실행했는지, 지금도 도무지 이해하기가 어렵다. 이들의 결정과 실행으로 국가안보가 치명적 타격을 입고, 엄청난 국고의 손실이 발생한 것만은 분명하다. 그런데도 아무도 책임을 묻지 않고 아무도 책임을 지려 하지 않으니 이 또한 불가사의다. 이것이 얼마나 중차대한 매국적 행위였는지에 대해서도 우리 사회에서는 아직 충분한 검토가 이루어지지 못해 아쉬울 따름이다.

몇 가지 심증

전두환의 신군부가 ADD의 유도탄 개발을 갑자기 중단시키고, 연구원들을 길거리로 내몬 이유가 무엇인지는 확실하게 알려진 것이 없다. 보안사령관 시절 ADD를 별도 방문하여 백곰에 대해 칭찬을 마지 않았던 전두환도 말하지 않고 서정욱, 김성진 두 전임 소장도 뚜렷한 이유를 밝힌 적이 없다. 그저 소문과 추측만 무성할 뿐이다. 그런데 그런 소문과 추측 가운데 몇 가지를 검토해보면, 나름대로 합리적인 추론을 해볼 수는 있다.

백곰이 가짜라면?

첫째, 나와 ADD가 만든 백곰 유도탄이 가짜였기 때문이라는 주장이다. 누구에 의해 어디서 나온 주장인지는 확인하기 어렵지만, 심문택 소장과 내가 ADD에서 추방되기 전부터 이런 소문은 있었다. 하지만 이것이 얼마나 엉터리 주장인지는 수십 가지 방법으로 증명이 가능하다. 만약 우리가 만든 백곰이 정말로 미국제 나이키 허큘리스에 페인트칠만 새로 한 가짜였다고 해보자. 우선 우리의 일거수일투족을 감시하던, ADD에 파견된 보안사 요원들은 다 허수아비였다는 얘기다. 시사회를 대대적으로 홍보하고 세계에 백곰의 탄생을 자랑한 박정희 대통령과 그 정부기관들 전체가 내게 놀아난 셈이 되니, 그 당시의 위정자들은 물론 군과 정보기관이 모두 바보였다는 얘기다. 우리의 백곰 개발에 화들짝 놀란 미국이 강력 항의를 하기도 했는데, 미국의 군과 정부, 정보기관 역시 모두 바보 멍청이였다는 얘기다. 아니면 내가 인류 역사상 최고의 사기꾼이 되어야 한다. 하지만 이런 사기죄로 처벌을 받은 사람은 나를 비롯하여 아무도 없다. 백곰이 정말 가짜였다면, 정권과 감사원과 검찰이 모두 바보이거나 나와 한통속이었다고 해야 말이 된다. 어떻게 해도 말이 되지 않는다.

게다가 백곰은 단기간의 연구개발을 통해 1982년 10월에 개량형 NHK-2가 완성되고 합참의장이 보는 가운데 성공적인 시험발사까지 완료했다. 1978년 완성된 1세대 백곰의 개발이 없었다면 도저히 불가능한 얘기다. 또 1983년 일어난 아웅산 사태를 계기로 전두환 정권은 유도탄 개발 사업을 재개하는데, 이때도 백곰 NHK-1의 개발과 개량 사업 NHK-2의 경험이 있었기에 1년도 되지 않아 '현무'가 탄생할 수 있었던 것이다. 그러니 백곰이 가짜였다는 얘기는 성립할 수 없는 주장임이 명백하다.

그럼에도 누군가가 이런 소문을 만들어냈다면, 이는 정치적인 동기에서 비롯된 것이거나 개인적인 원한에 따른 것임이 분명하다. 혹은 그 둘의 합작일 수도 있는데, 보다 구체적인 추론은 뒤에서 다시 이어가기로 한다.

미국의 압력에 따른 고육책?

둘째, 유도탄 개발을 중단한 건 '미국의 압력 때문'이었을 것이라는 설명이 있다. 정권의 기반이 취약했던 전두환 정권이 미국의 압력에 굴복한 결과라는 해석이다. 당시의 국내외 정세를 두루 감안할 때 나름대로 설득력이 있는 설명이다. 그래서 많은 학자들이 이런 류의 해석을 채택하는 듯하다. 하지만 내 생각에는 그다지 설득력이 없다.

물론 박정희 대통령 재임 당시 미국이 한국의 장거리 유도탄 개발을 적극 저지하려 한 것은 사실이다. 그러나 그 핵심은 핵탄두다. 한국이 핵을 개발하고 장거리 유도탄을 보유하게 되면 중국이나 일본 등 동남아 국가에 위협이 되고 북한을 자극할 것이 분명하기 때문에 미국은 적극적으로 한국의 핵 개발을 저지하였다. 미국의 이런 압력으로 박정희 대통령은 실제로 핵 개발 프로그램을 중간에 포기하였다. 이런 압력은 당연히 신임 전두환 대통령에게도 가해졌을 것인데, 정권의 정당성 기반이 취약해서 미국의 지지가 절대적으로 필요했던 전두환 대통령 입장에서는 이를 거부할 수 없었을 것이다. 하지만 이런 설명은 핵 개발에 한정되는 것이지 유도탄에 대해서는 통하지 않는다. 미국의 이런 입장은 1983년의 아웅산 사태 직후 전두환 정권이 다시 유도탄 개발을 추진했을 때 미국이 아무런 제지를 하지 않았다는 것으로 입증된다. 미국은 우리의 핵 개발을 저지하는 것이 목적이지 유도탄 개발 자체를 저지하려던 것이 아니었다. 그러므로 정권의 출범 조건으로 미국이 유도탄

포기를 요구했을 것이라는 식의 해석은 과도한 것이다.

다만, 전두환 정권이 알아서 미리 미국에 충성을 맹세했을 수는 있다. 한국, 아니 전두환 정권이 핵에 전혀 관심이 없다는 것을 보여주기 위해 필요 이상의 성의를 표한 것일지 모른다는 얘기다. 그렇지 않고서는 한국이 유도탄 개발 능력을 완전히 폐기해야 할 이유가 전혀 없었다.

만약 실제로 전두환 정권이 이런 과잉 충성을 위해 ADD의 연구원들을 숙청한 것이 사실이라면, 그 결정권자들의 비열함은 더욱 가중될 수밖에 없다. 자기네 정권의 창출과 유지를 위해 10여 년의 국가적 노력을 물거품으로 만들고, 자주국방의 기틀을 무너뜨리고, 거짓 선전과 선동으로 죄 없는 사람들을 죄인으로 낙인찍었기 때문이다.

군 중심의 ADD 회귀 전략?

ADD의 내부자가 아니면 쉽게 생각하기 어려운 세 번째 이유도 있다. 바로 ADD 내부의 알력과 관계된 문제인데, 군 출신의 관리자들이 혼란과 공백을 틈타 해외 출신 민간인 박사 그룹을 몰아내고 ADD를 군인 중심 조직으로 재편하는 과정에서 일련의 사태가 벌어졌다고 보는 것이다.

박정희 대통령이 ADD를 창설할 당시의 개념은 국방연구 분야에도 KIST와 같은 민간인 중심의 수준 높은 연구소가 있어야 한다는 것이었다. 그 이전의 국방부 소속 연구소는 초대 신응균 소장이 이임 시에 언급한 대로 주로 군인 중심으로 조직되고 운영되었기 때문에 우수한 인력의 확보에 여러 제약과 한계가 있었다. 따라서 박 대통령은 새로 창설되는 ADD는 KIST의 사례처럼 우수한 인력을 미국 또는 해외로부터 충원하여 운영되기를 원하셨다.

하지만 실제 ADD가 창설되고 신응균 초대 소장이 이끌던 시기의 연구소는 대부분 군 출신으로 구성되고 민간인은 극히 소수에 그쳤다. 후임이 된 심문택 소장은 이를 개선하기 위하여 군 출신 가운데 공학계 박사를 제외한 연구소원 대부분을 퇴출시키고, KIST와 같이 민간인 중심으로 연구소를 재편하였다.

이처럼 군 중심의 연구소를 민간인 중심의 연구소로 재편하는 과정에는 당연히 군 출신의 반발이 따랐다. 특히 2차 숙청을 단행하고 유도탄 개발 사업을 좌초시킨 김성진 박사의 경우 신응균 소장 재임 당시부터 KIST의 김재관 박사와 사적인 감정이 싹트기 시작했는데, 김재관 박사가 ADD의 부소장으로 오면서 그런 감정이 외부로까지 표출되기 시작하였다.

다행히 나중에 김재관 박사가 상공부로 이직을 하게 되면서 일단 표면적으로는 반감이 가라앉았으나, 연구소 내에는 항상 그런 기류가 존재했었다. 공군 출신 한필순 박사의 연판장 사건도 그런 알력 문제의 한 사례라고 볼 수 있다. 한필순 박사는 당시 미국에서 온 해외 유학파인 차철영 박사와 의견 충돌이 잦았는데, 결국 군 출신 연구원들이 주동이 되어 차철영 박사를 퇴출시키기 위한 연판장을 제출하였고, 실제로 차철영 부장이 퇴직하게 되었다. 이와 같이 군 출신과 해외 유학파 연구원 간에는 항상 알력이 존재하였던 것이 사실이다. 김성진 박사는 본인이 소장이 되자고, 또 군 출신의 영향력 강화를 위하여, 미국의 압력이라는 이유를 명분으로 필요 이상의 숙청을 했던 것은 아닌지, 의문을 가지지 않을 수가 없으며, 이제까지의 실적을 폄하할 필요가 있었을지 의심이 간다.

비극에 대한 추론

백곰 가짜설은 앞에서도 짧게 설명하였는데, 이 성립하기 어려운 주장이 누구에 의해 처음 제기되고 확산되었는지 조금 위험한 추론을 해보려고 한다.

20년 지속된 가짜 주장

1998년 5월 16일의 일이다. 백곰의 시사회가 있던 때로부터 무려 20년의 세월이 흐른 뒤였는데, 5·16민족상 과학부문 수상자로 필자가 선정되어 부부 동반으로 서울 시내의 모 호텔에 가게 되었다.

수상자들을 위해 준비된 좌석에 앉았더니 이 상의 창립자인 김종필 전 총리가 앉아계셨다. 간단한 수인사가 끝난 뒤 김 전 총리가 나를 보며 이렇게 말씀하셨다.

“자네가 개발했다는 유도탄, 거 가짜라면서?”

아연실색했다. 그날 내가 상을 받게 된 이유가 바로 백곰 개발 덕분인데, 그 상의 설립자 말이 백곰이 가짜란다. 충격이었다. 김 전 총리는 빙그레 웃기만 할 뿐 그 이상 언급은 하지 않으셨다. 아마도 그러한 소문이 돈다는 사실을 내게 알려주시려는 의도로 말을 꺼낸 것이 아닌가 싶었다.

사실 나는 그때까지 백곰 가짜설에 그다지 큰 신경을 쓰지는 않았다. 물론 내가 숙청될 당시에도 이미 그런 소문이 어렴풋이 들리긴 했지만 하도 어이가 없는 얘기라 그냥 나를 쫓아내기 위해 임시방편으로 지어낸 소문이려니 생각하고 무시했다. 그런데 김종필 전 총리의 전언을 듣고 보니 그리 간단한 문제가 아닌 모양이었다.

그 후 실제로 수소문을 해보니 백곰 가짜설은 일시적인 소문이 아니라 많은 사람들이 긴가민가할 정도로 꽤 광범위하게 퍼진 얘기였음을 알게 되었다. 우선 전두환 대통령이 ADD 초도 방문 때 당시 서정욱 소장에게 가짜 유도탄 문제를 추궁하였다고 한다. 이 시점에서는 전두환 대통령이 백곰 가짜설을 꽤 신뢰하고 있었다는 얘기다. 하지만 그 이전 시기, 그러니까 박정희 대통령이 살아계실 때의 전두환 장군은 백곰의 개발 과정과 그 성과에 대해 누구보다 잘 이해하고 있었다는 것이 나의 판단이다.

실제로 전두환 소장은 보안사령관에 취임하자마자 유도탄 개발을 하고 있던 대전기계창으로 내려왔다. 그는 나와 함께 아침 9시부터 저녁까지 연구소를 두루 시찰했는데, 나는 어느 부분이 어떻게 국산화되고 있는지 실물을 보여주며 자세히 설명했다. 그러자 그는 "자주국방 의지와 기술에 감탄했다"면서 "앞으로 기회가 있을 때마다 와서 배우겠다"고 했다. 그리고는 ADD에 보안사 요원 10여 명을 파견부대 형식으로 상주시키고 일일 보고를 받았다. 그러니 전두환 보안사령관은 ADD나 유도탄 개발에 대해서는 누구보다도 속속들이 알고 있었다고 보아야 한다.

그러던 그가 대통령 취임 전후로 갑자기 백곰 가짜설에 기울어졌다는 것이다. 그렇다면 이는 그 사이에 누군가 그에게 백곰 가짜설을 주입시켰다는 얘기다. 그게 누구였을까?

또 ADD에서 대규모로 숙청이 진행될 때에도 역시 백곰 가짜설이 근거였다고 했다. 엉터리 모조품을 만들어 대통령을 속이고 혈세를 낭비했으니 그 연구원들도 책임을 지는 것이 마땅하고, 그 프로젝트는 중단시키는 것이 당연하다는 논리가 ADD 내부에 퍼져 있었다는 것이다. 그렇다면 숙청을 주도한 사람이 그렇게 믿고 있었다는 말이 된다. 가짜 백곰설과 ADD의 숙청 문제에 대해서는 오원철 수석의 자서전에도 자세히 기록되어 있다. 먼저 심문택 소장과 나를 포함하여 유도탄 개발의 핵심 요원들을 숙청한 제1차 숙청 무렵의 일을 오원철 수석은 이렇게 정리한다.

> 그해 10월 26일 박 대통령이 시해당한 후, 전두환 장군은 12 · 12사건을 거쳐 80년 국보위 상임위원장에 취임했다. 그리

고는 공개 석상이나 비공개 석상에서 "한국형 유도탄은 엉터리였다. 미국 것에 페인트칠만 했다. ADD 기술자들은 수천억원의 예산만 낭비했다"라는 발언을 했다. 이 발언은 곧이어 가짜 유도탄 소동으로 번지고 ADD에서는 숙청 바람이 불었다. (중략) 이것이 제1차 숙청이었다.[27]

이어지는 제2차 숙청에 대해서는 최호현 박사의 회고를 소개하고 있는데, 최 박사는 백곰 개발 당시 유도조정을 맡았던 연구원이고, 내가 그만둔 뒤에는 백곰의 개량과 현무 유도탄 개발을 이끌었다. 오 수석이 전하는 최호현 박사의 회고는 이렇다.

전두환 행정부 시절이다. 1982년 K-2(현무) 유도탄을 만들어 시험발사 준비를 하고 있는데 D데이(10월 30일) 3일 전에 합참에서 연락이 왔다. 김윤호 합참의장이 참관하겠다는 것이었다. D데이 당일 그에게 브리핑을 하고 발사를 했다. 결과는 설계치보다 더 정확하게 목표물에 명중됐다. 엄청난 성공이었다. 김 합참의장은 그 자리에서 흥분하면서 서정욱 소장에게 "바로 이런 연구를 국방과학연구소에서 해야 한다. 이런 일을 하려면 배짱이 있어야 하는데 내 배짱으로 밀어줄 테니 열심히 하라"는

---

27 오원철, 앞의 책 제5권, 544~545쪽.

것이었다. 그는 점심 식사 자리에서 "최 박사! 훈장을 타게 해주겠소"라고까지 했다. 4년 전 기본형(백곰)을 만들 때 박 대통령으로부터 이미 받았다고 했더니 "그래도 또 줄 테니 신청하시오"라고 해서 훈장 신청을 했다.[28]

하지만 오원철 수석의 전언에 따르면 최호현 박사는 훈장을 받지 못했다. 게다가 김윤호 합참의장은 나중에 완전히 상반된 이런 발언도 했다고 한다. 역시 오원철 수석이 전하는 김윤호 합참의장의 발언 내용이다.

그때 대덕의 ADD에서는 지대지 미사일을 개발했다며 자랑이 대단했다. 사정거리가 2백 킬로미터나 된다는 것이다. 그래서 대덕에서 2백 킬로미터 떨어진 해안까지 쏘아서 목표물을 맞출 수 있는가 알아 볼테니 준비해두라는 지시를 내렸다. 한 달 후 ADD에 가서 약속된 대로 쏘라고 하니까 한미간 협조가 안 돼서 쏠 수 없다는 소리였다. 무슨 소리를 하느냐고 호통을 쳤더니 그제야 자신이 없다고 실토를 하는 것이었다. 당장 서울로 올라와 전두환 대통령께 보고했다. 전 대통령은 "그러지 않아도……" 하면서 "나도 항시 의심을 갖고 있었는데 합참의장 보

28 오원철, 앞의 책 제5권, 545쪽.

고가 맞구만. 실력도 없는 사기꾼들이야"라면서 "당장 그 팀을 해산시키라"고 지시했다.[29]

김윤호 전 합참의장의 말에 따르면 백곰 가짜설에 대해 전두환 대통령이 반신반의하고 있었는데, 자신의 보고로 확신을 가지게 되었다는 것처럼 이해된다. 하지만 김 합참의장의 말은 처음부터 끝까지 거짓이기 때문에 의미를 두기 어렵다. 그가 왜 이런 거짓말을 지어내 퍼뜨렸는지 이해하기 어려운 일이다.

게다가 김 합참의장은《월간조선》1993년 7월호에 실린 "율곡사업을 고발한다" 인터뷰에서 자신이 현무의 시험발사 현장에 갔던 사실까지 부인했다고 한다. 당연히 최호현 박사의 반박이 나올 수밖에 없는데, 오원철 수석이 전하는 최호현 박사의 반박 내용은 이런 것이다.

여기에 대해서 최호현 박사는 "김윤호 의장은 수행원 2명을 대동하고 왔는데 ADD의 방명록 명단에도 명백히 기록돼 있다. 당시 합참 연구개발과장이었던 조동호 대령(현 삼양화학 전무)도 수행했는데 그때 사정을 소상히 기억하고 있다. 그리고 그날 오전 10시 30분에 시험발사를 했는데 당시의 발사 기록이 모두

29 오원철, 앞의 책 제5권, 545쪽.

보관돼 있다"면서 김 의장이 끝까지 부인하면 고발도 서슴치 않겠다고 한다.[30]

이처럼 김윤호 합참의장의 이해할 수 없는 언동이 있은 후 ADD에는 김성진 박사가 신임소장으로 부임했다. 안기부에 있을 때 400명의 직원을 숙청한 그가 신임소장으로 오면서 ADD에서는 제2차 숙청이 진행되었는데, 그 초반의 상황을 홍판기 당시 부소장은 이렇게 회고했다고 한다.

김 소장이 발령받은 날, 나는 김 소장 집으로 찾아갔다. 그랬더니 김 소장의 첫 말이 "ADD 요원의 3분지 1을 감원하겠다"는 것이었다. 당시 ADD 총원은 2,400명이니 3분지 1이라면 800명이나 된다. 그래서 직원 800명이라면 가족까지 합치면 4,000여 명이나 된다. 이 사람들의 생계를 생각해 주어야 하지 않겠는가 하며 적극 만류했다. 그랬더니 나보고 "당신은 지금 부소장 입장에서 이야기하고 있는 것 같은데 서 소장과 당신, 그리고 구상회 박사 3명은 내일 부로 연구위원으로 발령하겠소"라고 했다. 즉 ADD 운영에 대해서는 일절 상관치 말라는 뜻이었다.[31]

30 오원철, 앞의 책 제5권, 546쪽.

31 오원철, 앞의 책 제5권, 547쪽.

이어 실제로 진행된 제2차 숙청의 과정을 오원철 수석은 이렇게 전하고 있다.

> 다음 날부터 숙청에 들어갔는데 총 800여명을 감원함으로써 ADD를 마비시켜 버렸다. 여러 해에 걸쳐 엄청난 비용을 들여 양성한 유능한 인재들이 이때 ADD를 떠나게 됐다. 특히 유도탄 연구팀은 아예 없애고 말았는데, 이때 K-2 유도탄의 개발 책임자였던 최호현 박사도 포함됐다. 그리고는 선행연구만 하라는 지시가 떨어졌다. 선행연구란 실물은 다루지 말고 책이나 읽고 있으라는 뜻이다. 이로써 우리나라의 유도탄 개발사업은 완전히 문을 닫게 됐다. 1982년 말의 일이었다. 참으로 불가사의한 일이 일어났던 것이다. 여기에 대해서는 지금 현재까지도 정확한 진실은 알려진 바가 없다.[32]

그나마 위안이 되는 것은 자의반 타의반으로 사표를 냈거나 쫓겨난 연구원, 기술자들이 거의 모두 대학의 교수, 또는 민간 기업의 연구소장, 또는 임원으로 우리나라에 남아 있어 국가 발전에 기여하고 있다는 점이다. 무기 개발 측면에서 보면 10여 년 이상 뒤처지게 됐지만 그래도 나라 발전에는 도움이 되었으니 그나마 다행이라 하겠다.

---

32 오원철, 앞의 책 제5권, 547쪽.

대통령이 존경한 친구

가짜 백곰설 문제에서 가장 핵심이 되는 것은 누가 전두환 장군을 설득시켰는가 하는 점이다. 앞에서도 소개한 것처럼, 전두환 장군이 보안사령관으로 임명되자마자 방문한 곳이 대전기계창이었다. 당시 박정희 대통령의 가장 큰 관심사였기 때문에 그는 하루를 대전기계창에서 보내며 모든 현장을 다 시찰하였다. 그런 사람을 누가 어떤 방식으로 설득하여 백곰을 가짜라고 믿게 하였을까?

이를 가능하게 할 수 있는 인물은 대한민국에서 오직 김성진 박사 한 사람뿐이다. 김성진 박사는 전두환 대통령의 육사 11기 동기생이자 수석졸업생이다. 또 전두환 대통령이 자칭 존경하는 인물이다. 뿐만 아니라 김성진 박사는 ADD 창설 멤버다. 따라서 ADD에 관한 한 전두환 대통령은 전적으로 김성진 박사를 믿을 수밖에 없었다. 팥으로 메주를 쑨다고 하더라도 말이다.

김성진 박사는 ADD를 군 주도의 연구소로 재편하기 위해, 다시 말해 민간 연구원들을 제거하기 위해 가짜 유도탄 설을 제기하고 전두환 대통령을 납득시켰을 가능성이 있다. 다만 김성진 박사가 나이키 허큘리스에 페인트를 칠하여 시사회 때 발사했다고 말하지는 않았을 것으로 여겨진다. 그건 누군가에 의해 다시 덧붙여진 이야기일 것이다. 아마도 그는 서울기계창에서 일찍이 본인이 그랬듯이, 대전기계창에서도 우리가 나이키 허큘리스를 역설계하여 백곰을 만든 것이라고 짐작했을 수 있다. 말하자면 우리가 모조품을 만든 것으로 믿고, 모조품은 실제 작전 배치를 할 수 있는 무기가 되기 어렵다는 취지로 말했을 가능성이 높다. 그리고 전두환 대통령은 이를 다짜고짜 가짜 유도탄으로 이해하였을 것이다.

아무튼, 김성진 박사가 임기 도중의 서정욱 소장을 퇴진시키고, 본인이 직접 ADD 소장으로 와서 한 일들은 도저히 이해할 수도 없는 일이거니와 용서할 수도 없는 일이다. 왜 신군부가 실권을 장악하고 제일 먼저 수행한 일이 자주국방의 핵심인 국방과학을 소멸시킨 일일까? 이걸 납득할 수 있는 국민이 과연 얼마나 될까.

나의 추론과 주장만으로는 부족하다. 국방부는 과거사위원회를 만들어 이 문제를 명확하게 소명해야 한다. 대한민국 군 역사상 최악의 사건 중 하나가 이것이다. 단순히 퇴직자들의 명예 회복 문제가 아니다. 이 문제를 정확히 파악함으로써 앞으로 다시는 이러한 비참한 사태가 재발하지 않도록 막아야 한다. 국력을 낭비하고 자주국방의 기틀을 무너뜨린 사람들에게는 응분의 대가를 지불케 해야 한다. 그래야 앞으로라도 위정자들이나 속칭 우리 사회의 리더라는 사람들이 역사 무서운 줄을 알게 될 것이다. 유야무야 덮어둘 일이 아니다.

에필로그

박정희 대통령의 18년 통치에 대한 공과는 필자가 판단할 수 있는 영역이 아니다. 한두 마디로 정리되기도 어려울 것이다. 하지만 마지막 10년 동안 그가 추진한 자주국방에 대해서라면 당시로서는 꿈으로만 여겨졌던, 장거리 전략 미사일 개발을 추진했던 나도 그의 자주국방 철학을 공유했다고 자부한다. 박 대통령의 자주국방에 대한 이야기는 너무도 많이 알려져 있다. 특히 중공업육성과 미사일 개발에 대해 오원철 전 경제2수석과 구상회 박사의 이야기가 많이 인용되고 있지만 많은 오류가 있는 것을 발견하여 이책을 통해 후세에 제대로된 사실을 전해 보고자 이책을 썼다. 중공업정책 추진과 미사일 개발을 같은 기본 철학의 관점에서 논해야만 한다.

미군이 이 땅에서 철수하기 위해 짐을 꾸리고 있고, 북한의 야욕과 도발이 나날이 노골화되던 1969년부터 1979년까지, 박정희 대통령의 유일한 목표는 '자주국방'에 놓여 있었다. 이 시기는 우리나라의 중공업이 기틀을 다진 시기이기도 한데, 이 역시 자주국방과 무관하게 추진된 사업이 아니었다. 자주국방을 위해 중공업이 필요했고, 중공업이 일어나야 자주국방의 임무를 완수할 수 있었다.

그렇다고 박정희 대통령이 전쟁의 승리만을 염원했던 것은 아니다. 그는 우리가 생각하는 이상으로 멀리 보고 크게 생각하는 스타일이어서, 그때 이미 "싸우지 않고 이기는" 전략을 생각하고 있었다. 소총 한 자루 제대로 만들지 못하는 나라에서 유도탄과 핵 개발까지 구상했던 이유가 이것이다. 하지만 그의 참모들을 비롯하여 많은 사람들이 대통령의 이런 진심을 제대로 이해했는지는 의문스럽다.

아무튼 박 대통령의 그 마지막 10년 동안에, 나는 미국에서 귀국하여 여전히 위기에 처한 우리나라를 위해 일할 기회를 얻었고, 최선을 다해 주어진 임무를 수행했다. 우선 중공업 육성의 첫 밑그림을 그리는 일에 참여했고, 나중에는 단군 이래 최대의 연구개발 사업인 유도탄(백곰) 개발 사업을 진두지휘했다. 우여곡절도 많았고 파란도 많았지만, 다행히 대통령이 원하는 그림을 그려내고, 군과 국민들에게 큰 힘이 되는 성과를 창출할 수 있었다. 그런 면에서 보면 대체로 아쉬울 게 없는 한 시절이었다.

하지만 끝이 좋지 않았던 탓에, 여러 문제를 두고 오랫동안 미련과 잡념에서 완전히 벗어날 수는 없었다. 가짜 백곰설에 시달렸고, 나와 함께 누명을 쓰고 쫓겨난 연구원들 때문에 밤잠을 설쳐야 했다.

그런데 최근 그런 번민을 씻어내보기 위해 내 나름대로 과거를 정리하다가, 더욱 기가 막힌 현실을 목도하게 되었다. 세계 최고가 된 조선산업 등 우리나라 중공업의 발전 과정이나, 불가능을 가능케 만들었다는 평을 듣게 된 백곰의 개발과 관련하여 내가 아는 상식이나 경험과는 너무나 다르고 동떨어진 이야기들이 너무나 버젓이 세상에 떠돌고 있는 현실을 알게 된 것이다.

다소의 중언부언에도 불구하고 내가 이 책을 쓰게 된 이유가 이것이다. 나의 경험과 내가 아는 사실 관계를 먼저 제시하고, 이와 다른 주장을 펴는 사람들의 논리와 거짓을 반박하여, 무엇이 진실이고 무엇이 허풍인지를 명백하게 정리하고 싶었다. 물론 그렇게 된 부분도 더러 있지만, 여전히 흑백을 구분하기 어려운 부분도 남아 있다고 여겨진다. 이는 눈 밝은 독자들이 새겨가며 읽어야 할 것이다. 이 책으로 잘못 알려지고 왜곡된 사실들이 조금이라도 바로 잡혀서, 훗날의 역사 기록에 미력하게라도 도움이 된다면, 이 또한 다행한 일이 아닐 수 없겠다.

끝으로 자료조사와 감수를 도와준 안동만 박사(전 ADD소장)와 한홍섭 박사의 노력에 감사를 표한다.

부록 I
백곰 개발 주역들의 간단한 소개와 소회

백곰을 개발하는데는 약 800여명의 연구 인력이 참여하였다. 모든 사람들의 활약을 여기에 담는데는 한계가 있어 당시 분야별 주요 책임자들 중에서도 연락이 닿는 소수의 인원에 대해서만 소개할 수 밖에 없어 안타깝게 생각한다. 몇몇 분은 이미 고인이 되어 그분들의 소회조차 실을 수 없어 미안함을 느낀다.

이경서(저자)

1979. 07. 03. '백곰' 유도탄 개발 공로로 대통령 표창을 받는 필자

서울역사박물관에 전시된 '백곰' 유도탄의 축소 모형 앞에서

강인구(작고)

해군사관학교를 9기로 졸업하고, 미 해군 Post Graduate School에서 석사학위를 취득하고, New Mexico 대학교에서 전자공학 석사와 박사학위를 취득했다.

1959~1972년 해군사관학교 교수로 재직하였으며, 1973년부터 ADD 백곰 개발팀에 참여하였다. 1973부터 1982년까지 책임연구원으로 재직하면서 장거리 지대지미사일(백곰) 개발 사업의 시스템 통제단장으로 개발 계획을 총괄하였다. 미사일과 같은 대형 연구개발 사업에서는 체계설계종합(System Design and Integration)이 매우 중요한데, 이러한 System Engineering을 최초로 적용한 백곰 개발에서 우리나라에 이 제도를 정착 시키는 역할을 하였다. 특히 초기 백곰의 비행시험 실패 때에는 해군의 협조를 받아 안흥 앞바다에서 파편들을 수거하여 실패 원인을 분석하는 데 큰 공헌을 하였다.

1982년 ADD 강제 퇴직 후에는 금성사 중앙연구소 소장으로 일했다. 1983~1991년에는 연암공과대학 교수로 재직하였으며, 1995년부터 2003년까지 학장을 역임하였다.

보국훈장 천수장(1974)을 수상했다.

홍재학

공군사관학교를 졸업하고 서울대학교 공과대학에서 항공공학을 전공했으며 미국 Texas A&M 대학교에서 항공우주공학 석사와 박사학위를 취득했다.

1959~1972년 공군사관학교 교수로 재직하고, 1972~1982년 국방과학연구소에서 책임연구원 부장으로 재직하면서 장거리 지대지 미사일(백곰) 개발 사업의 개발 계획 수립 초기부터 참여하였으며, 개발 과정에서는 기체 분야를 담당했고, 시험포대 창설을 위하여 미사일 양산 책임자로 활동했다. 또 제트엔진을 장착한 기만용 무인항공기(솔개) 개발 사업의 책임을 맡았다.

1983~1991년 단국대학교 교수로 재직하였으며, 1991~1996년 한국항공우주연구소 소장을 역임하면서 항공우주 과학기술 기반을 구축하는 데 주력하였고, 과학 로켓 개발, 중형항공기 개발, 다목적 실용 위성 개발 등 대규모 국책 연구개발 사업을 추진하고, 우주개발 중장기 종합계획 등 국가 장기계획을 수립했다.

1987년 한국항공우주학회 회장, 1993~1996년 항공우주산업정책심의회 위원, 1995~1996년 과학기술부 다목적 실용위성 추진위원회 위원 등을 역임했으며, 국방부장관상(1956), 보국훈장 삼일장(1974), 보국훈장 천수장(1979), 국무총리 표창(1997)을 수상했다.

최호현(작고)

해군사관학교를 11기로 졸업하고, 미국 해군의 Post Graduate School에서 석사 학위를 취득하였으며, 캐나다 Saskatchewan 대학교에서 전자공학 박사학위를 취득했다.

1959~1972년 해군사관학교 교수로 재직하던 중 1972년 이경서 박사의 항공공업계획 팀에 참여하였다. 1973~1982년 국방과학연구소에서 책임연구원 부장으로 재직하면서 장거리 지대지 미사일(백곰) 개발 사업의 유도조종 분야 개발을 담당했다. 1978년 백곰 시사회가 성공하기 전부터 백곰의 개량형(NHK-II)의 관성항법장치(INS) 도입을 추진하였다. 1980년 신군부에 의해 심문택 소장과 이경서 창장이 퇴직한 후에는 NHK-2 개발 책임자을 맡아 1982년 시험 발사에 성공하였으나, 신군부에 의해 개발 사업은 중단되고 강제 해직되었다.

1983년 이후 LG산전의 연구소장을 역임하였다.

백곰 개발 유공자로 보국훈장 천수장(1974)을 수상했다.

구상회

해군사관학교를 11기로 졸업하고, 미 해군 Post Graduate School에서 석사를 취득하고, 이어서 캐나다 Saskatchewan대학에서 물리학 박사학위를 취득했다.

1959~1970년 해군사관학교 교수로 재직하였다. 1970년에는 ADD 창설 준비 멤버로 파견되어 신응균 초대 소장을 도와 국방과학연구소 설립 초기에 각종 제도와 조직을 정비하는 데 큰 기여를 하였다. 1971년말 번개사업에서는 3.5인치 로켓발사관을 국산화하였으며, 모방개발 후 사격 시험 시에는 직접 사격을 하였다. 이후 로켓개발실(4부1실장)을 맡아 2.75인치 백린탄, 3.5인치 대전차로켓 등을 개발하였다.

1972년 이경서 박사팀의 항공공업육성계획 수립에 참여하였다. 이 기간에 미국 알라바마주 Huntsvill에 있는 미육군 MICO(US Army Missile Command)의 유도무기연구소에 파견되어 미사일 관련 자료를 수집하였다.

1975년부터는 대전기계창 시험평가부장을 거쳐 종합시험단을 창설하고 초대 단장이 되었다. 이후 1978년의 백곰 개발 시험에 필요한 시설 장비를 확보하였다. 이 미사일 시험장은 현재도 ADD의 각종 무기체계 개발에 활용되고 있는 국가 시험장이 되었다.

1979년에는 서울창장과 연구위원을 역임하였다. 1982년 아웅산 사태 후 현무 개발이 재개되었을 때 개발 책임자로 일하였으며, 후에 연구소 부소장을 역임하고 퇴임하였다.

1990년 정년퇴임 후에는 일해재단 연구원으로 일하였다.

백곰 개발 유공자로 보국훈장 천수장(1974)을 수상했다.

박귀용(작고)

(기계) 중령 박 귀 용

공군사관학교를 3기로 졸업하고, 서울대학교에서 기계공학 석사를 취득했다.

1970년대 초 과학기술처의 과제로 로켓 개발을 추진하여 우리나라의 더블베이스 추진제를 처음으로 개발하였고, 성무호 무유도 로켓 개발을 주관하였다.

1973년부터 공군사관학교 기계과 교관 재직 시 ADD에 파견되어 백곰 미사일 개발에 참여하였으며, 1976년부터 추진기관부장과 각종 무유도로켓(황룡, 구룡, KLAW) 개발부장을 맡아 성공적인 개발을 완수하였다. 특히 구룡 다연장 로켓은 양산하여 군에 배치한 최초의 백곰 패밀리이다. 구룡은 우리나라 로켓으로는 최초로 《JANE's All the World's Weapon》지에 수록되었다. 1980년대 초에는 사거리와 발사관이 개량된 개량형 구룡II로 발전하여 현재도 우리 군이 사용 중에 있다.

백곰 개발 유공자로 보국훈장 삼일장(1979)을 수상했다.

목영일

1936년생으로 미국 듀퐁사 중앙연구소의 책임연구원으로 일하던 중에 1974년 국방과학연구소 항공공업팀에 합류하였다.

우리나라에서 불모지였던 고체 추진제 개발을 주도하여 백곰 개발의 성공에 기여하였다.

고체 추진기관은 미국 LPC에서 도입하였으나, 추진제 제조 기술은 미 국무성의 수출제한(Export License; E/L) 제도로 기술 도입이 어려워 불란서의 SNPE사로부터 도입하였다. 1975년부터 2년간 대전기계창 추진기관부장을 역임하면서 LPC의 장비 이전 설치를 지휘하였다.

1978년 ADD 퇴직 후 아주대학교 화학과 교수로 부임하였으며, 이후 아주대학교 국제대학원장, 유네스코 한국위원, 한국화학공학회장 등을 역임하였다.《예수의 마지막 오딧세이》라는 저서가 있다.

백곰 개발 유공자로 보국훈장 삼일장을 수상하였다.

김연덕
: 90이 넘은 노병의 넋두리

경기고등학교를 졸업한 후에 서울대 공대 기계공학과를 졸업하고 KIST 공작실에 근무하던 중 1974년부터 미국의 LPC 장비 이전을 책임 수행하기 위해 백곰 유도탄 개발에 합류했다. 1975년부터 1976년에는 새로 건설된 대전기계창에 LPC 장비 이전 설치를 책임지고 완수하였으며, 1976년에 완공된 대전기계창 기계가공공장은 당시로는 최첨단 금속 가공 공법을 개발하여 백곰 기체의 Al합금 용접, 열처리, 소성가공 기술 등과 추진기관 모터의 특수강 롤링, 용접, 열처리, 선반가공, 비파괴검사 기술 등을 개발하여 백곰의 모든 금속 부품을 가공하는 기술 개발은 물론 기술이 부족한 업체에 첨단 가공기술을 이전하였다. 이 기술 이전은 우리나라 초창기의 기계공업 발전에 큰 기여를 하였다.

이러한 첨단 기계가공 기술의 개발은 백곰의 성공에 밑거름이 되었으며, 1979년 보국훈장 삼일장을 수상하였다.

추진제 공장의 시설 인수

1974년 후반 LPC사(Lockheed Propusion Company) 추진제 공장 시설을 인수하고자 직원 몇 명과 미국 현지(Redland, California)에 갔다. 가보니 한국으로 갈 물건에는 태극 마크가 인쇄된 조그마한 흰 종이가 붙어 있었다.

그곳에는 이미 시설 철거업자 일행과 포장업자 일행이 대기하고 있었다. 나는 태극 마크가 붙어 있지 않아도 필요할 것 같은 물건을 이것저것 포장 장소로 모아오게 했다. 그들에게 한국에서 가져간

조그마한 선물들을 주면서 환심을 샀다.

그러나 공장의 책임자는 태극 마크가 없는 것은 손도 못대게 하여 나와 잦은 충돌이 생겼다. 하루는 수리를 하려고 했는지 선반 몸체와 공구대가 따로 있었고, 몸체에는 마크가 붙어 있지만 공구대에는 붙어 있지 않다며 공구대는 싣지 못하게 하여 나는 화가 났다. 당신이 자동차를 샀는데 펑크가 나서 수리하려고 빼놓은 바퀴에 마크가 없다고 못가져간다면 말이 되는 것 같냐고 항의를 한 적도 있다.

특히 추진제 믹서가 있는 건물에는 높은 건물 사방에 여기저기 방폭등이 설치되어 있는데 이것들에는 마크를 붙일 수도 없는 위치라 전혀 마크가 붙어 있지 않았다. 업자들도 떼내기가 힘든 위치라 손을 대지 않으려고 한다.

나는 처음에 방폭등이라는 것이 무엇인지 보지도 듣지도 못했고 우리나라에서는 구할 수도 없는 것인데, 알고 보니 믹서를 가져가서 설치할 건물에 이것이 없어서 작업도중 실수를 하면 큰 폭발이 나니 없어서는 안 될 물건이었다. 강력히 우겨서 그나마 가져오게 된 것을 천만다행으로 생각한다.

팔자에 없는 연구소 부소장직

새로 생기는 국책연구소의 기술담당 부소장으로 오라는 제의를 받았다. 나는 선뜻 승낙하고 회사에는 사표를 냈다. 그러나 강력한 거부와 여러가지 압력이 들어와 나도 하는 수 없이 포기를 했다. 이것이 이루어졌더라면 몇 년 후에 닥쳐올 감원의 슬픔과 분노, 억울

함 등을 맛보지 않아도 됐을 텐데……, 팔자소관으로 생각할 수밖에 없지 않은가.

박사님들의 숲에서

ADD에는 박사님들이 우글우글했다. 이 속에서 박사가 아닌 내가 지내려니 얼마나 힘이 들었겠는가. 그래도 학교 선배랍시고 많은 후배님들이 받들어주어 그럭저럭 버텨왔다.

나는 어릴 때부터 '박사'라고 하면 전문지식은 물론 인성과 인격 등 모든 것이 완벽한 것으로 생각하고 숭배해왔다. 많은 일반인들도 나와 같은 생각일 것이다.

학교에서 인성교육까지는 시키지 않는다. 따라서 전문분야 외에는 자기 스스로가 배우고 익혀 나가 일반 사람들이 우러러보는 인격과 좋은 인성을 형성해 나갔으면 얼마나 좋을까 생각한다.

김정덕

: 백곰 개발과정에서 느낀 교훈

육군사관학교 20기로 임관 후, 1971년 6월 미국 조지아공대에서 전자공학 박사학위를 받고 귀국한 뒤 육사 교관으로 재직 중에 1972년 5월부터 ADD 내 항공공업육성팀에 파견되어 우리나라 최초의 지대지 유도탄(백곰) 개발의 기획단계부터 유도조종 분야 개발 및 조립점검, 시험발사까지 전체 개발 과정에 참여하였다. 특히 1978년 우리나라 최초의 장거리 지대지 유도탄 시험을 위해, 최종조립을 건설 중인 안흥시험장에서 수행했는데, 조립점검팀장을 맡아 각 부서에서 차출된 연구원들을 이끌고 연초부터 연말까지 1년을 동고동락하면서 시험 성공을 견인했다.

ADD 퇴직 후 전자통신연구소 단장을 거쳐 과기처 연구개발조정관을 역임했다.

1979년 백곰 개발 유공으로 보국훈장 삼일장 수상하였다.

후배들에게 남기고 싶은 말

백곰 유도탄 개발 과정에서 느낀 점을 기술하여 후배 연구원들이 복잡한 무기체계 개발 시 도움이 됐으면 하는 바램이다.

첫째, 프로젝트에 참여한 연구원은 높은 사명감, 도전의식으로 중무장하여야 한다. 연구원의 전문성도 중요하지만 사명감과 도전의식은 기본이 되어야 한다. 전문성이 부족한 부분은 연구활동을 통하여 스스로 깨달을 수 있지만 사명감이 부족한 연구원은 연구활동에 초점을 잃고 종종 헤매는 경우가 많다. 도전의식은 연구활동의 기본자세이며 도전의식이 없이는 새로운 분야를 개척할 수 없다.

둘째, 유도탄과 같은 크고 복잡한 무기체계 개발일수록 톱다운 방식에 의한 스펙 관리가 이루어져야 한다. 크고 복잡한 시스템일수록 스펙(규격서, Specifications)을 정할 때 반드시 톱다운(Top-down) 방식으로 시스템 레벨의 스펙에서 출발하여 서브시스템 레벨(Subsystem level), 구성품 레벨(Component level)까지 순차적으로 이루어져야 한다. 어떤 단계의 규격을 변경하고자 할 때는 그 이전 단계로 올라가 검토하여야 한다. 이 단계별 규격 결정을 제대로 하지 않고 제품의 완성단계에서 실패할 경우, 원인 분석이 힘들어지고 수정하는 데 많은 시간이 소요된다.

셋째, 개발 과정에서 분야별 개발팀 간의 유기적인 협조체제를 항시 유지하라. 분야별 개발팀은 자칫 맡은 분야만 훌륭하게 완성하면 된다는 착각에 빠질 수 있다. 그러나 여러 분야가 합해져서 전체 제품이 이루어지기 때문에 다른 분야와 절충이 필요하다. 금 도금한 것과 동 도금한 것이 공존할 때 전체 시스템은 동 도금한 것으로 귀결된다.

넷째, 개발 후 시험발사 시 절반 정도는 실패하리라고 예측하라. 실패 원인을 조사 분석하다 보면 성공 이상으로 배울 점이 많다.

백곰 개발 시 백곰을 시험제작한 다음 시스템 적합 여부를 증명하는 시험발사 단계에 돌입했다. 1978년 4월 29일 첫 시험발사를 한 다음 공개발사를 하기까지 모두 9번의 시험발사를 안흥시험장에서 실시하였다. 첫 번째 및 두 번째 시험발사가 실패한 다음 개발팀 모두는 분야별 규격 재검토에 들어갔고 부품 레벨까지 신뢰도 검토에 들어갔다. 결과적으로 아주 미세한 부분에서의 결함이 전체 유도탄을 실패하게 만든 쓰라린 경험을 안고 개선작업을 한 결과 세 번째, 네 번째 시험발사를 성공하게 되었다. 다섯 번째는 국산 기체와 국산 추진기관을 사용한 백곰으로서 추진기관의 점화장치 이상으로 실패하게 된다. 다음 여섯 번째 성공, 그리고 일곱 번째 실패, 여덟 번째 성공, 드디어 아홉 번째 백곰이 1978년 9월 26일 대통령 임석하에 공개발사를 하게 되었고 성공적으로 비행하여 목표지점에 수직낙하하여 명중하는 장면이 공개되었다.

이처럼 백곰의 시험발사는 네 번의 실패와 다섯 번의 성공으로 마무리 되었다. 만일 우리의 시험발사가 실패없이 성공만 했다고 할 때 축하만 할 일인가? 아니다. 네 번의 실패에서 우리는 많은 것을 체험하였다. 백곰 개발에 착수할 때까지 우리는 유도탄 개발의 경험이 거의 전무였다. 실패로 터득한 우리의 체험은 값진 경험이었으며 유도탄 개발의 숨은 노하우(Know-how)를 안겨주었다.

박찬빈
: 실패는 성공의 어머니이다.

서울공대 전기과를 졸업하고 뉴욕대학에서 전기공학 석사, 박사 학위를 받았다. 이후 Brooklyn Polytech에서 Post Doc.을 수행 중 ADD의 유치과학자로 입사하였다. 1975년에는 미국 McDonnell Douglas사와 계약한 이경서 박사의 NH 성능개량 팀에 합류하였다. ADD 유도조종 실장/부장을 거쳐 유도무기개발 본부장을 역임하고 정년퇴임하였다. 1995년에는 구상회 박사, 강수석 박사와 한미미사일협정을 위한 회담을 성공적으로 추진 후 현무 미사일의 양산과 각종 미사일 관련 핵심기술 개발을 선도하였다. ㈜한화 고문과 New York 주립대학 송도분원의 석좌교수도 역임하였다.

백곰 개발 유공으로 보국훈장 삼일장을 수상하였다.

관성항법장치 기술 확보 경위

지대지 유도탄 개발을 위한 유도조종 분야의 개발은 3단계로 추진하였다.

첫 단계는 백곰 사업을 통하여 국내에 유도무기 개발의 기반 기술 확보, 다음 단계는 발사 후 망각형(Fire and Forget)의 백곰 성능 개량, 그리고 마지막 단계로 장거리 탄도탄 개발 순이었다.

첫 단계인 백곰 사업의 목표는 국내 보유하고 있는 NH 지대공 유도 무기를 활용하여 국내에 지대지 유도 무기 개발에 필요한 기반 시설과 관련 체계 설계 기술을 확보하는 것이었다. 기본형 백곰의 유도 방식은 Radar Tracking Command Guidance 방식으로, 지상 레이더를 이용하여 비행 중인 유도탄의 위치 정보를 탐지하여, 지상 컴퓨터에서 계산된 유도 명령을 유도탄에 송신하면 유도탄은 수신된 명령에 따라 유도탄을 조종하여 지상 목표 지점까지 유도하는 방식이다. 이 방식은 장거리 미사일의 경우 추적 레이더의 LOS(Line Of Sight)의 제한으로 인하여 사거리와 탄착 정밀도가 제한될 수밖에 없다.

장거리 지대지 미사일의 경우 지상 레이더를 이용하는 지령유도 방식이 아닌 '발사 후 망각형(Fire and Forget)' 지대지 유도탄 핵심은 비행 중인 유도탄 스스로가 자기 위치를 알 수 있는 관성항법 장치와 탄내에서 유도 명령을 계산할 수 있는 컴퓨터 기술 확보가 필수적이다. 따라서 2단계 지대지 미사일의 핵심은 관성항법(INS, Inertial Navigation System) 기술 확보이다.

그러나 1970년대 당시에는 INS 기술은 선진국의 엄격한 해외 기술 이전 통제 품목으로 기술 확보가 심히 어려운 상태였다. 이경서 박사님과 최호현 박사님 등은 어려운 여건 속에서도 영국 Ferranti 사와 접촉하셨고, 백곰 사업의 중요한 비행시험 준비 중에도 1977년 12월에 Ferranti 사와 INS 기술 도입 계약을 체결하셨다. 이 때 도입한 INS는 우리보다 먼저 일본이 도입하였던 항공기용 INS였다. 이때 이경서 박사님은 항공기용 INS(F-1018E) 기술 도입 생산 외에, 항공기용 INS를 개조하여 우주 발사체용 INS (F-1018S)로 활용할 수 있는 개조 기술 지원 내용을 Ferranti 계약에 포함시켰다.

Ferranti INS 계약을 효율적으로 수행하기 위하여 최호현 박사님은 Ferranti 업무를 항공기용 조립 생산을 위한 38A팀을 조직하여 파견하였다. 또 38B 팀에게는 F-1018E의 개조 업무를 담당하게 하였으며, 연구소 내에 INS공장도 건설하였다.

38B 개조 업무는 Ferranti사와 공동으로 HW팀과 SW팀으로 나누어 수행하였다. 1978년부터 HW 개조 업무는 조항주 연구원을 중심으로, SW 개조 업무는 김성옥 실장과 주효남 연구원이 담당하였고, 개조업무의 기술 종합은 내가 담당하였다.

개조 개발된 D-model 2세트는 한국에서 도로주행시험과 실시간 HILS 시험을 통하여 성능을 검증하였다. HILS(Hardware in the Loop Simulation) 시험에서는 백곰의 6 DOF(Degree Of Freedom) 수학적 모델로 유도탄 비행 운동을 Simulation 하였고 필요로 하는 관성항법장치의 실시간 계측은 Ferranti에서 도입한 IPS(Inertial Platform Simulator)를 이용하여 Real time simulation 하였다. 1982년 10월에는 김윤호 합참의장을 모시고 개조된 관성항법장치를 유도탄에 탑재한 발사 후 망각형의 지대지 유도탄 장거리 비행시험에 성공함으로써 백곰 성능 개량 사업의 핵심인 38-B 사업을 성공리에 마무리 할 수 있게 되었다. 이로써 박정희 대통령이 지시하셨던 지대지 유도탄 사업은 백곰 개량형(NHK-2)으로 성공하였다.

김동원

:장거리 지대지 유도탄 비행시험장 건설 및 운영

서울대 전자공학과를 졸업하고, 미국 New Mexico 대학에서 전자공학 석사와 박사를 취득하였다. 1973년에 ADD에 입소한 후 시험평가 업무를 담당하여 구상회 박사와 함께 안흥시험장 건설에 큰 업적을 남겼다.

1979년 백곰 개발 시험평가 유공자로 보국훈장 삼일장을 수상하였다.

장거리 지대지 유도탄 비행시험장 건설 및 운영의 소회

장거리 유도탄 개발은 1972년부터 청와대의 극소수 인원에게 극비에 해당하는 국가사업으로 무르익어 갈 때에 국방과학연구소에서는 1973년경부터 연구개발팀 간에 시험평가 조직 설립에 대해서는 의견 대립이 발생했다. 애기가 탄생하기도 전에 애기 낳은 후 사용할 포대기 필요성을 애기하는 것은 회피해야 된다는 등 의견 충돌이 생겨 유도탄 시험평가팀(Test & Evaluation Team) 발족은 개발이 끝난 후에나 고려해야 된다고 연구개발팀(R & D Team)은 주장하였으나, 구상회 박사(당시 제4부 1실장)는 미 국방부 R&D 및 T&E 개념을 도입해야 된다고 강력히 주장하여 시험평가부(Dept of Test and Evaluation)가 동시에 발족하게 되었다.

주한 미 고문단(JUSMAG-K)의 도움과 협조로 미 캘리포니아주 차이나 레이크(China Lake)에서 사용하던 비행계측장비 적재차량(Telemetry Van)을 인수받게 되었다. 이를 계기로 지상연소시험(Static Test)과 비행시험(Flight Test)에 필요한 계측시스템 개발을 위하여 미

알라바마주에 위치한 미 유도탄 시험장(U.S. Missile Test Center)과 같은 지역(Huntsville)에 있는 TBE사(Teledyne Brown Engineering)와 유도탄 비행 시험 시스템 개발 계약을 체결하였다. 이 시스템을 개발하는 동안 나는 ADD 비행시험 실장으로 TBE사에 6개월간 파견되어 비행시험 장비의 리얼타임 시스템을 완성하게 되었다.

이를 설치하기 위해 충남 태안군 안흥 지역에 유도탄 비행시험장 부지와 건물을 완공하고 완성된 TBE 시스템을 설치하였다. 비행시험의 각종 계측과 초읽기(카운트 다운)를 실시하는 중앙통제실(MCC, Master Control Center)을 완공하고 중앙에는 대형 화면을 설치함으로써 장거리 유도탄 비행시험장 기능을 리얼타임으로 발휘하게 되었다. 이 MCC에서는 직선거리로 1km 이상 떨어져 있는 유도탄 발사대와 각종 자료를 연결할 선로가 유기적으로 연결되어 있고 백곰 유도탄을 추적할 전자광학장비(EOTS, Electro Optical Tracking System)와 백곰 추적 레이더(N-H Tracking Radar)가 연결됨으로써 유도탄 비행시험장 시설이 완공되었다. 수 차례 발사시험을 거쳐 1978년 9월 26일 박정희 대통령과 주한 미국 외교관, 기자단 등이 참석한 가운데 성공적으로 공개 비행시험이 성사되었다. 이경서 백곰 책임자(대전기계창장), 구상회 시험평가부장의 브리핑이 있은 후 공개시험이 시작되었으며 K-LAW 대전차로켓과, 다연장포(Multiple Launch Rocket System), 중거리 무유도로켓의 발사 시험이 있었다. 백곰 발사를 위하여 강인구 박사(백곰개발 통제단장)와 김정덕 박사(유도탄 조립점검팀장), 그리고 비행시험평가 실장인 내가 MCC 내부 중앙 위치에서 총괄하였으며 메인 시험 시나리오는 비행시험 실장이 실시하였다.

탄착점 관리를 위하여 마이크로웨이브 중계 시스템(Microwave Relay System)이 필요했으며 탄착점으로 목표했던 작은 도서를 비디오 카메라로 촬영하여 유도탄이 수직 탄착할 때 화면을 MCC의 대형 화면에 표시시켜 시험 참가자가 관람하게 하였다.

처음부터 미국 측은 최대 사정거리 180km를 강력히 요청하여 연구개발팀은 거리 제한에 묶일 수밖에 없었다. 그러나 비행시험장 계측 능력은 한반도(500km 이상) 주변까지 계측 가능하므로 시험평가팀은 별도로 신경을 쓰지 아니 하였으나 발사 지역과 유도탄 비행 지역 안전문제가 계속 제기되었다. 서해 바다를 180km×30km의 직사각형으로 안전구역을 유지하는 것은 지극히 어려웠다. 해양 사업이 진행되는 서해 바다 넓은 지역을 안전하게 유지하려면 각종 어선과 화물선을 대피시켜야 하는데 해군과 해경의 노력이 필요했으며 우리 시험장의 안전관(Safety Officer)도 많은 노력이 필요했다. 실제로 180km 이상 사거리를 발사하는 것은 가능하나 한국 주변의 국가 간 문제 협의 및 해결은 또 다른 차원의 정치적 문제로 되기 때문에 180km로 한정시켰다. 그러나 2021년 미 바이든 대통령 취임 후 한국은 모든 규제에서 해방되어 선진국으로 향하고 있다.

한홍섭
:탄두의 개발

경기고등학교 졸업, 서울대학교 물리학과, 화학과 학사 졸업 후 미국으로 유학. 브라운(Brown) 대학교에서 이학박사 학위 취득 후 MIT대학 Postdoctoral fellow를 수료했다.

1974~1980년까지 국방과학연구소에서 근무했으며 그후 동양화학 중앙연구소 소장, 한국컴퓨터 사장, 단암전자(주) 사장을 역임했다. 2002~2004년 경희대학교 화학과 전임교수로 재직했다.

백곰 개발 유공자로 대통령 표창을 수상하였다.

탄두의 개발 소회

유도탄이 개발되었으니 거기에 실을 탄두가 필요하다. 탄두로는 크게 재래식 탄두와 핵탄두의 두 가지를 생각할 수 있다. 탄두 개발은 김웅 박사(후일 연세대 물리학과 교수, 작고)가 진두지휘 하셨다.

가장 좋은 안으로는 핵폭탄인데 이는 미국의 집요한 반대로 불가능하고 재래식 탄두만을 고려할 수 있었다.

그러던 어느 날 주미대사관으로부터 국방부를 통하여 ADD에 비밀문서가 전달되었는데 탄두에 관한 내용이라 탄두부에서 일을 하던 나한테 전해져 왔다. 내용을 읽어보니 한 재미 과학자(?)가 수소탄에는 못 미치나 원자탄보다는 강력한 폭탄을 만들 수 있다는 것이었다. 그리고 자기가 한국에서 시연을 할 수 있으니 필요하면 넓은 시험장과 프로판 가스 등을 준비하고 자기 경호를 위하여 많은 병력으로 보호해 달라는 요구였다.

필자는 우연히 그때 항상 읽고 있던 주간 저널인 《Aviation Week & Space Technology(AWST)》에서 Fuel Air Explosive에 실렸던 기사

내용이 재미 과학자가 요구한 준비물과 동일한 것이어서 이것은 사기성이 높다고 판단하고 거부한 적이 있었다. FAE의 골자는 휘발성 물질을 공중에 터뜨려 그 구름을 만든 후 기폭제로 폭발시키면 그런 엄청난 위력의 폭탄을 만들 수 있다는 것이다. 우리도 최성락 박사(후일 부산대 화학과 교수) 팀이 자체적으로 실험을 해보았으나 폭탄으로서의 가치가 없는 것으로 판정하였다. 우리의 실험이 잘못됐을 수도 있었다. 이처럼 그 당시에는 사기성 높은 제안이 종종 입수되던 때였다. 그러나 요즈음에도 FAE에 관한 문헌들이 계속 나오고 있는 것을 보니 개량형이 나오는 모양이지만 그것도 같은 무게의 TNT 2~4배 정도의 위력으로 보고되고 있다. FAE는 밀폐공간에서 특히 위력을 발휘하고 요즈음에도 계속 연구개발이 진행되고 있어 그 위력이 상당한 것으로 알려져 있다. 그러나 Fuel air로는 에틸렌 옥사이드나 프로필렌 옥사이드 같이 자체 내에 산소를 포함하여 굳이 공기 중의 산소를 필요로 하지 않는다.

그러면 재래식 폭탄이라면 고폭탄이나 자탄 BLU(Bomblet Unit, 이 자탄은 목표물에 따라 다양한 형태의 자탄이 개발된 것으로 알고 있다)라는 주먹 크기의 소형 폭탄(자탄)을 수백 개 탑재한 집속탄(Cluster Bomb)을 만들어 목표물에 투하하는 것이다. 이 소형 폭탄은 폭발 시간을 무작위로 조정하도록 신관을 개발하는 것이 좋은데, 이는 김직현 박사가 담당하였다. 이들 소형 폭탄의 폭발 신관을 무작위로 조작해 놓으면 이들 자탄의 폭발 시간이 제각기 다르다. 이 집속탄을 적의 항공 활주로에 떨어뜨리면 이들을 제거하기가 쉽지 않아 적의 비행장 사용을 늦출 수 있다. 언제 어느 자탄이 터질지 모르니까. 실제로 비행장 폭격에 많이 쓰이고 있는 것으로 알고 있다.

다음으로는 핵폭탄이다. 현재 핵폭탄 보유국은 9개 국가이고 그 외에도 핵폭탄을 만들 수 있는 잠재력이 있는 나라는 꽤 많다. 핵폭탄 제조 기술은 지금은 인터넷에서도 구할 수 있으나 그 당시에는 상당히 비밀로 되어 있었다. 핵폭탄의 주요 재료는 방사성 원소인 우라늄(U235)을 이용하여 임계질량(Critical mass) 이하의 두 개의 뭉치로 분리시켜 놓았다가 폭약을 이용하여 두 덩어리의 우라늄을 한 데 합쳐 임계질량을 초과시켜 핵폭발을 일으키는 방식이다. 이런 우라늄 핵폭탄은 1945년에 일본 히로시마에 투하된 소위 Little Boy라는 별명의 핵폭탄이었다. TNT 약 1만 4,000톤의 위력. 그러나 U235는 천연 우라늄 U238 속에 0.7%밖에 없고 나머지는 핵분열을 못 시키는 U238이기 때문에 소위 우라늄(U235) 농축 기술이 필요하다. 여기에는 U238과 U235를 UF6(Uranium Hexafluoride)의 기체로 만들어 그 둘의 작은 질량 차이를 이용한 기체 확산 방법이 제일 흔히 쓰인다. 그 외에도 Laser separation 방법 외에 여러 가지 기술이 후에 개발되었으나 많은 장비와 시간이 필요하다.

다른 방법은 원자로에서 발전을 하고 난 후 남은 폐연료를 재처리하면 Pu239를 얻을 수 있다. 이때 나온 Pu239는 다시 원자력발전소에서 핵분열을 일으켜 원자로를 가동시킬 수도 있고 또 이 물질을 이용하여 핵폭탄도 만들 수 있다. 이 Pu폭탄은 임계질량 이하(Subcritical)의 Pu239를 순간적으로 압축시키면 임계질량 이상(Supercritical)으로 변환되어 핵분열을 일으켜 폭발하게 된다. 이 방법은 내폭장치(Implosion)를 이용하여 Subcritical의 Pu239를 Supercritical하게 만들어 핵분열을 일으켜 폭탄으로 만드는 것이다. 내폭장치란 폭약을 폭발시킬 때 여러 폭약의 폭발 전파속도 차이를 이용하여 소위 폭약 '렌즈'를 만들어 폭발력의 대부분을 외부가 아닌 내부로 집속시키는 장치이다. 아직도 비밀 장치로 분류되어 있는 것으로 알고 있다. 이 방법을 이용하여 결국에 두 번째 핵폭탄인 Fat Man(TNT 2만톤)이라고 불리는 Pu핵폭탄을 나가사키에 투하하여 결국 일본이 미국에 항복하게 되었고 우리는 그 해 8월 15일 광복을 맞게 되었다. 1945년 8월 이후에 아직까지 전쟁에 핵폭탄을 사용한 예는 없다. 모두가 자멸하는 전쟁이 될 테니깐. 아인슈타인이 말한 대로 "제3차 대전이 일어나 핵전쟁이 일어나면 그 다음 전쟁에서는 인류는 몽둥이와 돌멩이로 싸워야 할 것이다."

이미 기술한 대로 핵폭탄을 만드는 쉬운(?) 방법은 Pu239를 약 8kg 정도 얻으면 내폭장치(Implosion Device)를 이용하여 핵폭탄을 만들 수 있다. Pu을 생산하는 것은 ADD의 임무가 아니고 우리는 내폭장치는 개발하려고 노력하였다. 화약이 폭발할 때, 화약의 종류에 따라 폭발파의 속도가 다른 점을 이용하여 폭발력을 외부가 아닌 내부 중심 부분으로 집중시키는, 소위 화약 렌즈를 만들어야 하는데 쉽지 않은 비밀의 기술이 필요하다. 여러 가지 폭약은 그 폭발파의 전달 속도가 다른데 이들을 잘 조합하고 성형하여, 소위 화약 렌즈를 만드는데 이는 수많은 폭약 디자인과 폭발 시험을 통하여 이룰 수 있다. 이 개발은 김민곤 박사(후일 외국어대학 부총장 역임)의 지휘 하에 수많은 실험을 하였다. 이 와중에 불행히도 방상희 기술원이 폭발사고로 순직하는 불행도 겪었다.

그러나 요즈음 묘한 분위기가 새로 조성되고 있다. 미국의 신임 대통령 조 바이든(Joe Biden)이, 미국은 앞으로 우방 국가를 위하여 핵무기를 선제 사용하지 않겠다고 선언함에 따라 유럽의 독일, 불란서 등의 국가들이 자국 안보에 우려를 나타내고 있는 와중에 한국의 핵 무장 필요성이 아직은 소수의 의견이지만 조심스럽게 대두하고 있다.

2021년 9월에는 핵연료 재처리 공정인 Pyroprocessing과 SFR, 쏘디움(Na) 급속 냉각 원자로(Sodium-cooled Fast Reactor)의 제정서를 공유하기로 하였다.

《조선일보》 2021년 11월 4일자 워싱턴 이민석 특파원 보고에 의하면 한국이 북핵 고도화에 대응해 독자적 핵 무장을 할 수 있으며 미국을 포함한 국제사회는 이를 용인할 것이란 취지의 주장이 11월 2일(현지 시각) 미국에서 또 제기됐다. 미국이 한국에 제공하는 '핵우산' 공약을 철회하고 한국이 한반도를 스스로 방어하기 위해 핵 무장을 할 수 있다는 취지다.

앞서 다트머스(Dartmouth)대학 국제학센터의 제니퍼 린드(Jennifer Lind) 교수와 대릴 프레스(Daryl Press) 교수도 2021년 10월 7일 '한국은 독자 핵 무장에 나서고 미국은 이를 지지해야 한다'는 취지의 공동 기고문을 발표한 바 있다.

탄착 목표지의 선정

백곰이 발사되면 그 유도탄이 정확하게 목표물을 타격하는지를 확인하여야 한다. 그러나 우리나라는 국토가 좁아 육지에서는 안흥 측후소에서 200km 거리의 탄착점을 찾을 수 없다. 서해로는 자칫 중국으로 넘어갈 수도 있으니 결국 서남 해안의 어느 외딴 섬을 찾아야 했다. 지도로 보니 신안에서 좀 떨어진 곳에 두 개의 섬이 있는데(대허사도, 소허사도) 이곳을 알아보기로 했다. 그때 당시 본인과 같이 일하던 탄두부의 천길성 박사가 군의 협조를 얻어 둘이서 헬기를 타고 대허사도를 방문하였다. 헬기로 내리고 보니 한 가족이 올망졸망한 애 둘과 개, 닭을 몇 마리 키우며 살고 있었다, 당시 서해안의 외딴섬에는 정부에서 북한군의 납치 우려가 있으므로 거주가 불허된 상태였다.

난생 처음(?)으로 헬기가 자기들이 살고 있는 섬에 내리니 주민은 삶은 달걀을 내놓으며 뛸 듯이 반가워하였다. 생필품은 어떻게 구하느냐고 물었더니 1주일에 한 번씩 배를 타고 신안에 가서 구입해 온다고 한다.

탄착지로는 거리상으로나 다른 여건을 보아 아주 적당한 섬으로 생각되었다. 우리가 이주비를 드리면 육지로 옮기실 생각이 있으시냐고 물으니 "물론이죠! 애들도 학교 갈 때가 됐는데요." 하신다. 연구소에 돌아와 섬 구입 문제는 구매부에서 처리하였다.

그리고 우리는 백곰 시험발사 때 탄착 예정지로부터 1km 정도 떨어진 곳에서 배를 타고 망원경으로 탄착 현장을 목격했다. 사진도 찍었으나 너무 오래 전 일이라 남아 있지 않다. 탄착 후에 섬에 착륙하여 폭탄 속에 박아둔 수천 개의 쇠 구슬 일부도 확인할 수 있었다.

안동만

1973년 KIST 근무 중 ADD 항공공업팀의 1기 공채 연구원으로 이경서 박사님의 4부2실에 입소하였다. 1973년 항공공업팀의 첫 작품인 무유도로켓을 설계하고 대동공업(현 두원중공업)을 활용하여 전시모델을 만들었다. 1973년에는 홍재학 박사를 도와 F-5E/F 기술도입생산 가능성 연구를 수행하였고, 1974년부터 약 20개월간 조태환, 김병교 등과 미국 Northrop 항공사에 기술전수 요원으로 파견되었으며, 이 기간 N-H 성능 개량 프로젝트를 위해 Long Beach에 체재하던 이경서 박사팀의 기술자료 획득을 지원하였다.

백곰 미사일의 기체구조 설계/해석 업무를 총괄하여, 당시의 공업 여건상 제작이 힘든 구조 부품의 대체 설계를 수행하였고, 이러한 공로로 대통령 표창을 수상했다.

1979년부터 이경서 대전기계창장의 지시로 영국 Cranfield 대학 항공과에 진학하여 박사학위를 취득하였다. 1983년 귀국 후 기체구조실장, 항공기개발본부 기술부장으로 우리나라 최초의 독자 개발 군용항공기인 KT-1 기본훈련기의 탐색개발을 완료하였다.

1996년부터 순항미사일 개발 책임자로서 대함 크루즈미사일인 해성 개발을 주도하였고, 항공/유도무기 개발 본부장, 국방부 연구개발관을 거쳐 제19대 국방과학연구소장을 지냈다. 이 시기 고체추진 우주발사체의 장기 개발계획도 수립하였다. 연구소장 퇴임 후에는 한서대학교 교수/석좌교수로 있으며, 국가과학기술심의회 위원, 국가우주위원회 위원, 항공우주학회장, 군사과학기술학회장 등을 역임하였다. 또 이경서 박사의 추천으로 장영실 과학문화상도 수상하였고, 국회의장 공로장도 수상하였다.

이러한 경력을 쌓을 수 있게 된 것에는 이경서 박사님과 홍재학 박사님의 교육기회 부여와 시스템엔지니어링 개념 습득에서 기인한 것으로 늘 두 분께 감사하고 있다.

2005년에는 이경서 박사님의 도움으로《백곰, 승리와 도전의 기록》도 출판하였다.

금번 이경서 박사님의 회고록을 출판함에 있어 각종 자료 수집과 감수를 도와드리면서, 그동안의 은혜를 조금이나마 보답할 수 있으면 하는 바램이다.

부록 II

백곰의 후예들

백곰의 후예들

백곰 개발을 기반으로 유도무기 기술을 발전시킨 ADD는 탄도탄은 물론 순항유도탄까지 세계 최첨단 전술 및 전략 유도탄을 개발하여 군에 배치하였다. 이러한 각종 유도탄을 개발하는 데 필요한 첨단기술 가운데 유도탄의 추진기관 기술은 '나로호'의 2단 고체로켓 기술에 적용되었다. 그런가 하면 민간업체(한화)는 백곰 시험포대 건설을 위해 만들었던 추진제 공장 생산시설을 인수하여 독보적 고체 추진기관을 생산하였다. 이 시설을 활용하여 미국 ATACMS 면허생산 후 유도장치가 장착되어 정밀도를 향상시킨 GMLRS(Guided Multiple Launch Rocket System, 유도다연장로켓)를 개발하여 군에 배치함은 물론 중동에 수출도 하였다.

유도무기 개발에서 발전시킨 첨단기술은 로켓 시스템뿐만 아니라 항공기, 무인기는 물론 K-9 자주포, K-2 전차 등의 핵심 장비로 사용되고 있다. 이를 통해 최근의 K-방산 수출이 선진국의 방해없이 원만한 수출을 추진할 수 있게 된 것이다. 또한 백곰 개발은 우리나라 연구개발 인프라 구축, 시스템 엔지니어링 도입, 우수 인력 양성 등에 지대한 공헌을 하였다.

이렇게 백곰은 우리나라 연구개발 시스템과 고체로켓 기술을 한층 도약시킨 원조에 해당한다. 백곰 개발의 영향을 받은 모든 시스템을 열거할 수 없으므로, 1980년 이후 개발된 전술/전략 미사일의 현황을 정리해본다(네이버 · 다음의 기사 및 블로그 참조).

I. 백곰 개발 시 동시 추진했던 로켓의 후속 현황

《백곰, 도전과 승리의 기록》[33]에 자세하게 기술되어 있음.

1. 구룡 다연장로켓 : 130mm 다연장 로켓(1977~1982, 기본형), 구룡 2(1983~1987, 개량형)
2. 황룡 단거리 지대지 로켓 : 1977~1982
3. KLAW(Korea Light Anti-tank Weapon) 단거리 대전차 로켓 : 1977~1982

II. 백곰 이후 1970년대 후반 개발된 미사일들

역시 세부 내용은 《백곰, 도전과 승리의 기록》에 자세히 기술하였다. 여기서는 가장 대표적인 세 가지의 개발 시기만 열거한다.

---

33 안동만, 『백곰, 도전과 승리의 기록』, 플래닛미디어, 2016.

1. NHK-2(백곰-2, 백곰 개량형) : 1979~1982 ; 1980년대 초 개발 중단

2. 해룡 단거리 함대함 미사일 : 1978~1987

3. 솔개 제트추진 무인기 : 1978~1984

Ⅲ. 80년대 이후 개발된 미사일들

가. 지대지 유도탄

1. 백곰 지대지 유도탄 생산 배치 : 1980년 시험포대 창설 운영 (1989년까지, 세부 내용은《백곰, 도전과 승리의 기록》참조)
2. 전술 지대지 유도무기 : 전술 탄도미사일, 연속발사 가능
3. 현무(玄武) : 탄도미사일, 1985~1995 개발, 포대 운영 중(세부 내용은《백곰, 도전과 승리의 기록》참조)

4. 현무-2 : 현무-2는 기존의 현무와 전혀 다른 외형을 가지고 차량 이동형 발사대를 갖추고 있다. 기본적으로 넓은 지역에 분산되는 자탄의 특성을 최대한 활용한 무기로, 목표지역 상공에서 자탄이 분산돼 1발로 넓은 지역을 동시 공격할 수 있다. 미사일 지침에 따른 사거리 내에서 운용한다는 점을 보면, 사거리가 그 지침의 기준인 300km 수준임을 알 수 있다. 2015년 6월 사거리를 늘린 현무-2 성능개량형의 실사격 시범이 공개되었다.
5. 현무-3: 사거리 1500km의 순항유도탄으로 장거리 정밀 타격 가능하며, 현재 배치 운영 중이다.
6. 현무-4 : 고도 500km 이상으로 고각 발사하는 유도탄으로, 목표 지역에 투하되면 전술 핵무기급 위력을 나타낸다. 운석이 지구에 충돌할 때의 원리를 이용한 것이며, 북한의 지하 벙커 파괴에 용이하다. 사거리 800km 이상, 탄두 중량 2톤, 속도는 마하 19 이상이라고 한다(네이버 블로그 참조). 다음은 현무 시리즈의 사거리와 탄두 중량 비교표이다.

	현무	현무2A	현무2B	현무2C	현무4	현무3A	현무3B	현무3C	KTSSM
사거리 (km)	180	300	500	800	800	500	1000	1500	180
탄두 중량 (kg)	500	500	1000 – 4000	500	2000				500(?)
비고	탄도탄	탄도탄	탄도탄	탄도탄	탄도탄	순항탄	순항	순항	전술 탄도탄

나. 지대공 유도탄

1. 천마(단거리 지대공) : 1989~1998, 탐지레이더, 추적레이더, 사격통제장치, 발사대, 유도탄, 궤도차량 탑재(세부 내용은 《백곰, 도전과 승리의 기록》 참조)
2. 신궁(新弓, 저고도 휴대용 지대공 유도무기) : 1995~2005, 적외선 방해 대응 능력, 이중 추력으로 종말 속도 증대, 야간조준기, 비호 복합 가능(세부 내용은 《백곰, 도전과 승리의 기록》 참조)
3. 천궁(철매Ⅱ, MSAM) : 한국형 중거리 대공 유도무기, HAWK 대체. 개발 시기는 1998~2011년. 사거리 40km, 최대고도 30km, RF능동호밍, 지향성 탄두, 측추력기 사용 초기 회전, 작전/교전 통제소, 다기능 레이더, 발사대, 유도탄. 천궁의 다기능레이더를 국산화하였다.
4. 천궁Ⅱ(한국형 Patriot) : 탄도탄 하층 방어, 사거리 30km, 고도 20km. 개발 시기 2012~2017년. Canard 콘트롤, 연속추력형 측추력, Hit-to-Kill 방식(Patriot PAC-Ⅲ 유사), 고온용 외피 소재 사용, 수직발사 전방위 사격 능력, 고속비행체 대응, 고기동, 정밀유도조종 성능, 교전통제소(탄도탄작전통제소, 중앙방공통제소 및 Patriot작전통제소와 Data Link 연동), 수직 발사대(천궁과 호환 사용 가능), 해외 수출 중.
5. 장거리 지대공 유도무기(L-SAM) : 탄도탄 다층방어 및 장거리/고고도 대항공기 방어. 구성은 작전/교전 통제소, 다기능 레이더, 발사대, 유도탄, Kill vehicle(요격체) 내장, 탄도탄 요격(KV가 표적 탄도탄 직격 파괴), 요격고도 50~60km. 공군 방공유도

탄사령부에 2020년 배치. 탐지 거리는 항공기 230km, 탄도탄 310km, 최대표적속도는 항공기 700m/s, 탄도탄 3000m/s(마하 8.82). 동시추적수는 항공기 100개, 탄도탄 10개. 동시교전수는 항공기 15개, 탄도탄 10개.

다. 함정 발사 유도탄(함대함, 함대지, 함대공)

1. 해성(SSM-700K) : 함대함. 속도 마하 0.95(1162.8km/h), 사거리는 초기 150km, 현재는 180~200km. 비행고도시 스키밍(Sea skimming), 관성유도항법, 탄두 250kg. 발사 플랫폼은 초계함, 호위함, 구축함. 2012년 콜롬비아 수출.
2. 해성 II (해룡) : 현무3의 개량형으로 해성 기반 전략 함대지 순항미사일. 육상 및 함정(수상함, 잠수함) 발사 가능. 한국판 토마호크. 사거리 500~1500km, 속도 마하 1, 경사발사형 및 수직발사형 운용 가능.

3. 해성-3(잠대지 순항미사일) : 한국판 초음속 순항미사일. 사거리 1000km, 속도 마하 2.5

4. 홍상어(경어뢰인 탑재 장거리 대잠 유도무기) : 2001~2010. 사거리 19km, 추력 방향 조정기로 전방향 공격, 중기유도 기능, 표준 수직발사체계 개발로 함정 발사 미사일 운용 확대.

5. 해궁(K-SAAM) : 함정 방어용, 항공기 및 대함 유도탄 방어. 발사통제장치, 지령송신기, 수직발사대, 유도탄, 다중탐색기 이용 명중률 향상. 천궁의 해군 버전이며, 천궁은 러시아 S-300의 기술을 도입해 국산화한 것. 사거리 20~150km, 고도 35km.

6. 비룡 : 130mm(2.75") 무유도 로켓에 적외선 탐색기와 구동장치를 장착하여 저가의 대함 유도 미사일로 개량한 것. 자동 표적 포착 및 추적 기능 보유, Fire & Forget 방식, 해군 고속정 운용. 사거리 3~20km, 무게 80kg.

7. 잠대지 탄도탄(SLBM) : 미상, 사거리 300km

8. 함대지 탄도탄 : 미상

라. 대전차 유도탄

1. 현궁(晛弓, Raybolt) : 보병용 중거리 대전차 유도무기, 2003~ 2014. 발사 후 망각 방식, 표적 포착/추적 능력 및 관통 능력 보유, 2.5km 떨어져 있는 전차의 900mm 장갑을 뚫을 수 있음.

마. 지대함 유도탄

1. 비궁(匕弓, Poniard) : Fire & Forget 방식, 2.75인치 지대함 유도 로켓. 40발 다표적 연속발사 동시 교전 능력, 미국 FCT 테스트 합격. 사거리 5~8km.

바. 공중 발사 유도탄

1. 천검(天劍) : 소형 무장헬기용 공대지 대전차 유도무기(한국형 헬파이어). 이중모드탐색기 적용 주야간 운용 가능, 유선 데이터링크 비가시선 및 정밀사격 가능, 유효 사거리 400~8,000m, 관통력 1,000mm.

2. 장거리 공대지 미사일 : 개발 중. 개발 중인 KF-21에 장착될 장거리 공대지 미사일. 구체적 성능은 미상.

부록Ⅲ

1. 백곰 관련 훈표창 수여자 명단
2. 백곰 개발 추진 조직의 변천

1. 백곰 개발 관련 훈표창 수여자 명단

통일장	심문택
천수장	이경서(부소장)
	강인구(연구관리단장)
	홍재학(기체부장, 2부장)
	구상회(시평단장)
	최호현(유도조종부장, 3부장)
삼일장	김동원(시평단1실장, 선임실장)
	김정덕(조립점검단장, 유도조종 H/W실장, 3-3실장)
	문우택(공력실장, 2-1실장)
	박귀용(로켓개발단장, 1부장)
	박찬빈(유도조종 S/W실장, 3-2실장)
	안태영(추진기관구조실장, 1-2실장)
	문근주(대전차개발실장, 5-6실장)
	조태환(무유도로켓개발실장, 2시스템종합실장)
광복장	김연덕(기계가공공장장)
	김성옥(지상유도레이더 S/W 개발실장)
	김영웅(발사대개발실장, 5-4실장)

박병기(유도조종 H/W 개발실장, 5-1실장, 5부장('78.12.6부))

김원규(지상유도레이더 H/W 개발실장, 3-4실장)

김유(추진제개발실장, 감사보좌역)

김진근(다연장개발실장)

오인식(다연장발사대개발실장, 서울창 2-2실장)

대통령표창

김웅(탄두개발부장, 항공사업 6부장)

한홍섭(시스템종합실장, 4-5실장)

이백철(점화기개발실장, 1-6실장)

이성배(구조해석실장, 2-3실장)

주해호(유압구동기실장, 3-6실장)

곽무헌(조립점검팀선임연구원)

김병교(제3체계종합실장)

정기원(시평단사격통제실장, 시평3실장)

민성기(무유도로켓발사대개발, 품보단6실장)

안동만(구조해석선임연구원)

김정엽(기체제작선임연구원)

기타 보직자들

최재찬(기체설계실, 2-4실장)

김직현(4-10실장)

윤여길(추진제공장물성연구실장, '79.1부 감사보좌역)

강수석(2-4실장, '79.10까지)

2. 백곰 개발 추진 조직의 변천

1970년대 우리나라 최대의 연구개발 사업이었던 백곰 미사일 개발을 추진하기 위한 ADD의 조직은 1972년 준비 단계에서부터 1980년까지 두어 번의 변천을 거쳤다. 1976년까지는 개발 준비 단계로서의 조직이었고, 그 이후 1978년까지는 개발 조직 중심이었다. 그리고 1979년부터는 백곰 시험포대 창설 지원과 NHK-2 개발을 위한 조직이었다.

1) 백곰 계획 수립 단계의 조직(1975~1976)

백곰 개발 계획 승인 후 개발 준비 단계의 조직은 제2부소장(홍용식, 이만영)을 거치면서 별도의 조직을 가지지 않고 연구소의 4부2실(이경서 실장, 체계종합실)을 중심으로 5부, 6부, 7부에 분산되어 있었다.

2) 1976년 대전기계창이 준공되면서 1977년 1월부로 서울·대전·진해의 3개 사업기구와 안흥의 시험평가단으로 연구소 조직이 확대되었다. 이때 대전의 항공사업기구는 본격적인 백곰 개발 사업을 추진하기 위해 아래와 같이 조직을 정비하였다.

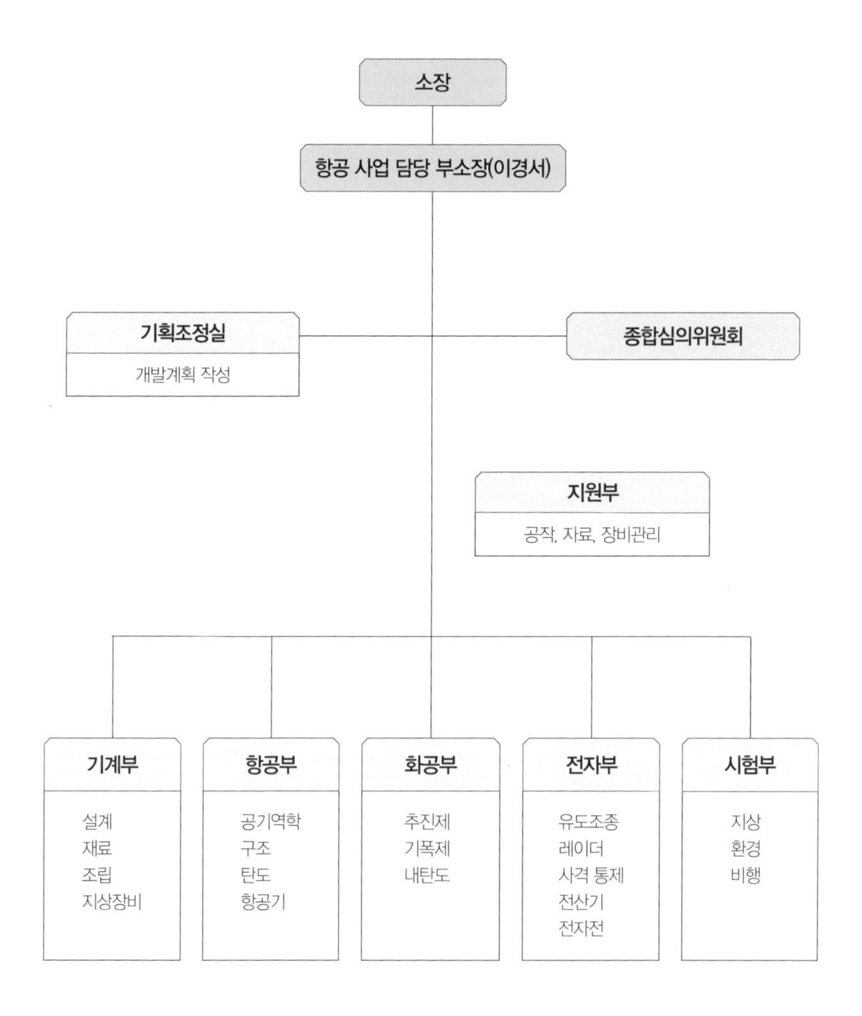

소장
항공 사업 담당 부소장(이경서)
기획조정실
개발계획 작성
종합심의위원회
지원부
공작, 자료, 장비관리
기계부
설계
재료
조립
지상장비
항공부
공기역학
구조
탄도
항공기
화공부
추진제
기폭제
내탄도
전자부
유도조종
레이더
사격 통제
전산기
전자전
시험부
지상
환경
비행

대전기계창 설립 이후 ADD 전체의 조직개편이 있었다. 이때 별도로 운영되던 탄두부서를 흡수하고, 대형 연구개발 사업에 시스템 공학을 체계적으로 적용하기 위해 연구통제단을 만들어 아래와 같

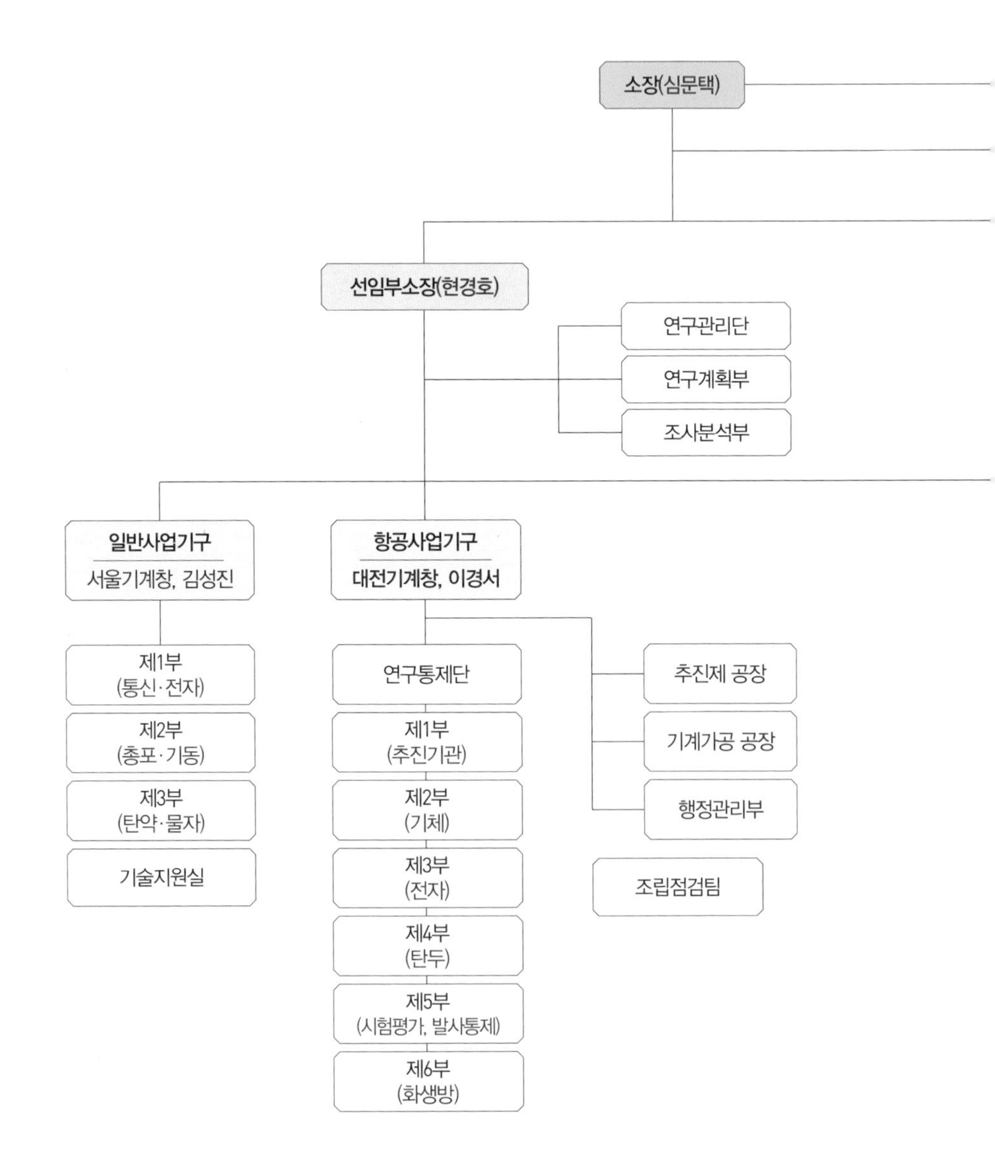

이 조직을 발전시켰다.

1978년에는 효율적인 비행시험을 위해 조립점검팀을 만들어 안흥에 파견하였다.

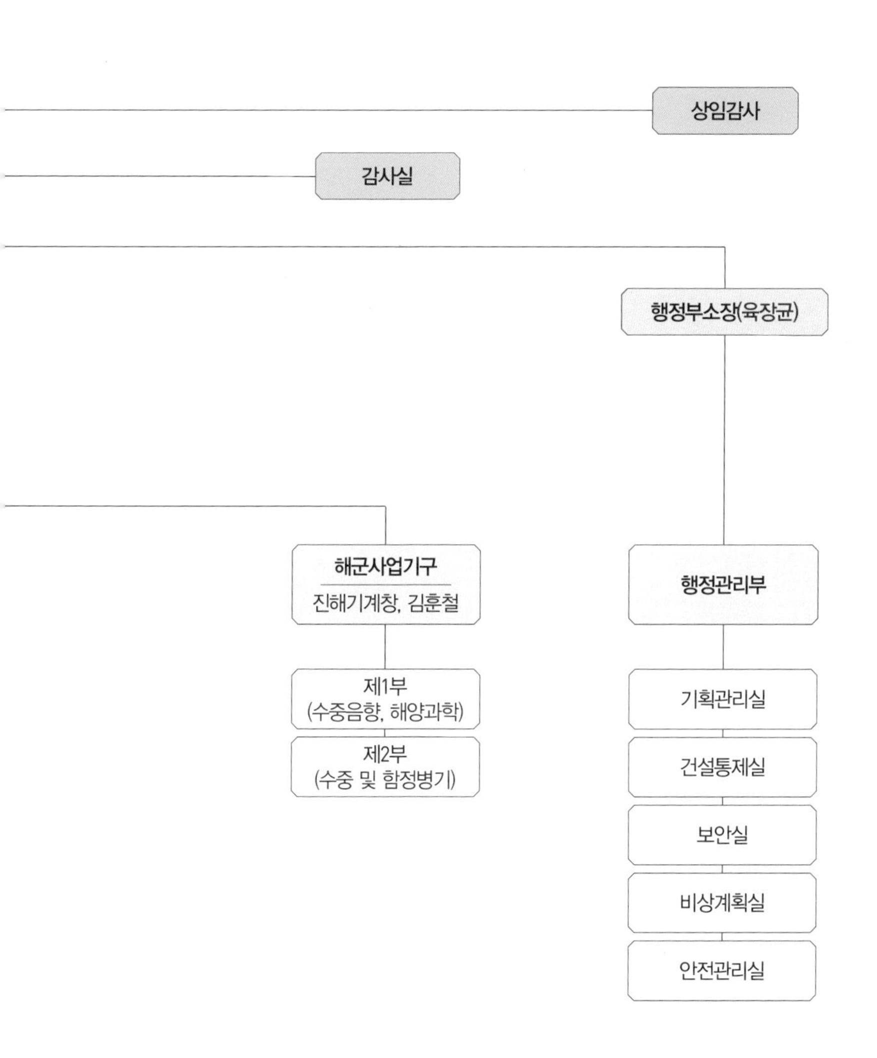

3) 1979년 1월 4일 항공공업 조직(대전기계창)은 시험포대 건설을 효과적으로 추진하고 개량형 NHK-2를 개발하기 위해 아래와 같이 재편하였다.

* 일부 보직자 명단 미상으로 추정

추진제공장

무유도로켓개발단

- 제1시스템종합실
- 제2시스템종합실
- 제3시스템종합실

4부(12개실)
탄두
김웅

탄두시스템
- 단조
- 시험평가
- 폭약(김민곤)

원료공장
- 유기합성
- 공장운영
- 화학(이준웅)
- 신관(김직현)

5부(4개실)
지상장비
박병기

전산/지원
- 전산(최득규)
- 장비관리
- 안전관리

6부(5개실)
화생방

- 화학분석(강정부)
- 생화학분석
- 전지
- 추진제

부록 IV

ADD 초기의 화포 개발 약사

필자 **이원백**

– 1972. ADD 화포개발실 입소, 초기 화포 개발 참여

1. 개발 장비 소개

105mm How. M101A1	105mm How. Recoil Mechanism
	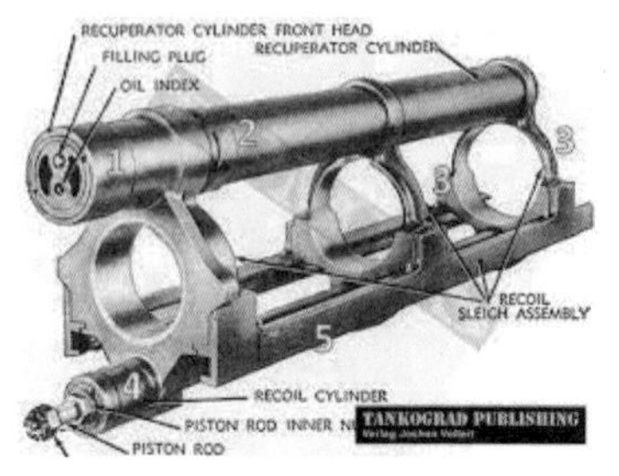 * 화포 사격 반동 흡수용 유기압(油氣壓) 장치

4.2인치 박격포 M30 이동 시 트럭 탑재	106mm 무반동총 M40 (Recoilless Rifle)	155mm곡사포 M114A1

2. 105mm 곡사포 개발 약사

가. 1970년대 초반(1972~1974)

- 국과연 : 시스템 설계, 방산업체 기술 지원, 시험/평가
- 방산업체 : 현품을 스케치하여 부품 제작 도면 작성 및 시험
  · 105mm 포 일부 부품만 왜관 미군 정비창에서 입수
  · '기본 칫수와 공차가 없는 도면'으로 제작한 제품 및 시제품

은 상호간 호환성 없었음.

· 총 조립 및 포신 : 대한중기(서울 구로동 소재 → 창원 이전, 현 현대위아)

· 주퇴복좌기 : 대동공업(진주 소재 → 대동중공업, 현 두원중공업)

· 포가 : 기아산업(경기도 광명 소하리 소재) → 기아기공(창원 이전, 현 현대위아)

- 시범 사격(1973.6.25.) : 2.5톤 포차(砲車)로 다락대 이동, 시범 사격시험 성공

- 생산 배치 및 철수 : 초기 모방 시제품 6문 생산. 백령도 배치 후 사고로 철수

· 초기에 제작용 치공구와 검사용 게이지(gauge) 없이 생산했으나 호환성 실패

나. 1970년대 중반(1975~1976)

- 미국 TDP(Technical Data Package, AP card 형태) 제공

· SQAP(Supplementary Quality Assurance), MTP(Material Test Procedure)

· ATP(Acceptance Test Procedure), Mil Spec(Military Specification)

- 국과연(화포개발실) : inch 시스템 TDP를 mm형 도면으로 번역/재작성, 업체 제공

- 미국 조병창(Watervliet Arsenal, Rock Island Arsenal) 기술진 초빙 또는 연수

· 국과연 연구원 미 조병창 SEP 연수(필자도 미 조병창과 제작업체 연수)

다. 1970년대 후반 모범생산(1977~1979) : 호환성이 보장되는 양산 전 단계

- TDP, 치공구/게이지 국산화로 개발 성공 및 양산 단계 진입
- "품질보증단" 신설 : 생산 부품 검사의 중요성 부각으로 전담 기구 설치

3. 화포 개발 초기의 비사(祕史)

가. 기존 화포 현품 분해하여 스케치 도면 제작 및 생산 사용하여 호환성 전무

나. 소재 획득의 어려움 : 폐 포신 재가공 또는 대체 소재 임의 사용으로 불량 초래

다. 3.5m 포신 내부 강선 가공용 Boring/ Honing/ Rifling 장비가 없어 모방제작 : 시행착오

라. 주퇴복좌기 누유 및 작동 불량

- 주퇴복좌기 : 사격 시 아랫쪽 Cylinder Oil이 위쪽 Cylinder의 Piston 질소 가스 압축
- 사격 시 포신과 주퇴복좌기가 약 1m 주퇴(駐退, Recoil) 후 충돌 없이 복좌(復座)
- 초기 국산 주퇴복좌기 : 사격 후 누유 또는 가스 압력 강하로 복좌 시 충돌 발생.

마. 105mm 포 약실 가공 불량으로 사격 후 탄피가 약실에 소착되는 경우 자주 발생

4. 106mm RR(무반동총) 개발 시의 문제점

- 폐 포신을 사용한 Chamber가 시험 중 폭발하는 사고 발생
- 고저 방향 장치(Mount) 흔들림
  - · 유성치차를 사용한 고감속 Bearing 장치에 사용한 Bearing Race와 Ball의 경도(RockWell C Scale로 63 이상) 부족으로 고저/방향 장치 진동 : 사격 분산 발생

5. 4.2인치 박격포 강선 Twist 오류로 근탄(近彈) 발생

- 박격포탄 외경과 포신 내경 간격 부족 : 탄이 포강에 걸리거나, 하강속도 부족
- Progressive Rifling(탄이 출발할 때는 회전수가 '0'이었다가 포구 쪽으로 가면서 커지는 형식) 강선 제작 기술 부족 : 적은 탄 회전수로 Tumbling 및 근탄 발생

6. 당시 기계 가공 기술 수준

- 품질보증 개념 부족 : 미국의 Rout Sheet 사용 Process Planning 기술 없었음
- 도면 작성 시 "기준 면" 개념이 없었고, "진위치 공차" 개념도 몰랐음

박정희의 자주국방

초판 1쇄 발행 2023년 4월 15일

지 은 이 이경서 ⓒ2023

펴 낸 이 김환기
펴 낸 곳 도서출판 이른아침
주 소 경기 고양시 덕양구 삼원로 63 고양아크비즈 927호
전 화 031-908-7995
팩 스 070-4758-0887
등 록 2003년 9월 30일 제313-2003-00324호
이 메 일 booksorie@naver.com

ISBN 978-89-6745-142-4 (03810)